公務員、中田忍の悪徳

koumuin, Nakata Shinobu no akutoku

5

立川浦々
イラスト 棟蛙

CONTENTS

DESIGN musicagographics

Shinobu Nakata
中田 忍
Miu Maezawa
前澤美羽

「てんばつ、しっこう!!」

「散りなさい、下郎ども!!」

Tsubaki Amano
天野 椿
Ariel
アリエル

公務員、中田忍の悪徳5

立川浦々

イラスト 棟蛙

koumuin, Nakata
Shinobu no akutoku
characters

人物紹介

中《なか》田《た》忍《しのぶ》

主人公。区役所福祉生活課で
係長を務める地方公務員。

アリエル

中田忍の保護下にある謎の存在。
異世界エルフと呼ばれるが……？

直《なお》樹《き》義《よし》光《みつ》

中田忍の大学時代からの親友。
日本国内の野生動物を研究する
大学助教。

一《いち》ノ《の》瀬《せ》由《ゆ》奈《な》

中田忍の部下を務める才媛。
保護受給者のケースワーカーを
担当している。

若《わか》月《つき》徹《てっ》平《ぺい》

中田忍の大学時代からの親友。
ホームセンターの
バイヤーとして勤める。

御《み》原《はら》環《たまき》

女子高生。エルフに興味を持ち
独自に調査している。

中田忍とゆかいな仲間たち (5)
由奈
忍センパーイ
17:45
夕飯なんですか?
17:45
おかずだけ教えて下さい
17:46
既読4
17:46
豚の生姜焼き
由奈
じゃあ行きます
17:47
既読4
17:47
承知した
既読4
17:48
御原君
米を二合頼む
環
はーい!
17:51
徹平
自宅か……?
18:02
義光
(´∀`=)
18:06
Aa

第三十一話　エルフとライトスタッフ

区役所福祉生活課支援第一係長、中田忍《なかたしのぶ》は、いくつかの悪徳を重ねている。

出所不明目的不明、正体不明の異世界エルフ〝アリエル〟を、秘密裏に保護していること。

未知の危険が伴うその保護へ、大学時代の親友たち《直樹義光と若月徹平》やその家族、職場の年若い部下《一ノ瀬由奈》、あろうことか直接関係のなかった女子高生《御原環》までもを巻き込んでいること。

人道的にはいざ知らず、法律的には真っ黒だったこの保護は、直樹義光《なおきよしみつ》が命名した謎《なぞ》の監視者〝ナシエル〟のもたらした、公的データベースの改竄《かいざん》を伴うとみられる身分証類提供により、少なくとも体面上はクリーンなものへとその性質を変化させた。

異世界エルフ《アリエル》も少しずつ外出の訓練を始め、人類社会に馴染《なじ》まんと努めている。

安全かつ適切な保護を行うため、自ら苛烈《かれつ》な課題に向き合い続け、身を削り心を砕き、限界を迎えかけていた中田忍の心身も、基本的人権を根底から無視した一ノ瀬由奈《いちのせゆな》の強制的調伏《ちょうぶく》行動によりアップデートを施され、より鋭く厄介になってしまった。

先の見えない、行き詰まっていた異世界エルフの保護に、ようやく光明《こうみょう》が見えたのである。

ところで中田忍は、区役所福祉生活課支援第一係長として、自治体に奉職している。

その所掌事務を端的に表現すれば『生活保護制度監理に関する業務全般』であり、在留資格を持たない異世界生物の本邦における秘匿《ひとく》保護だの、出所もあやふやな謎《なぞ》の身分証で異世界生物を世に放つだのといった非倫理的行為とは、完全に真逆の職責を背負っている。

しかしこのジレンマが〝誠実〟〝真っ当〟〝責任感〟を司る悪魔の如《ごと》き存在である地方公務員、中田忍《なかたしのぶ》に対しストレスを与えていたかといえば、そうでもなかった。

間違えてはいけない。

そもそも中田忍は、本物の真面目《まじめ》な地方公務員などではない。

本当に真面目な中田忍が、たまたま地方公務員になっただけ。

忍を動かせるのは公務員としての高尚《こうしょう》な奉仕の精神ではなく、己自身の信義なのである。

◇◆◇◆◇◆◇

三月十二日月曜日、午前十時二十分、区役所福祉生活課。

秘匿面談用の個室で、福祉生活課長と中田忍はこぢんまりと向き合っていた。

「すまない中田君。もう一度だけ確認させて貰《もら》えないか」

「承知しました」

もはや渋面を隠し切れない課長に相対し、中田忍は普段どおりの仏頂面《ぶっちょうづら》である。

「……その、河合《かわい》アリエルさんとの同居の経緯《いきさつ》について、もう少し詳しい説明が欲しいんだ」

「何度か申し上げている通り、行き倒れているところを保護し、住まわせてやっているだけです。これ以上の重複《ちょうふく》した確認が必要ならば、文書でお答えするに吝《やぶさ》かではありません」

「いや……いや、そこまでの必要はないんだが」

「課長は私の行為が地方公務員法第三十三条《信用失墜行為の禁止》に抵触する、あるいは分限処分《クビ》に値する反社会的行為だとお考えなのでしょう。その処分に先立ち、私から相応の言質《げんち》を取らんとしている」

「……否定はしないよ。他にやりようはなかったのかと、純粋に問いたい考えもある」

「国が私より上手《うま》くやると言うなら、当然そうしていましたよ。彼女のような外国人が辿《たど》らされる末路を、福祉生活課長ともあろう貴方《あなた》が、ご存じないとでも仰《おっしゃ》るおつもりですか」

「……」

「これ以上の問答は無意味でしょう。業務に戻らせて頂きます」

「待ってくれ中田君。君は根本的に私を誤解している」

「誤解とは」

忍の仏頂面が僅《わず》かに崩れ、剣呑《けんのん》な警戒を纏《まと》い始める。

中田忍の特性をよく識《し》る課長は、ここを正念場と悟り、努めて穏やかに語り掛けた。

「私には君の意志を矯正《きょうせい》しようだとか、組織が納得するような解決策を採らせようだとか、そういうつもりは一切ないんだ。まずはそこを理解して貰えないだろうか」

「ご冗談を。それが課長職たる貴方《あなた》の役目ではないのですか」

「分不相応な肩書きだよ。もし君に相応の勤続年数と、長いものへ素直に巻かれる度量があったなら、私たちの座る椅子《いす》は逆になっていただろうね」

「それこそ、私には分不相応な評価です。私が課長のように働けるとは思えません」

聞きようによっては酷《ひど》い皮肉だったが、もちろん忍《しのぶ》の言葉は本心である。

課長もそれを承知の上で、口元だけで小さく笑った。

「君が私を上司と認めてくれるなら、地方公務員法第三十二条《職務上の上司の命令に従う義務》に基づき君に命じよう」

「ふむ」

「この件について、周囲がつまらぬ騒ぎを起こさぬよう計らいたい。君の力を貸してくれ」

「私に嘘《うそ》を吐《つ》けと？」

「互いの信用を潰《つぶ》し合うような真似《まね》はしないさ。ただ、私の話を片端から叩《たた》き落されるような調子では、流石《さすが》に動きようがなくてね」

「ご下命とあらば、従いましょう」

仏頂面《ぶっちょうづら》とはいえ不機嫌ではない、機械生命体似とはいえ凡愚ではない忍は、課長から暗に示された譲歩を受け容れ、険のある仏頂面から普通の仏頂面に表情を戻した。

「ただ、分かりかねます。あなたの派閥に属するどころか懐きもしない、扱い辛《づら》いだけの私を庇《かば》うより、私を切って好みの後釜《あとがま》を貰《もら》ったほうが、いくらも仕事がしやすいでしょう」

「中田《なかた》君らしくもないな。いや、実に中田君らしいとも言えるか」

「恐縮です」

「ならば私も上司として、ひとつ中田君に教養しておきたいが、どうかな」

「お受けしましょう」

「……多彩な人材が集まる組織において、個々の能力が問題になる場面など、そう多くない。上司は〝どれだけ信頼を置けるか〟というただ一点で、部下《きみたち》の価値を測るべきなんだよ」

「私は課長の眼鏡《めがね》に適《かな》っていると？」

「そうなる。今後も頼りにさせてもらうよ、中田君」

「……承知しました」

慇懃《いんぎん》に頭を下げる忍の表情は、課長からは見えなかった。

◇◆◇◆◇◆◇

翌日、三月十三日火曜日、朝礼後の会議室。

「すみませんでした。すみませんでした。すみませんでした……」

各々《おのおの》外回りに向かうべく、会議室を出てゆくケースワーカーたちのひとりひとりに頭を下げ続ける、今にも泣きだしそうな女性職員。

福祉生活課支援第一係員、堀内茜《ほりうちあかね》であった。

「すみませんでした、すみませんでした……」

通り過ぎてゆくケースワーカーたちに怒りはなく、むしろ気の毒なものを見る眼差《まなざ》しを向けているのだが、かといって慰めの言葉も向けはしない。

「誰《だれ》も気にしてねえっしょ。むしろ余分な仕事減って良かったんじゃん？」

そんな中でただひとり、小声で慰めらしき何かを言い残した体育会系職員、北村神檎《きたむらしんご》。

善意からであろう彼の言葉は、どんな雑言《ぞうごん》よりも惨《むご》く、堀内茜の心を抉《えぐ》った。


つまるところ、堀内茜の主導する〝不正受給者《ナンバー》213〟摘発事案が、頓挫《とんざ》したのである。

昨年十一月に申請外の給与を伴う稼働が疑われた保護受給者《ケース》五名のうち、二名につき継続的な稼働が確認できなくなり、二月中旬に一名が突如行方を晦《くら》まし、二月末に一名がまっとうな就業を果たしたため、保護受給を正規に打ち切ることとなり、昨日最後の一名が万引きからの事後強盗罪で現行犯逮捕され、当分外には出られない見込みだと情報が入った。

現時点で揃《そろ》っている証拠資料類を基に、差額の返納を求めることも、できなくはない。

しかし、〝（困窮者の）自立を助長する〟という生活保護法の目的に照らして、不正受給を〝掘り起こす〟形で問題にするのは、世論や議会から非難を浴びるリスクを伴う。

必然、調査協力を求める声も強くできず、満足な事案の解明も望めないのだ。

この件を忍《しのぶ》が独自に担当していたなら、昨年中に摘発を決着させるべく動いていただろうし、由奈《ゆな》や小夜子《さよこ》レベルの経験を持つ職員であれば、稼働状況が確実に押さえられる数名だけを早い時期に叩《たた》くなど、コンパクトにはなっても形の残せる摘発を計画しただろう。

だが、堀内茜は失敗した。

忍や由奈のアドバイスを受けながら、自分なりの全力で事案に向き合い、通常業務との折り合いを付けながらも、完全な摘発を望み。

そして、なんの成果も挙げることなく、失敗したのだ。


少し後、福祉生活課行政事務室。

殆《ほとん》どのケースワーカーはまだ訪問に出ておらず、未《いま》だ騒々しい雰囲気の中。

デスクに戻って外回りの身支度を始める茜へ、近づく者がひとり。

「堀内君」

「……な、かた、係長」

忍の表情からは、いかなる感情も読み取れない。

ただただ普段通りの仏頂面《ぶっちょうづら》で、じっと茜を見下ろしている。

「本当にすみませんでした。せっかく機会を頂いて、私のやりたいようにさせて貰《もら》って、他の係の皆さんや外部の方まで巻き込んだ挙句、なんの成果も挙げられませんでした」

「……」

「今後はもっと……身の丈に合った仕事ができるよう、考えを改めます。中田《なかた》係長にも多忙を縫ってお力をお貸し頂いたのに、本当に――」

「堀内《ほりうち》君」

「っ」

縋《すが》るように忍《しのぶ》を見上げる、茜《あかね》。

その視線は、決して赦《ゆる》しを求めていない。

ギリギリ抑え込んでいる感情を、どうか決壊させないで欲しいと願う、それは最後の一線。

「堀内君。俺からひとつ、君に確認させて貰《もら》いたい」

「……はい」

「これで終わりか」

しん、と。

忍と茜の周囲が、不意に静まり返った。

「これで終わりかと訊《き》いている」

「終わりです」

「君はそれで良いんだな」

「……いえ」

「どういう意味だ」

「終わりです。終わらせなくちゃいけません。でも、終わらせるべきではありません」

「理由を聞かせて貰えるか」

忍の視線は揺らがない。

しっかりと茜を見下ろし、その瞳《ひとみ》の奥と向き合っている。

取りも直さずそれは、この状況に置かれてなお、茜が忍に向き合っている証左でもあった。

「当初摘発対象だった不正受給者《ナンバー》五名については、それぞれの事情で摘発が馴染《なじ》まない状況になりました。でも、調査の中で浮上した、保護受給者《ケース》の不正な稼働を幇助《ほうじょ》する稼働先の存在や、不正な稼働を助けるような環境を、看過すべきではないと思います」

「それは君の感想だろう。俺は君の考えが聞きたい」

「……看過することはできません。区役所が、公務として対応すべきだと考えます」

「不正な稼働を誘引するような稼働先が存在するとして、現時点ではそれを証明できない。不正受給者《ナンバー》の発生を待ち望み、摘発するような形となるが、それが正しいと考えているのか」

「他に手段がないなら、そうすべきだと考えます」

「何故《なぜ》だろうか。今そこに、不正受給者《ナンバー》は存在しないんだぞ」

「根を断てば、枝も実も葉も落とせます。意味も意義もある仕事だと考えます」

「ならば、気の済むまでやってみろ」

茜《あかね》の涙をこらえ細められていた目が、大きく見開かれる。

しかし言葉は、言葉だけは、これ以上紡げなかった。

「不正受給者《ナンバー》213案件は、君を業務に慣熟させるべく組んだ案件だった。間に合わない結果も当然想定していたし、俺もそのつもりで君を急《せ》かさなかった。君がここで終わらせたいと言うなら、それはそれで構わないとも考えていた」

「……」

「挑み続けても、望む結果を得られるとは限らんのが現実だ。五分五分の成功を六割に引き上げんと尽力し、結果と真摯《しんし》に向き合うのが公務員のプロフェッショナルだと、俺は考える。ならば君の上司たる俺が、向き合わんとする君の背を支えなくてどうする」

「責任はすべて俺が取る。不正な稼働を幇助《ほうじょ》する元凶につき、引き続き調査を続けてくれ」

ぼろぼろ、ぼろぼろ。

堰《せき》を切ったように、茜の涙は止まらない。

「……堀内君《ほりうち》」

「うぇっ……あっ……こほっ、えっ、うぇぇ……っ」

返す返すも、中田忍《なかたしのぶ》である。

茜《あかね》が今までにないほど号泣している理由は当然理解できていなかったし、それを止める術《すべ》などもっと考え付かないので、仏頂面《ぶっちょうづら》で固まったまま知恵の歯車を回転させるほかない。

そしてここは、始業直前の行政事務室。

来庁者にも声が通るこの場所で茜が泣き続ければ、どんな誤解が生まれたものか。

周囲の職員たちが、この修羅場を最後まで見届けるか、あるいはなんらかの累が及ぶ前に逃げ出そうかと、暫《しば》し逡巡《しゅんじゅん》しているところで。

「あぁ～!?　中田係長が若い子泣かせてるぅ！　いっけないんだぁ～!!」

どうしようもない空気には、空気を読まない最強《おつぼね》がよく刺さる。

福祉生活課の最古参職員、担当保健師・菱沼真理《ひしぬままり》、堂々参戦であった。

「菱沼さん、誤解です。これは――」

「いいからいいから。それより中田係長、ちょっと噂《うわさ》に聞いたんだけど」

「ドイツ人の女の子と同居始めたって、ほんとぉ？」

迎え火《バック・ファイア》という消火手法がある。

大規模な森林火災の延焼防止を目的として、延焼方向の植生を計画的に焼き払い、それ以上の延焼を食い止めるという、いわば鎮火の最終手段である。

しかし、計画的に焼き払われた先もできれば焼かれたくなかった場所である中田忍にとって、この援護が本当に助けになったのかは、微妙なところであった。

◇◆◇◆◇◆◇

「……訳ありの異邦人、とでも表現すれば良いか。名を河合《かわい》アリエルという。同居を始めてもう数か月になるが、未《いま》だに元いた境遇の話や、身元に関する情報は聴取できていない」

真実と嘘《うそ》の境界線ギリギリを攻める説明に、周囲の面々は押し黙るほかない。

忍と茜と真理、そして流れで付いてきた、支援第一係員を中心とする十数人からなる野次馬《しょくいんたち》は、来庁者の目に触れない会議室へと移動していた。

当然忍にも思うところはあったが、公務所内での噂話《うわさ》ほど伝播《でんぱ》の速いものはない。

ましてや、組織《かちょう》への報告から一日経過している今現在、何処《どこ》からどうやって噂が広まったのかなどと、考えるだけ無意味であろう。

「警察にも当たったが、該当する手配は見当たらなかった。だからと言って警察や、下手《へた》なN

POに預けてもろくなことにならんのは、君たちも知っての通りだ」

言葉尻《じり》だけを見れば、忍《しのぶ》の言葉に嘘《うそ》はない。

忍は先日、アリエルを外出させるに先立ち、所轄の警察署へ相談に訪れている。

結果として、警察を通した照会により身分証類の真正性が担保されたものの、やはりアリエルにまつわる届出等は一切為《な》されておらず、それ以上の情報を得られなかったのだ。

そして、一般人が聞けば誰《だれ》もが首を捻《ひね》るであろうし、話を聞いていた職員の中にも表情に疑問符を浮かべる者がいる一方、幾人かは忍の話に頷《うなず》きを返していた。

妥当な話であろう。

部署や個人によりに大小の差はあれど、区役所職員、とりわけ福祉生活課員は皆、福祉の限界や、社会的弱者を支えるビジネスの現実を、実感や体験として理解している。

『ろくなことにならん』まで言い切れば紛議もあろうが、行政の福祉へ疑義を抱き、自らの護《まも》りたい相手を任せられないと感じる者がいたとしても、なんらおかしな話ではなかった。

「他を頼れんと感じるが故《ゆえ》に、俺が保護した。公人としての中田《なかた》忍が最も信頼できる、私人としての中田忍に預けることを選択した。そうするべきだと考えた。ただそれだけの話だ」

忍はすべてを語り終えたが、誰も口を開こうとはしない。

——何か、致命的な矛盾を口にしたか。

元より、嘘を吐《つ》き慣れない忍である。

真実を含んだ誤魔化しとはいえ、自覚のないうちにやらかしていないとも限らない。

「……」

忍が顔を上げ、ゆっくり周囲を見渡すと。

皆の反応は、実に様々であった。


優しげな微笑《ほほえ》みを通り越し、にやついている菱沼真理《おつぼね》。

普段は剽軽《ひょうきん》な様子が目立つのに、無理に微笑んでいるのが丸分かりの初見小夜子《はつみさよこ》。

面倒を避け早々に退散していそうだった北村神檎《きたむらしんご》も、表情に困惑を浮かべて。

最初からすべてを知っている一ノ瀬由奈《いちのせゆな》は、驚きの仮面をしっかりと被《かぶ》って固まっている。

そして堀内茜《ほりうちあかね》は、いつの間にか泣くのを止《や》めて、じっと忍を見つめていた。

「すまない堀内君。君との話を進めるつもりが、関係のない俺の話で大事《おおごと》になってしまった」

「だいじょうぶ、です。それよりも……ありがとうございます、中田係長」

「いよいよ分からん。俺は何に涙を流され、何に礼を言われている」

「……ここにいてくださったこと、でしょうか。すみません、上手《うま》く表現できないんですが」

言った本人が分からない話を、忍が理解できようはずもない。

それでも忍は、知恵の歯車を回転させ続け、茜の言葉を真摯《しんし》に受け取ろうと、考え続ける。

「中田係長には、私が理想と感情で仕事に向き合うことを咎《とが》めて頂きました。だから私は、自分の考えや理想で仕事をしてはいけないんだって、どこか拗《す》ねていたんだと思います」

「……」

「でも中田《なかた》係長は、どちらも実現なさっていたんですね。教えてくださった公の福祉と、自分自身の良心を叶《かな》える救いを、どちらも……」

「買《か》い被《かぶ》りだ。俺の行為は不可抗力の成り行きに過ぎない。君個人の持つ高潔な良心とは根本的に異なる情動の結末であり、君が感銘を受ける謂《いわ》れはない」

「きっかけなんて些細《ささい》なことです。中田係長のなさったことに、関係ないと考えます」

静かな茜《あかね》の言葉。

機械生命体系公務員・中田忍《しのぶ》支援第一係長がドイツのオンナを囲い込んだと耳にして、興味本位で見物を続けていた野次馬職員は、それぞれバツが悪そうに視線を逸《そ》らす。

「中田係長は、アリエルさんを救って差し上げたんですよね。

私みたいに仕事に乗っかって、自分の気持ちばっかりでしたみたいに、ではなくて。

アリエルさんのために、自分のできることを、なさっていたんですよね。

私にはそんなこと、できませんし、できていません。

だから私も、中田係長のようになりたいです。

自分の理想を叶えるために、自分自身で立てるような人間に、私もなりたいと考えます」

「……ふむ」

ちらと視線を逸らせば、会議室のドアが少し開いており。

その先から福祉生活課長が、会議室の中を覗《のぞ》き込んでいる。

忍と目が合った課長は、一瞬困ったように微笑《ほほえ》んだ後、そっとその場を立ち去った。

――『どれだけ信頼を置けるかというただ一点で、部下の価値を測るべき』か。

――中々良いことを言うじゃないか。

昨日の教養を思い出し、尊大な態度で課長《じょうし》を値踏みする、中田忍であった。

「と、こ、ろ、で、中田係長？」

どこかしんみりしていた空気を、歳《とし》の功で明るくブチ壊す菱沼真理《おつぼね》。

「なんでしょうか」

「参考までに、そのアリエルさん……でしたっけ？　写真とか見せて頂きたいんですけどぉ」

「あ、わ、私も興味あります。見せてくださいよ中田係長!!」

すかさず割り込んだのは、初見小夜子《はつみさよこ》。

さらに。

「私も見たいですね。もし役所でお見掛けしたら、中田係長へお取り次ぎし易くなりますし」

「確かに！　流石《さすが》ね由奈《ゆな》ちゃん!!　まだ日本語が分からないいんじゃ、こっちで把握しといてあげたほうが安心安全よね、ね、ね、ね、中田係長？」

由奈の悪辣《あくらつ》なアシストにより、真理《おつぼね》が瞬く間に野次馬連中を巻き込んで、忍が画像を見せざるを得ない空気感を作り上げていく。

「ふむ」

とはいえ、機械生命体の二つ名を持つ男、福祉生活課支援第一係長、中田忍《なかたしのぶ》である。

相手が百戦錬磨の菱沼真理《おっぼね》であろうと、勢いに圧《お》され陥落するようなタマではなかったが。

「若い子が暴走しちゃって、個人情報取扱端末《パソコン》からマイナンバーカードの写真覗《のぞ》き見したりしたら一大事だし。ここで見せちゃったほうが問題少ないんじゃないかな、なーんて……」

「いいでしょう」

「えっ」

どよっ
まさか本当に見られるとは思っていなかった、むしろ忍のほうから積極的に見せたとすら取れるこの流れに、野次馬連中が若干怯《おび》えていた。

「……これですね」

忍が開いたのは、警察署で見せるため撮影した、アリエル本人の画像である。

クリスマスプレゼントとして贈られた、お気に入りのニットワンピを纏《まと》ったアリエルは、自然で優しい笑《え》みを浮かべ、じっと撮影者を見つめている。

その佇《たたず》まいはひどく嫋《たお》やかで、見る者を温かな気持ちにさせる、不思議な力を放っていた。

もちろん、ハムスターの体長並みに長い耳はそれなりに目立っていたが『あっ耳長いですね。この人エルフなんですか？』と突然聞くほどの社会不適合者はここにいなかったし、もし何か言われても『ドイツだから』で押し切るつもりだった忍である。

そして忍の正面に相対していた茜《あかね》は、必然的に間近でアリエルの画像を目《ま》の当たりにした。

茜は画像をじっと見つめて、少しだけ目を閉じた後、忍を見上げた。

「幸せそうですね」

「何故《なぜ》そう考える」

「見れば、分かりますよ」

それだけ言って、茜は目の端の涙を拭《ぬぐ》いながら、ようやく微笑《ほほえ》んだ。

真理《まり》もまた慈愛の微笑みを浮かべ、由奈《ゆな》は周囲の野次馬に交じり、どこか不安げな無表情。

そして、同居人の不細工を馬鹿《ばか》にするつもりだったのであろう北村神檎《きたむらしんご》と、本人の名誉のため理由は分からないことにしておくが、初見小夜子《はつみさよこ》は、周囲から目立たないところでそれぞれ壁に手を突き、処理し切れない感情を密《ひそ》かに処理し続けるのであった。

第三十二話　エルフと地獄手料理

三月十八日日曜日、午後十時四十分。

区役所の一件から五日後、異世界エルフ《アリエル》が文字を理解してしまった技術的特異点事案《シンギュラリティ》からちょうど一か月を迎えるこの日、アリエルが寝静まるこの時間帯を狙って、忍《しのぶ》と協力者たちはグループトークを展開していた。

ホームセンターのバイヤーとして勤め、基本的に休みが平日の徹平《てっぺい》や、フィールドワーク期間などは長期間自宅を離れることもある義光《よしみつ》までを含め、定期的に予定を合わせて集まるのは、無理とまでは言わないにしろ、それなりの負担となるのは明白である。

よって忍はアリエルの保護計画につき、基本的に由奈《ゆな》を相談役として進めるほか、オンラインの定例報告を月一回行うことで大筋の方針を修正していくよう定めた。

協力者それぞれの生活を最優先事項に置かんとする、実に忍らしい判断だと言えよう。

ちなみに由奈は中田《なかた》忍邸への訪問や宿泊を再開し、今も寝室でアリエルと同衾《どうきん》している。


【グループトーク《定例報告（三月分）》】

忍　：大筋の報告事項としては以上だ
由奈：徹平サン、説明お願いできますか？
徹平：夜の散歩は継続中、初回に桜咲かせちまったトラブルはあったけど、他の問題はなし
徹平：併せて今月から、言葉のコミュニケーションと社会常識の教育を始めたんだよな
徹平：アリエルちゃんの吸い込みも悪かねえが、もうちょっと効率的な方法がないか模索中
徹平：後は課題がいくつか解決したり、いくつか増えたりしたからその報告
徹平：こんなトコだろ？
由奈：OKです
義光：一ノ瀬《いちのせ》さん、徹平でみんなの理解度計ってるの……？（、ρ゛）
徹平：いやまあ、しゃーねーだろ。この中で一番呑《の》み込み悪いの確実に俺だし
徹平：そんぐらいの扱いのほうが、俺も気楽だわな
義光：(笑)
義光：耳神様《みみがみさま》の件とか、ナシエルの件とかはもういいの？（∨｣∧）
忍　：アリエル自身と会話が通じるようになれば、耳神様との関係性はハッキリするだろう
忍　：ナシエルは向こうの動きがない以上、こちらから仕掛ける必要もあるまい
忍　：強《し》いて言えば、この定例報告自体がナシエルへの牽制《けんせい》と言えるだろうか
義光：そうなの？

忍《しのぶ》：奴《やつ》が俺たちをどこまで監視しているかは分からんが
忍：パスポート画像の件から、グループトークを盗み見ていることは明白だ
忍：敢《あ》えてここに情報を集約し、その気ならすぐに口出しできる環境を整えてやる一方
忍：いずれ奴を糾弾《きゆうだん》する機会に〝知らなかった〟という逃げ道を塞《ふさ》ぐことができる
忍：ナシエル、どうせ今も見ているのだろう
忍：早く出て来い。俺の怒りは、常に今が一番浅いぞ
義光《よしみつ》：(・∀・)
由奈《ゆな》：ところで環《たまき》ちゃん、何か気になるコトある？
環：え
環：私ですか？
由奈：ある意味忍センパイよりアリエルに接してる時間長いし、何かあるかと思って
環：えーと

少しの間《ま》。

環：最近のアリエルさんは、すっごく楽しそうに見えます
環：あと、初めて会った頃《ころ》より、私の真似《まね》っこして遊ぶことが増えた気がします

由奈：詳しく聞いてもいい？
環：えっと
環：私が何か説明したり、何気ない言葉で話しかけたりすると
環：私の説明や言葉をおうむ返しで繰り返すことがあるんですよね
環：あとは説明の後に、ほとんど必ず『ナンデ？』って聞き返されるので説明
環：説明を色々説明するんですけど、一生懸命説明を聞いてくれます
環：すみませんなんか説明ばっかりで馬鹿《ばか》みたいな文章になっちゃいました
徹平《てっぺい》：(笑）いいんじゃねえの、俺にも分かったし
忍：尻《しり》馬に乗るようで悪いが、真似のほうの影響は俺も感じている
義光：そうなの？（・o・）
忍：言葉遣いの随所に、口語的な敬語表現が見られるようになった
忍：一ノ瀬《いちのせ》君か御原《みはら》君の影響だとは考えていたが
忍：御原君をベースに言語を発達させているなら、合点がいくな
環：すみません私の影響でアリエルさんの言葉遣いがおかしくなっちゃったかも
義光：むしろいいんじゃない（/・ω・）/忍っぽい感じになるよりは……（￣～￣メ）
徹平：『テッペー、貴様はトイレの後に便座も下げられないのか？　恥を知れ下郎めが』

少しの間《ま》。

由奈《ゆな》：急に面白いこと言わないでください

由奈：リビングのほうから笑い声みたいなのが響いてすごく怖いんですけど

徹平《てっぺい》：(笑)

忍《しのぶ》：今後の方針だが、前回から引き続き

忍：目につく課題を解決しつつも、自立に向けた教育を多角的に進めたいと考えている

忍：アリエルの社会進出に必要だと考えられる事物につき、忌憚《きたん》のない意見を述べてくれ

環《たまき》：あの

環：アリエルさんの自立って、そんなに急がなきゃいけないんですか?

忍：遅くとも夏頃《ごろ》までには、昼間も自由に出歩かせたいと考えている

忍：そうすべき理由はいくつもあり、そうせざる理由よりも強く、すべてが重い

忍：俺の果たすべき責務として、異世界エルフの自立は急務かつ至上の命題だ

忍：具体的な説明が必要か

少しの間。

環　：すみません失礼しました
環　：大丈夫です
忍　：だが御原《みはら》君
由奈：忍センパイ
由奈：時間も遅いですし、その話は別の機会にしません？
由奈：私からもひとつ、今話しときたい提案があるんで
忍　：承知した
義光《よしみつ》：いいよー（・ε・）ノ
徹平：あいよ
環　：分かりました

◇◆◇◆◇◆◇

そして次の週末、三月二十四日土曜日のお昼前、中田《なかた》忍邸。

「本当に、任せてしまっていいのか」

「逆に聞きますけど、この件に関して忍センパイ、何かできます？」

「いや。足手まといどころか、関与してはならないとすら考えている」

「じゃあそういうことですよ。分かったらとっとと出てってください」

「分かった。よろしく頼む」

「ええ。あと一応言っときますけど、ウェブカメラ立ち上げたら後で小指折りますからね」

「承知した」

「それは『小指が折れてもいいからカメラを見る』って意味の承知でしょうか」

「……駅前の喫茶店にいる。何かあれば連絡してくれ」

「お昼はこっちで食べさせときますから、もっと好きなトコ行っていいんですよ?」

「有り難いし信頼しているが、万が一のこともあろう。なるべく近くで備えたい」

「まあ、自由にして頂いて構いませんケド、連絡するまで帰って来ないでくださいね」

「約束しよう」

「それでは、いってらっしゃいませ」

　バタン　ガチャッ　カタンッ　ガチャガチャッ
食い気味に自宅から追い出された上、眼前で施錠確認までされてしまう、中田忍《なかたしのぶ》であった。

しかし、忍は気を悪くした様子もないし、なんなら若干表情が晴れやかである。

——有り難いことだ。

——久々に一冊、読み切れるかもしれんな。

邸内のすべてを由奈《ゆな》に任せた忍は、懐の文庫本をさらりと撫《な》でて歩きだす。

由奈が忍を追い出したのか、あるいは送り出してくれたのかなど、確定させる必要はない。

それで忍が納得したなら、それこそが最も幸福な真実なのだから。


一方、家主不在の中田忍邸には、謎《なぞ》の異世界エルフ改め、住民票上の同居人となった異世界エルフ・河合《かわい》アリエルと、中田忍のいち部下改め、精神的保護者となった地方公務員・一ノ瀬《いちのせ》由奈、そしてエルフ大好き改め、アリエル大好きとなった女子高生・御原環《みはらたまき》がいた。

三者は寝室に籠《こも》り、本日の主目的である〝作業〟に取り掛からんとしている。

「ホワァー」

「ふぇえ……」

ベッドの上だけでは到底収まらず、壁面のフックやクローゼット、床まで使って広げられた色とりどりの衣類に、アリエルも環も圧倒されるばかりであった。

「なんか、えっと、その……ほんとすみません」

「ホントスミマセン」

「だから気にしなくていいってば。あとアリエルはなんでもかんでも真似《まね》しない」

「オコトワリシマス」

「……意味分かって言ってんの？」

「ウー？」

「あ、あわわわ……」

環《たまき》は恐縮し、アリエルはニコニコしていた。

かわいい。


由奈《ゆな》の提案は、忍《しのぶ》の纏《まと》めていた懸案事項リストの一項目、課題乙83『異世界エルフへ時代に即したファッションセンスを身に付けさせる必要性の考察』の解決であった。

課題そのものについては『アリエルが日常的に目にするであろう人類が、各々《おのおの》適切なファッションを纏うよう気を遣えば良いのではないか』という結論に落ち着いた。

最もアリエルの傍にいる、スーツネルシャツパジャマ無限ローテのファッション緊急事態男、中田《なかた》忍の服装についても、先日勃発《ぼっぱつ》したテラスモール湘南《テラモ》の乱により一応の改善を見た。

もちろん自身のファッションにも高い知見を有する由奈、歳相応《とし》にセンスを発揮している義光《よしみつ》、元々の服好きに加え、星愛姫《ティアラ》に恥ずかしくない父親となれるよう、人一倍身だしなみには気を遣っている徹平《てっぺい》ときたところで、プロジェクトは暗礁に乗り上げる。

肝心のアリエル、そして最も緊密な遊び相手である御原《みはら》環が、それぞれ一張羅以外はパジャマ、あるいは一張羅以外はジャージしか持っていなかったのだ。

暦は既《すで》に三月下旬、冬の寒さがすっかり遠のき、春の陽気が差すこのごろ。

一張羅はどちらも冬合わせ、無慈悲な衣替えのシーズンはすぐ傍にまで迫っている。

第二次ファッション緊急事態であった。

そんな経緯もあり、一ノ瀬《いちのせ》由奈は実家から自らの古着を送ってもらい、自宅の衣類からいくらか使えそうなものを見繕い、アリエルと環へ譲ることにしたのだ。

なお、邪魔にはなるが役には立たないであろう中田忍については、先述の通り、由奈から連絡がない限り帰って来ないよう言い含められ、邸内から締め出されているのであった。


「押し付けるみたいになっちゃってごめんね。古着だし、迷惑だったかな」

「い、いえいえいえいえ！　本当に、ほんっとーに助かります!!」

「そう？」

「お父さ……父も頼めばお金はくれると思うんですが、変に勘繰られても困るので」

「『彼氏でもできたのかー』みたいに勘繰られちゃうと、色々厄介かもね」

「はい。一着しかないよそ行き使いまくってたら、毛玉だらけになっちゃったんで、もう来週からお気に入りの白とピンクのジャージ着てこようかなって思ってたところだったんです」

「白とピンクのジャージって何。学校指定の体育着？」

「いえ、可愛《かわい》いかなと思いまして。少し前にお小遣いで買いました」

「……そういう難しそうなのは、もっと熟《こな》れてからのほうがいいんじゃない？」

「……普通にそのまま着たら……やっぱり……ダサいですかね?」

「ダサいでしょ」

「ひっ……」

大人《いちのせゆな》の女性から打ち返されてきた、無課金装備でレイドボスに挑もうとする中学生を見るような眼差《まなざ》しと、まるで湿度の感じられない返答に、ただただ圧倒される環《たまき》であった。

「アリエルは、タノシーデス!!」

「こら、アリエル!!」

「ホァ」

そんな雑談の隙《すき》を突いた、わけでもないのだろうが、待ちきれなくなり衣類の海に飛び込もうとしたアリエルが、由奈《ゆな》の掲げた〝止〟マークで漫画のようにぴたりと静止する。

その反応速度は忍《しのぶ》のときよりも心なしか速いようで、恐らくはアリエルも一応話を聞こうとしてくれる忍より、話を聞いてくれなさそうな由奈を恐れているのかもしれなかった。

「ああ、途中でごめんね環ちゃん。この辺が学生時代のお古で、こっちが最近着てない奴《やつ》。モノによっては胸元が厳しいかもだけど、とりあえず気になったら袖《そで》通してみて」

「は、はあ……」

環は恐る恐るといった様子で、衣類の海へと手を伸ばしていく。

「……これは、もんぺですか?」

「もんぺ扱いはちょっと酷《ひど》いかな。ガウチョパンツって言うんだけど」

「す、すみません」

ちなみにもんぺとは、和装の袴《はかま》に似た感じのふんわり感で足首部分がきゅっと締まった七分丈の作業用ズボン。

ガウチョパンツとは、和装の袴に似た感じのふんわり感で足首部分がきゅっと締まっていない七分丈のお洒落《しゃれ》ズボン。

というのが、おおむね世間一般の認識と言えよう。

だが実のところ、ガウチョパンツの源流は南米の〝ガウチョ〟と呼ばれた人々が牧畜の際に着た作業着であり、環の直観はある意味でガウチョパンツの本質を捉《とら》えていたとも言える。

流石《さすが》は研究者の血筋というところだが、それを指摘できる者はこの場におらず、もし中田《なかた》忍がいたとしても部屋には入れて貰《もら》えないので、助けにはならなかっただろう。

不憫《ふびん》な話である。

「私はアリエルに色々着せてみるから、環ちゃんも適当に好きなの合わせてみて」

「分かりました。やってみます」

スーツ類はきちんと着こなす忍なので、宅内には大きめの姿見が存在する。

おずおずと服を拾い上げ、自ら合わせせんとし始めた環。

それを見届けた由奈は、先程から珍妙なポーズで静止したままのアリエルへ歩み寄った。

◇◆◇◆◇◆◇

暫《しば》く後、リビングダイニング。

「ユナのフクは、イケテルデスネ!!」

ワンピース系ばかりではバリエーションが寂しいだろうと、夏のアメリカ人女性が着るようなぱつぱつのTシャツに、インディゴブルーのスキニージーンズを合わせて貰《もら》ったアリエルが、ダイニングテーブルの周りで機敏にポーズを決め、誇らしげな笑《え》みを浮かべていた。

かわいい。

「あの、由奈《ゆな》さん」

「動かないでね。ズレるから」

「あっはい」

そして、七分袖《そで》のブラウスに、肩口へフリルをあしらったベストと、腰回りのシルエットがすっきり映るタイトなスカートを着させて貰い、椅子《いす》へ座らされた環《たまき》。

その顔面は、由奈の手による化粧《メイクアップ》で彩られつつあった。

フェイスマッサージから肌の下地作り、眉《まゆ》メイクから何から、およそ今まで環が避けて通ってきた基本的なセルフケアのすべてを、目まぐるしいスピードで体験させられている形だ。

「ユナは、タマキに、オケショーデスカ?」

キメポーズ研究に満足した様子のアリエルが、興味の対象を環《たまき》に移す。

「そうそう。邪魔しないでね」

「アイ」

中田忍《なかたしのぶ》邸に泊まりまくっている一ノ瀬由奈《いちのせゆな》は、必然的に中田忍邸内で化粧をするし、アリエルにもその姿を度々目撃されている。

普段なら傍《かたわ》らで化粧を見守り、何が楽しいのかフムーフムーホォーと呟《つぶや》き通しているアリエルであったが『由奈が由奈自身でなく、別の誰《だれ》かに化粧を施している』というシチュエーションが琴線《きんせん》に触れたらしく、ノートと筆記具を手に取って、変わっていく環の様相ひとコマひとコマを法廷画家か何かのように描《か》き取り始めた。

描き取る理由は定かでなく、もしかすると後で忍辺りにこのメイクを試すつもりなのかもしれなかったが、環にそれを気にする余裕はないし、由奈は後からどうなろうと知ったこっちゃないと思っていたので、特に誰も気にしなかった。

「由奈さん、ありがとうございます。服も凄《すご》いですけど、お化粧まで面倒見て頂けるなんて」

「環ちゃんごめんね。厳しいこと言うようだけど、まずはその認識から改めなきゃダメ」

「えっ」

「女性の身だしなみにおいて、服とお化粧は比翼連理、相互補完の関係にあるの。社会の化粧に求めるハードルが上がりまくってる昨今、十八歳超えてノーメイクで出歩くとか、下着で出歩くのと同じぐらい恥ずべき愚行よ。今からでも全然早くないから、本気で覚えなさい」

「ひゃ……はい」

声色《こわいろ》に本気が見え隠れする社会人女性、一ノ瀬由奈二十六歳であった。

ふわふわ　ふわふわ
ぽすぽす　ぽすぽす
由奈の手のひらが環の頬《ほほ》を柔らかく包み、淡いピンクのチークを入れる。

『大人の女性と間近で向き合い、優しく顔へ触れられる』という、初めての感覚へ戸惑いっぱなしの環だったが、じっと由奈に見つめられ、その体温を重ねられてゆくたび、強張《こわば》っていたはずの心が、味わったことのない安らぎに包まれ、緩やかに溶けてゆく。

そんな中で、ふと。

溶けた心が形を纏《まと》い、口元からほろりとこぼれ出す。

「……由奈さんは」

「うん」

「どうして由奈さんは、私に優しくしてくださるんですか？」

「……別に優しくなくない？」

「そんなことないです。素敵な洋服だって……譲ってくださいましたし、お化粧だって……」

衣装合わせの結果、環《たまき》は由奈《ゆな》から数着の古着を譲り受けることとなり、良い子の環は代金を払いたいと申し出たが『ホントに払ってくれるつもりなら、環ちゃんのお小遣いじゃ全然足りないと思うよ』とバッサリ両断され、恐縮しつつも無償の譲渡を受け入れていた。

「着ない服を着てくれる人に譲っただけだし、お化粧は義務だし。親切の範疇《はんちゅう》だと思うけど」

「でも、優しいです」

「どうして？」

「私の話、適当に誤魔化したりしないで、真剣に聞いてくださってます」

「……まあ……それは、そう、かな？」

化粧を施す最中なので視線を逃がせず、照れた様子を隠せない由奈。

ただ、由奈の真正面にいるとはいえ、いっぱいいっぱいの環はその変化に気付けない。

「私の身の回りには、今までそういう大人の方って、全然いなかったので……どうしてそんな風にしてくださるのかな、とか、何がよくってそうして頂けたのかな、とか、全然分かんなくて、後学の為《ため》にっていうか、えっと、その……」

「……じゃあ、環ちゃんが素直で可愛《かわい》いから、って感じでどう？」

「嬉《うれ》しいですけど、それが全部じゃないですよね」

「気にしないの。大人にはきっちり甘えなさいって、忍《しのぶ》センパイにも言われてるんでしょ」

「じゃあ、忍さんが甘えていいって言ったから、由奈さんは私に優しいんですか？」

「いいえ。私は私の意志に従って、環ちゃんにしてあげたいことをやっただけ。おかしい？」

「おかしいです。分かんないです、そんなの」

環が不満げに溜息《ためいき》を漏《も》らす。

もちろん一ノ瀬《いちのせ》由奈は、不機嫌の理由をそれとなく想像できていた。

「環ちゃんが知りたいことって、私の話じゃないでしょ」

「違います!!　由奈さんの優しさも凄《すご》く嬉しくって、でも忍さんのことも……あっ」

「……聞かなかったことにしようか？」

「……いえ、大丈夫です」

環もまた、聡《さと》く感受性の高い、思春期真《ま》っ只中《ただなか》の未成年である。

誤魔化し切れないと悟り、もじもじしながらも正直に口を割るのだった。

「結局……お付き合いとかは、されてないんですよね？」

「ええ」

「今後もし、そんな風になる予定があるなら」

「喧嘩《けんか》売ってんの？」

由奈の声が冷たかった。

「ま、まだ話の途中なんですけど」

「そっか。でもその前提がまず不快だから、取り消してもらっていいかな?」

「ああ……その……えっと。私ってお邪魔虫じゃないですか、って話なんですけど」

「恋愛的な意味で?」

「……はい」

由奈《ゆな》の表情には、自分が地獄に落ちたような、あるいは環《たまき》を地獄に落とそうとしているかのような、微妙で複雑な色が浮かんでいる。

どちらにしろ良い流れではないので、環は己の勇み足を大いに後悔した。

「一応確認するんだけど、環ちゃんは忍《しのぶ》センパイのこと、恋愛対象として見てるの?」

「ああ……うーん……どうなんだろ。微妙です」

「微妙って?」

「忍さんのことは尊敬してますし、甘えさせて頂いてますし、好き嫌いで言えば好きなんですけど……恋愛対象として見られるかは、ちょっと違う話っていうか……」

「正常な感性だと思うけど」

「あ、待ってください違うんです、確かに変な人だし、面倒臭いし、扱いづらいんですが」

「うん」

「私、お父さん以外の男性に、本当の意味で優しくして貰《もら》ったことってあんまりないので、これが恋愛の好きになりうるものなのか、分かんないっていうか……そんな感じです」

「うん。環ちゃんはこれから、色んな人と知り合ったほうがいいよ。色んな人と比べて、忍センパイの異常性を正しく理解してからでも、恋だ愛だを考えるには遅くないんじゃない？」

由奈の表情は穏やかで、声色《こわいろ》も環を気遣う、柔らかなものだ。

無理をしている様子や、嘘《うそ》をついている様子も、一切感じられない。

だが、だからこそ、環には不可解だった。

「それでも由奈さんは忍さんに寄り添って、一緒にアリエルさんの面倒を見てますよね」

「まあ……そうだけど」

「それって、やっぱり変です」

「変？」

「はい。由奈さんは私よりも色んな人と触れ合って、色んなことをご存じで、それでも忍さんと一緒にいるって、忍さんに寄り添っているんですよね」

「うん」

「それって、好きってことじゃないんですか。

どうして由奈さんと忍さんは、付き合ったり結婚したり、しないんですか？」

声色の示す、純粋な疑問。

嫉妬《しっと》や感情の爆発と呼ぶには、あまりに無垢《むく》なその言葉に、由奈《ゆな》は。

「環《たまき》ちゃん」

「はい」

「馬鹿《ばか》にするわけじゃないんだけど、子供の世界って狭いよ。小さなグループの中で出会った気の合う相手を、一生のパートナーって錯覚したりするのも珍しくない。その辺、環ちゃんはとっても冷静で、ちゃんと先を見据えられてる。いいことだと思う」

「……」

「だけど、人と人との関係って、そんなに単純なものじゃないの。好意の先に恋愛があるとは限らないし、嫌悪の先に拒絶があるとも限らないんだよね」

「じゃあ由奈さんは忍《しのぶ》さんのこと、恋愛的に好きじゃないんですか？」

「まあ……好き嫌いって言うか、生理的に無理」

「ならお手伝いしたり、仲良くするのも止《や》めたらいいのに」

「それじゃ忍センパイとアリエルが可哀想《かわいそう》だし、私だって面白くないじゃない」

「……私には、よく分かりません」

「環ちゃんには、分からなくてもいいと思う。私と忍センパイ……ううん、私だけが分かってれば、それでいいんじゃないかな」

「そんなもの、なんですか？」

「ええ。ちゃんと答えになったかな」

「正直よく分かりませんでしたが、由奈さんが真面目《まじめ》に答えてくれたので、嬉《うれ》しかったです」

「そっか」

眉根《まゆね》を寄せる環に対し、由奈の表情は水面のように透明で、穏やかに揺蕩《たゆた》っている。

仕方あるまい。

〝あの〟一ノ瀬《いちのせ》由奈の心の奥を覗《のぞ》こうなどと、今の環では力不足というものだ。


由奈も環も言葉を切って、しばらく無言の時間が続くかと思われた、ところで。


「ユナ、タマキ、ユナ、タマキー!!」

いつの間にかお絵描《カキカキ》きをやめていたアリエルが、何かを抱《かか》えて戻ってきた。

「ゴランクダサイ、ユナ、タマキ!!」

「うわ、アリエルさん、これどっから出してきちゃったんですか」

「……ああ、大丈夫大丈夫。これ私の奴《やつ》だから」

「ふえ?」

「もう……服だけでいいって言ったのに」

アリエルがダイニングテーブルへごちゃっと広げたのは、卒業アルバム、フォトファイル、プリントシール帳に可愛《かわい》いノート、文房具、その他諸々《もろもろ》。

由奈《ゆな》の実家から送られた段ボール箱に詰められていた、一ノ瀬《いちのせ》由奈ゆかりの品々であった。

「お、おぉ……ちょ、ちょっと、ちょっとだけ、ちょっとだけ見てもいいですか?」

「うーん、できれば勘弁して貰《もら》いたいんだけど……ほら、アリエルも止《や》めなさいって」

由奈が化粧の手を止め〝止〟マークを掲げたものの、アリエルが由奈を見ていない。

アリエルは手に取ったフォトファイルに熱中し、真剣な表情で次々とページを捲《めく》っている。

「アリエルってば」

いったんカードを収め、由奈がアリエルに近づくと、顔を上げたアリエルと目が合った。

「……ユナ」

「うん?」

アリエルは再びフォトファイルに視線を戻し、暫《しば》し固まる。

「……」

「……」

そして再び顔を上げ、じっと由奈を見つめる。

「……」

「……」

さらにアリエルは、三たびフォトファイルへと視線を戻し、三たび由奈を見上げて。

「……ユナデスカ？」

「ちょっとごめんアリエル、それどういう意味かな？」

順当に考えれば、学生時代のものであろう過去の由奈の写真と、現在社会人二十六歳の一ノ瀬由奈が同一人物に見えないということは、その間の〝変化〟を肯定するに等しい。

それが一般的な女性にとって無礼に値する評価であると、流石《さすが》の御原環《みはらたまき》も理解していたが、即座に気の利いたフォローを挟めるほど器用でもない。

それでもどうにか力を尽くし、大好きな推し《アリエル》に裁きが下る結末を回避せんと、環がアリエルの持つフォトファイルに視線を落とした、ところで。

「あ、待ってください由奈さん。多分誤解です」

「誤解？」

「はい。この写真見てください」

環が指で示したのは、由奈が高校生の頃《ころ》の写真。

各々《おのおの》中世ヨーロッパ風の衣装に身を包んだ女生徒数人が、横並びに珍妙なポーズを取っており、その中心にいるのが由奈であると、環にはひと目で分かった。

ただ写真の中の由奈は、ラベンダー色のテカテカしたお姫様風衣装を纏《まと》っているほか、肩、腰、膝《ひざ》どころか床にまで達してなお余るほどに長い金髪のウィッグを被《かぶ》っており、現在の一ノ瀬由奈の雰囲気とは似ても似つかない状態となっている。

「〝ラプンツェル〟ですか？」

演劇練習を撮影した写真だと理解し、演目と思われる作品の名を挙げる環《たまき》。

一応注釈しておくと、塔の最上階に幽閉された長い長い髪の美女が、通りがかりの王子様に自分の髪を上らせて密会する、グリム童話の一作である。

「そうそう。高校の文化祭でちょっと……色々あって」

「素敵です。由奈《ゆな》さんらしいなって感じで」

「言っとくけど、立候補したわけじゃないからね」

「えっ」

「おかしい？」

「だって、由奈さんが周りの意見に動かされるなんて……いえなんでもないですすみません」

「……」

環が余計な口を滑らせて恐縮し、由奈が無礼討ちの手段を考え始めたところで。

「ユナ、ユナー」

気付けば異世界エルフ《アリエル》が、不思議そうな表情で由奈を見上げていた。

「ユナ、ユナ、ナンデ？」

アリエルは由奈から見えるよう写真を掲げ、左右にカクカク首を傾《かたむ》けている。

傾《かし》げているのではなく傾《かたむ》けている辺りは、実に異世界エルフらしい動きと言えよう。

「環ちゃんが説明してくれたでしょ。ラプンツェルだからいつもと違うの」

「ラプンツェル、ナンデ？」

「……文化祭だから、って言っても分かるわけないか。えーっと……」

「ブンカサイ、タノシーデスカ？」

「うん……まあ……楽しい、かな？」

「ホォー」

殊更《ことさら》に感心した様子のアリエル。

このとき御原《みはら》環が、覚えた違和感をきちんと言葉にできていたなら、この先の未来はもう少しマシなものになっていたかもしれない。

しかし、現実は無情である。

異世界エルフの十指はあまりにも早く、自身の頭皮へと添えられて。

「フォオオオオ」

異世界エルフの全身から噴き立つ謎《なぞ》の気体、浮き上がる金髪。

そして。

「ブンカサイ!!」


ブゥワアアアアアアアアアアアアアア!!!!!!!!!!

異世界エルフの金髪が爆発的にその質量を増大させ、由奈《ゆな》と環《たまき》の視界を埋め尽くした。

◇◆◇◆◇◆◇

小一時間後、中田忍《なかたしのぶ》邸。

シャキ　シャキ　シャキ

「……」

シャキ　シャキ　シャキ

「ンフー」

周囲に新聞紙の敷き詰められた、リビングダイニングの中央に置かれた椅子《いす》へ、お行儀よくちょこんと座ったアリエルが、満足気な笑《え》みを浮かべている。

かわいい。

その傍《かたわ》らでは、緊急招集《エマージエンシー》により呼び戻された中田忍が、帰りしなに買ってきた散髪用ハサミを構え、アリエルの髪を切りきらんと奮闘していた。

「忍センパイ、申し訳ありません。追い出しといてこの有様じゃ、ちょっと酷《ひど》いですよね」

「私も、すみませんでした……」

忍の傍らでは、由奈と環が所在なげに立ち尽くし、謝罪の言葉を漏《も》らす。

事態が事態だけに、流石《さすが》の由奈もしおらしい。

しかし忍はといえば、髪に向ける眼差《まなざ》しこそ逸《そ》らさないまま、普段通りの仏頂面《ぶっちょうづら》。

「構わんよ。こんな状況、俺が看ていようが防げたとは考えられない」

「カマワンヨ？」

「〝赦《ゆる》し〟を示す言葉だ。相手の過ちを受け容れ、遺恨を残さないと確約する」

「ユルシは、ウレシーデスカ？」

「……そうだな。すべての赦しは、喜びのうちにあって欲しいものだ」

「ホォー」

何が嬉《うれ》しいのか、身体《からだ》を小刻みに震わせ、謎《なぞ》の気体を全身からぷしゅぷしゅ出すアリエル。

「アリエル。すまんが、あまり動かないで――」

「カマワンヨ!!」

ガタッ
「うおっ」

アリエルが興奮気味に身を捻《ひね》った影響で、切りかけの髪は揺れて乱れて零《こぼ》れ落ち、うねる波紋は部屋全体へと波及する。

妥当であろう。

アリエルの頭皮から爆発的に伸びた金髪は、今やリビングダイニングの床面をすべて覆わんとするほどに、そのテリトリーを拡張しているのだから。


アリエルの〝ブンカサイ〟宣言は、ふたつの深刻な問題を生み出していた。

ひとつは、頭髪の総量。

伸びに伸びたアリエルの金髪は、肩、背中、腰、膝《ひざ》、床では飽き足らず伸びに伸び続け、一本辺りおよそ7メートルほどにまで伸長していた。

こんな状態でアリエルを歩き回らせれば、アリエル自身の髪を踏みつけて転んだ上、ごっそり髪の毛が抜けてしまう悲惨な事故が起きかねないし、その際の衝撃で頸椎《けいつい》がどうなってしまうか分からないため、とにかく切ってしまうしかない。

そして忍《しのぶ》たちが危惧《きぐ》している、もうひとつの問題。

「……アリエルさんの……胸元、大丈夫なんでしょうか」

「俺にも分からん。少なくとも、観測史上最低値とだけは言える」

異世界エルフ《アリエル》の健康管理という大義を果たすべく、日夜異世界エルフの乳房を目視で確認し、その概算サイズを克明に記録している中田《なかた》忍が言うのだから、間違いない。

というか、そこまでは真剣に見ていない由奈《ゆな》と環《たまき》にも分かるのだから、本当に間違いない。

アリエルの乳房は、怒涛《どとう》の発毛に反比例するかの如《ごと》く、ぺったりと縮んでしまっていた。具体的に言えばカップサイズで数えるどころか、忍の胸板といい勝負ができるレベルの絶壁状態であり、先日のサヨナラ夜間飛行事件のときよりも明確に縮んでしまっている。

心なしか身体全体のシルエットも、ひと回り痩《や》せてしまったように見えなくもない。

次に同じ調子で髪が生えたらどうなるのか、もはや人類には知る由《よし》もない。

冗談抜きの死活問題であった。


「こんなものか」

忍なりの努力により、７メートル級だったアリエルの頭髪は元の長さと同じくらい、肩甲骨《けんこうこつ》に掛かるか否《いな》かぐらいのセミロングまで復元された。

素人《しろうと》仕事のため毛先はだいぶパッツン気味だが、流石《さすが》に許容すべき範囲であろう。

「シノブ、シノブ」

「足元の片付けが済んでいない。すまんが──」

「カマワンヨ！」

「……すまんが、もう暫《しばら》く──」

「カマワンヨ!!」

「……もう暫く、大人しくしていてくれ」

「アイ」

ダブルカマワンヨでご満悦のアリエルは、椅子《いす》の上で両脚をパタパタしている。

かわいい。

「お疲れさまでした、忍《しのぶ》センパイ」

「後はアリエルさんの……胸元の問題と、切った髪の毛をどうするか、ですね」

「何も進展していない、ということか」

中田《なかた》忍は中田忍なので、不都合な現実から目を逸《そ》らすことができない。

因果な話であった。

「一ノ瀬《いちのせ》君はどう考える」

「まあ……胸のほうは、時間を掛けるしかないですよね。一応〝例の言葉《ブンカサイ》〟を口に出さないよう気を付けて、美味《おい》しいものを食べさせ続けるくらいしか、今は思い付きません」

「御原《みはら》君。切った髪の処理について、何か当てはあるだろうか」

「え……っと……人里離れた山奥に……穴を掘って……自然に帰す、とか……？」

「……ふむ」

床に切り落とされた金髪をひと房拾い上げ、じっと見つめる忍。

その様子から、まだ付き合いの浅い環《たまき》は何も読み取れず、数年間同じ職場で勤務し、ここ数か月特に距離を詰めていた由奈《ゆな》は、忍の思考を読み取ろうと目を光らせる。

しかし。

この場にはもうひとり、忍の懊悩《おうのう》をつぶさに観察し、解決を助けたいと考える者がいた。

「オイシー、オイシー、アリエルの、オイシー」

不意に椅子から立ち上がったアリエルが、カウンターキッチンへ近づいていく。

「アリエルさん、どうしたんですか？」

「アリエルの、オイシーデス」

「おいしいと言ったか」

「ハイ」

リビングダイニング側からキッチンカウンターの前に立ったアリエルは、少しだけ迷った様子を見せたが、ぐっとキッチンへ手を差し入れ、一番大きな鍋を取り出す。

『止』マークのない位置からのアプローチなので、禁止事項には違反しない形だ。

「シノブ、シノブ、シノブー」

次にアリエルは備蓄水《ペットボトル》の蓋《ふた》を開け、ドボドボ鍋に満たす。

「アリエルの、オイシー、オイシー」

そして床に落ちた金髪を一房拾い、鍋に入る大きさにくるくるまとめて。

「エッ」

思い切りよく、水に満ち満ちた鍋へブチ込んで。

「デキタゾ!!」

満面の笑《え》みで、忍《しのぶ》に鍋を差し出すのだった。

まるで自らの金髪を水で煮込んだような、その鍋を。

「……どういうつもりだ、アリエル」

流石《さすが》の忍も、動揺を隠せない。

標的になっていない由奈《ゆな》と環《たまき》は、遠巻きにその状況を見守っている。

「シフー」

果たしてアリエルは笑みを崩さぬまま、忍に向かって告げた。

彼の平常心にとどめを刺すであろう、その言葉を。

「プレゼントダ、ウケトッテクレ、シノブ!!」


忍の視界が歪《ゆが》む。

ごうごうと体内を流れる血潮の鼓動が、まるで他人事《ひとごと》のように、低く激しく耳朶《じだ》を打つ。

引き伸ばされる体感時間。

忍の知恵の歯車は、認め難い現実を受け容れまいと、激しく空《むな》しく回り続けている。

――落ち着け。

――水と共に鍋へ収まった程度で、これを食に連なる何かと断ずるのは早計だ。

――まだこれが、口に含むべきものと決まった訳では――

「アリエルのゴハンは、ビミョーにオイシーデス」

忍の逃げ道が塞《ふさ》がれる。

――笑えない冗談だ。

――カペッリーニでもあるまいに。

カペッリーニとは、カッペリーニと呼ぶ日本人もいる、細長いタイプのパスタである。

専《もっぱ》ら冷製に仕上げられるその食味は、さながらコシのある高級素麺《そうめん》に近く、紫蘇《しそ》とたらこの冷製カペッリーニのレシピに目を惹《ひ》かれた忍は、暑い時季になったら素麺でアレンジした物と食べ比べてみようかなどと、密《ひそ》かに楽しみにしていた。

またカペッリーニは『天使の髪の毛《カペッリ・ダンジェロ》』という別名もあり、なるほどアリエルは異世界からやってきた、耳と胸元の大きな天使「シノブ？」

「……ぬう」

瞳《ひとみ》をキラキラさせて鍋を抱《かか》えるアリエルが、忍の意識を強引に引き戻す。

「ウケトッテクレ、シノブ」

「アリエルさん、そういうときは『召し上がれ』って言うんですよ」

「なっ」

突然の流れ弾《だま》に、虚を突かれる忍《しのぶ》。

「御原《みはら》君、どういうつもりだ」

「え、食べない感じですか？」

「食べるも何も、頭髪の水浸しだぞ」

「あ……そうですよね、すみません。何故《なぜ》か忍さんなら、当然召し上がるとばかり……」

もちろん中田《なかた》忍に、反論の資格はない。

異世界《アリエル》エルフとの邂逅《かいこう》当初、埃魔法で作られた謎の魔法水《じょしつきであつめたようなほこりつぽいみず》を異世界の甘露だ人類の義務だと理屈を付け、よせばいいのに口にして、酷《ひど》い目に遭《あ》ったことのある忍である。

そして忍の厄介なところは、魔法水の反省を『制止するアリエルの意思に背《そむ》いて魔法水を飲んでしまった』ところにしか抱いておらず、逆にアリエルが勧めるならば、どんな物でも口にするのが己に示せる誠実だと、相変わらず考えているところであった。

「……御原君の言う通りだ。突然の頭髪に惑うあまり、俺は大切なことを見失いかけていた」

「……忍さん」

「俺が愚かだった。アリエルを社会へと融和させることと、異世界エルフとしての尊厳を保護してやることは、常に同等のバランスを以《もっ》て尊重されねばならないというのに、アリエルの適応具合を受け入れるがあまり、ヒトの物差しでアリエルの行動を評価してしまった」

忍はアリエルから鍋を受け取り、ローテーブルへと移動する。

一連の行動を見守っていた由奈《ゆな》は、もちろん嫌《いや》そうな表情をしていた。

「結局食べるんですか、忍センパイ」

「そのつもりだ。俺がなんのためにアリエルを保護したと思っている」

「少なくとも、髪の毛食べるためじゃありませんよね」

「ふむ」

「まず常識的に考えて、お腹壊しませんか？」

「君の指摘は当を得ている。ヒトの毛髪や猫の体毛は単なるアミノ酸ではなく、それらが結合し硬化した〝ケラチン〟が主成分だ。ケラチンは消化に不適な物質なので、猫は飲んでしまった毛を毛玉として吐き出すし、胃腸に詰まれば外科的に取り出す以外助かる方法はない」

「……はぁ」

「一方地球においても、頭髪を食材とするケースはままある。戦後復興期の日本や、現代でも中国の一部地域で、人毛を原材料とした代用醤油《しょうゆ》が作られていると言うしな」

「……へぇ」

「ましてや、魔法水を口にするのは必死に止めたアリエルが、頭髪の水浸《こ》しは積極的に勧めているんだ。ならばこれをよく噛《か》んで口にする以外、俺に己の誠実を証《あか》す手段はあるまい」

「シノブー!!」

己の考えを余さず口に出した忍《しのぶ》に対し、話を理解しているのかは不明だが、とりあえず嬉《うれ》しそうなアリエルがキッチンへ突撃し、手の届く範囲から新たな調理器具を得て舞い戻る。

手にしていたのは、鍋とセットで買った、イタリアンシェフが使うような半球状のレードル《おたま》。

「メシアガレ、シノブ!」

「これでか」

鍋の水を掬《すく》うには有用だろうが、自身が投入した頭髪の始末をどうするつもりなのか。

疑問を苦笑に変え、忍はレードルを受け取り、ローテーブル前のソファに腰掛ける。

——掻《か》き混ぜて絡めれば、掬えないこともあるまい。

覚悟を決める忍の傍らに、由奈《ゆな》がそっと寄り添った。

「忍センパイ、どうぞ」

差し出されたのは菜箸と、濃い目のめんつゆがたっぷりと注がれた塗り椀《わん》。

箸使いの上手な忍なら、釜揚《かまあ》げうどんの如《ごと》く頭髪を掬い取り、食すことができるだろう。

「驚いたよ、一ノ瀬《いちのせ》君。よもや君から手助けを得られるとはな」

「私が食べるわけじゃないですし、忍センパイは止めたって聞かないでしょうし。だったらせめて食べやすくして差し上げるのが、私にできる唯一の気遣いです」

「すまんな」

「カマワンヨ」

「いいえ。別に私が食べるわけじゃないし、もう勝手にすればいいんじゃないかなって」

「君らしいな」

「忍センパイこそ」

微笑《ほほえ》みを交わすふたりの間には、異世界エルフのノイズ《カマワンヨ》も僅《わず》かに霞《かす》む。

忍はレードルを鍋に沈め、由奈から菜箸と塗り椀を受け取り、賞味の姿勢に入る。

「アリエル」

「ハイ」

「いただきます」

「ハイ……ハイ？」

忍は厳《おごそ》かに宣言し、食事に使う食器、つまり菜箸を天に掲げる。

目の前には、金髪の水浸し鍋。

それを囲うように、由奈、アリエル、環《たまき》。

床上には未《いま》だ片付けられていない、アリエルの金髪の残骸《ざんがい》。

そして壁面に貼《は》られまくっている〝止〟マーク。

なんとも異様な光景であった。

「ふむ」

忍《しのぶ》は器用に菜箸を操り、長いまま鍋にブチ込まれたアリエルの頭髪を小分けにほぐし、小さな塊にして掬《すく》い上げ、塗り椀《わん》のめんつゆへと沈めた。

総朱の椀とめんつゆの黒の間に揺らめく金髪は、少し輝きを喪《うしな》ったように見えた。

華美な輝きではなく、乳白色に近い柔らかな艶色《えんしょく》が、忍を誘うように妖《あや》しく踊る。

──心なしか、食欲が刺激されたようにも感じるな。

──こうした作用を、最近は『飯テロ』と呼ぶのだと、御原《みはら》君が教えてくれた。

忍が口にしようとしているのは、あくまで水に沈んだ異世界エルフの頭髪であり、現状を飯テロと呼ぶような状況はまず有り得ないのだが。

ともあれ忍は、さながら夏場の冷やし麺《めん》を口にするかのような挙動で、めんつゆに潜《くぐ》らせたアリエルの頭髪を、そっと菜箸で持ち上げる。

「……忍さん」

「……忍センパイ」

「……シノブ？？？？」

三者三様。

それぞれの想《おも》いを抱《かか》え、鍋の前の中田《なかた》忍を見守る女性たち。

そして。

止

シャクッ

いった。
いった。
忍《しのぶ》がいった。

シャク　シャク　シャク　シャク

「どうですか、忍さん」
「美味《うま》い」
「えっ」

シャク　シャク　シャク

「根本的に、食感が頭髪のそれとは異なるんだ。口内で容易に噛《か》み切れるし、しなやかで強《したた》かなコシがあり、歯に絡みつくような不快もない。めんつゆとの親和性も相当なもので、出汁《だし》感を程良く呑《の》み込んだ頭髪が、喉奥《のど》から脳髄《のうずい》へ突き抜けるような旨味《うまみ》を訴えかける。本能的に箸を進めてしまう、最高級の素麺《そうめん》のようなポテンシャルが感じられる」

「アリエルさんから切り離されたことか、水に浸けたことで、性質が変化したんでしょうか。髪はシャワーのときも洗ってますから、前者、あるいは両方が原因ですかね？」

「俺に分かるのは、アリエルの頭髪が麺《めん》料理の素材として十分成立し得るという事実だけだ。異世界には小麦などから麺を作る習慣がなく、切った髪を食用としていたのかもしれん」

「儀式的な意味があるのかもです。御守《おまも》りや藁《わら》人形的な、霊的な触媒なのかも……」

「髪を食させることにより、霊的な加護を与えるということか。合点が行く話ではあるな」

「いや、それはどうなんでしょう」

熱を帯びる異世界エルフ過激派のディスカッションを前に、由奈《ゆな》の反応は冷ややかだ。

「異論があるのか、一ノ瀬《いちのせ》君」

「あると言えば、まあ、ありますけど」

「聞かせてくれ」

「アリエルが引いてます」

「なんだと」

見ればアリエルは、ひどく怯《おび》えた眼差《まなざ》しで忍を見ていた。

具体的に言うと、かりんとうを食べた直後の義光《よしみつ》を見る目に近い。

「アリエル」

「……ヒッ」

手を伸ばす忍《しのぶ》に、どう対応していいか分からない様子で、小さく悲鳴を上げるアリエル。

「……お前から勧めておいて、その態度は酷《ひど》過ぎるんじゃないか」

忍の意見も尤《もっと》もであった。

◇◆◇◆◇◆◇

十数分後。

「チンプンカンプン、チンプンカンプン」

体育座りで壁と向かい合ったまま、ぶつぶつ呟《つぶや》き続けるアリエル。

見方によってはかわいい。

「……怒らせちゃったんですかね？」

「仕方あるまい。あの状況からあれを食べる以外に、どんな解決方法があったと言うんだ」

常識に照らして考えれば、いくら勧められようが頭髪を食べる選択肢がまずないのだが、勧めた相手は異世界エルフで、勧められた人類側の当事者は中田《なかた》忍である。

論ずるだけ無駄なのであった。

「何か別の用途があるんでしょうか」

「オイシーと語っていたし、自らレードルを差し出していた。食用と見るのが適切だろう」

「忍さんの喜び方が足りなかったとか」

「俺に何を噴出させろと言うんだ、御原《みはら》君」

「……言わせないでください。いくら忍さんからのフリでも、私だって恥ずかしいです」

非建設的な会話を続ける非常識人どもを尻目《しりめ》に、ちゃんとした大人の一ノ瀬由奈《いちのせゆな》は、落ち込んだ様子のアリエルにそっと歩み寄る。

「どうしたの、アリエル」

「……シノブが、チンプンカンプンデス」

「召し上がれ、って渡したんでしょう？　忍センパイだもの、そりゃ食べるでしょ」

「ナンデ？」

「……えーと」

中田忍を知り尽くさんと日々力を尽くしている由奈ならば、当然すぐに答えが分かる。

中田忍は、中田忍の信念を貫き通すため、己を中田忍であり続けさせんがために、たとえ異世界エルフの頭髪だろうと、そうすべきと考えたら躊躇《ちゅうちょ》なくシャクシャク食べるのだ。

だが、アリエルが聞きたいのはそんな答えでないことも、一ノ瀬由奈は理解している。

故《ゆえ》に由奈は、少しだけ嘘《うそ》と脚色を交えた別解を用意した。

問題あるまい。

一ノ瀬由奈《いちのせゆな》は中田忍《なかたしのぶ》ではないので、必要とあらば優しい嘘《うそ》も簡単に吐《つ》けるし、自分を偽ることだって、自由自在にやってのけるのだ。

「忍センパイはアリエルが大事なの。アリエルが悲しい思いをしないよう、いつもいつも悩んでる。だからアリエルが髪の毛食べてってお願いしたら、当たり前みたいに食べちゃうの」

「……アリエルは、カミノケ、オコトワリシマス」

「……食べないの？」

「ハイ」

ふと由奈の中で、この馬鹿馬鹿《ばかばか》しい茶番の出口が見えた。

だが、それを今ここで自分が口に出すのは、道理が違うようにも感じた。

「じゃあアリエルは、あれをどうすればいいのか、忍センパイに教えてあげてくれる？」

「オシエル、デスカ？」

「そう。忍センパイがこの世界のことを教えてくれたみたいに、アリエルも忍センパイに、アリエルの知ってることを教えてあげるの」

「……アリエルは、チンプンカンプンデス。シノブは、イケテルデス」

「そんなことないって。現に今、忍センパイがチンプンカンプンなんでしょ？」

「……アゥー」

「アリエルが教えてあげて、ふたりでイケテルになればいいでしょ。素直に教えに従うのも良いことだけど、たまには教えてあげるのも、忍センパイのためになるんじゃない？」

妙に実感の籠《こも》った語り口は、忍に付き従ってきた経験故《ゆえ》か。

果たして、絆《ほだ》された様子のアリエルは、ゆっくりと立ち上がる。

「アリエルが、オシエル」

「うん、そうして頂戴《ちょうだい》。私はもう面倒だから関わりたくないの」

「ワカリマシタ」

スマホをいじり始めた由奈を尻目《しりめ》に、アリエルはとてとてと忍と環《たまき》の傍へ駆け寄っていく。

かわいい。

「シノブ、シノブ」

「ん……どうした、アリエル」

「アリエルは、カミノケ、タベル、ビミョーデス」

「ならば何故《なぜ》、あのような形で俺に提供した」

「カミノケ、タベル、ビミョーデス。アリエルの、ビミョーに、オイシーデス」

口にする単語は、先程からの繰り返しに近い。

アリエルの中でもまだ、思いを表現するだけの日本語が拾いきれていないのだろう。

それでもアリエルは懸命に、忍に何かを伝えようとしている。

ならば忍は誠実に向き合い、その言葉を、意思を、拾ってやらねばならない。

それだけが、異世界の常識を知らぬ中田忍《なかたしのぶ》にできる、唯一にして最大の歩み寄り。

異世界エルフに対し自らの誠実を証明できる、たったひとつのやりかたなのだから。


「……」

忍は知恵を高速で回転させ、アリエルの言動を振り返る。


頭髪を咀嚼《そしゃく》する忍に、ドン引きするアリエル。

髪を食べないと訴えるアリエル。

丸めて突っ込まれた、アリエルの金髪の切れ端。

渡された半球状のレードル《おたま》。

水に揺蕩《たゆた》う金髪、爆発的に伸びる金髪、劇的に縮む乳房。


――そうか。


「鍋の水だ」

「鍋の水？」

「ナベノミズ？」

「ああ。御原《みはら》君、すぐに例の鍋とレードル、あとスープ皿をふたつ持ってきて欲しい」

「は、はい。分かりました」

ローテーブルの上には、頭髪入りの水が盛られたスープ皿がふたつ。

そしてソファには、並んで座る忍とアリエル。

「……メシアガレ、シノブ？」

「いや。考えてみれば、俺は異世界の作法を知らん。まずは手本を見せてくれないか」

「オシエル？」

「そうだ。教えて欲しい」

「ハイ!!」

アリエルは我が意を得たりとばかり、両手の先を天へとかざす。

「イタダキマス!!」

そして、迷うことなくスープ皿に両手を突っ込んだ。

「……あ、そっか」

「静かに」

アリエルの指先に吸収され、みるみるうちにスープ皿の水が減っていく。

同時に起こる、劇的な変化。

グ　グ　グ　グググググッ

「……これが噂《うわさ》の、アリエルさんの〝指飲み〟ですか？」

「そうなる。詳しい基準は分からんが、時折液体を指から吸収して摂取している」

「はあぁ……異世界」

減っていく水と反比例するかのように、アリエルの胸元が丸みを帯びていく。

そして皿の水が尽きる頃《ころ》には、ほぼ元通りのご立派が復活したのである。

「シンー」

さらにアリエルは、皿に残った髪の毛を拾い上げ、雑巾絞りの要領で汁気を吸い取り。

「エッ」

スープ皿の中に投げ戻す。

色を失い乾燥した頭髪は、粉々になって風化し、空気に溶けて消えてしまった。

「出汁《だし》の素だったんですね」

「保存食とも捉《とら》えられる。異世界エルフの頭髪は、乾燥させておけば中長期的に魔力を保管できる一方、液体に浸ければ魔力が溶け出し、再度吸収できるようになる仕組みなのではないか。ここで言う〝魔力〟が人類文明に説明可能なものか否《いな》かまでは、流石《さすが》に分からんがな」

「確かに……そう考えると、水に浸けた後で色が抜けて、コシのある食感になったっていうのも納得です。魔力が水に抜けて、食べられる残骸《ざんがい》になっちゃったんだ」

「そうだとすれば、アリエルが髪を伸ばした際、劇的に乳房が縮んだ理由にも説明が付く」

「備蓄するための魔力を、身体《からだ》から消費してるってことになりますもんね」

「ああ。長時間空を飛んでも数カップ程度の減衰だった胸元の大きさが、髪を伸ばした程度で絶壁になるのは不合理だ。余分な消費があると見たほうが、いくらか理に適《かな》っている」

「それを差し引いても、減った……胸元の大きさより、伸びた髪の量が多くないですか？」

「特殊相対性理論における質量とエネルギーの等価性に照らせば不可解だが、そこまで俺たちが解明できるとも考えられんし、そうする必要も感じない。敢《あ》えて謎《なぞ》を謎のまま看過する判断も、異世界存在に向き合う者が備えるべき度量ではないか」

「なるほどですね」

蟻《あり》が成層圏から落下しても墜落死しない理由について説明できない系女子高生・御原環《みはらたまき》は『特殊相対性理論』の単語を耳にした時点で、学術的な理解を諦《あきら》めていた。

「でも、アリエルさんって凄《すご》いですよね。全身リサイクル仕様っていうか、無駄がないっていうか……仕組みが根本的にエコです」

「エコとは」

「だって、おトイレも行くかどうか分かんないし、喜ばせるといい匂《にお》いしますし、水も作ってくれるし、髪の毛もいい出汁《だし》取れるんですよ？　なんかもう、全部が環境に優しい感じで、すっごいエコだなあって思いました」

「アリエルは、エコイデスカ？」

「うんうん、エコいですエコいです」

「アリエルは、エコイ!!」

きゃっきゃと騒ぎながら、互いにお胸をぶるんぶるんさせるアリエルと環《たまき》。

実にご立派、かつ壮観であった。

そんなふたりを眺めながら、忍《しのぶ》は穏やかな表情でソファに沈み込む。

「……」

久々の〝未知〟にみっともなくじたばたと挑んだ自分を、情けないとは思わない。

アリエルの生死が懸かった大問題だと本気で心配していたし、頭髪を食べてドン引きされたときは、築いた関係が崩れるかもしれないと危惧《きぐ》を抱いた。

だが、蓋《ふた》を開ければこの有様で。

忍と異世界エルフは今少しの間、騒がしくも穏やかな日常を続けられる様子であった。

――難儀なものだな。

顔を上げると、アリエルが忍のほうをちらちらと、期待を込めた眼差《まなざ》しで見つめていた。

「……そうだったな」

頭髪の水浸し改め、アリエルの魔力スープを皿ごと持ち上げ、口へと傾ける忍。

なんの味付けもしていないので、特に美味《うま》い不味《まず》いということはないのだが、炎天下で経口補水液を口にするような〝飲みやすさ〟をほんのり感じられ、ゴクゴクと飲めてしまう。

「ふむ」

水部分を飲み干し、残骸《ざんがい》の頭髪が空気に溶け消えても、忍の身体《からだ》に大きな変化はない。

胃の辺りに静かな熱を感じるような気がするが、これが頭髪のせいなのか、水を飲んで腹が膨れただけなのかは分からない。

急に乳房が膨れ上がったりすれば流石《さすが》に忍も困るので、この結果には安堵《あんど》を覚える。

なんならアリエルの機嫌も直っているし、忍が飲まなくても事態の解決は図れそうだったが、その辺りはシノブ脳の中田《なかた》忍がやることなので、深掘りするだけ徒労であろう。

「シノブー」

「美味《うま》かったよ、ありがとう。気を揉《も》ませてすまんな」

「カマワンヨ!!」

アリエルの明るい返事で気分を切り替え、忍はソファから立ち上がる。

由奈《ゆな》や環、そしてアリエルにもちゃんとした昼食を用意してやらねばなるまいが、リビングダイニングは未《いま》だ新聞と金髪の切れ端で埋まっている。

どうにか片付けなければならないが、この大量の金髪をどうすべきなのか。

――大量の水に浸けてやれば、すべて風化するかもしれんが。

――漬けた水を下水へ流せば、立派な環境汚染だろうな。

知恵の歯車を回転させながら、自らの右掌《てのひら》を見つめる忍《しのぶ》。

その掌が一瞬、銀色に光ったように見えたのは、シノブ脳の見せた幻覚だったのだろうか。

◇◆◇◆◇◆◇

「ところで忍センパイ、アリエルと環《たまき》ちゃんが服替えたの、ちゃんと気付いてました？」

「当然だろう」

「気付いたとき、どんなこと考えました？」

「着替えているなと思ったが」

「他には？」

「後で君に謝礼を支払い、君の親御さんにも礼を言わねばならんと考えた」

「……全部いりません。特に私の親への連絡はやめてください」

「何故《なぜ》だ」

「なんでですよ！！！！！！」

第三十三話　エルフといたみわけ

地獄手料理騒動から三週間ばかり経《た》った、四月十四日の土曜日、午後三時十九分。

四月分の定例報告は次の日の夜中に予定されていたが、中田《なかた》忍自身を除いた協力者たちは、誰《だれ》からともなしに、自主的にグループトークへと集まっていた。

無理もあるまい。

忍が『どうしても定例報告前に済ませておきたい』と言い残した〝やるべきこと〟は、中田忍の理解者たる協力者たちの目線からしても、気安く受け容れられるものではなかった。


【グループトーク《忍とアリエルちゃんを案ずる会（´・ε・`）》】

徹平《てっぺい》：じゃあ今はもう、ノブとアリエルちゃんがふたりっきりなんだな
環：はい。今日一日は来ないで欲しいって言われてます
由奈《ゆな》：正直、私個人はどうかと思うんですけどね
義光《よしみつ》：え、一ノ瀬《いちのせ》さんは反対なんだ（@_@;）
由奈：いけませんか？

義光《よしみつ》：反対してるのに止めないんだ、って思っちゃっただけ。ごめんね（~_~;）
由奈《ゆな》：事前に相談は受けてましたし、理屈は通ってますから、止めはしませんでした
由奈：だけど私個人の気持ちで、うわーないわーって思うのは自由ですよね
環《たまき》：実は私もそんな感じです
徹平《てっぺい》：環ちゃんも？
環：アリエルさんの安全を考えたら、忍《しのぶ》さんのやろうとしてることが
環：絶対ぜったいマチガイだー!!　とは言い切れないです
環：でもなんか
環：ちょっと、やです
義光：僕も一応、説得はしたんだけどね
義光：確かに大事なことだし、必要なコトってのは分かるんだけど
義光：もっと別のやり方もあるんじゃないかって
由奈：話聞いてくれました？
義光：まあ、忍だからね（´・ω・`）
義光：僕の話を全部聞いて、ちゃんと考えてくれた上で
義光：それでもやるって言うからさ（=_=）
由奈：ですよねぇ。忍センパイだし

環　：やっぱりわたしいまからでもとめてきます
義光：いや、それもどうかな（＝。ε。）
由奈：止《や》めときなさい
由奈：腹決めた忍センパイに周りからちょっかい出しても
由奈：変にこじれるか、物事が先延ばしになるだけだから
環　：でもやっぱりヘンですよ
環　：どうしてわざわざ忍さんが
環　：アリエルさんを苦しめなきゃいけないんですか
環　：忍さんだってイヤな思いするに決まってるし
環　：アリエルさんはもっとイヤな思いします
環　：いくら忍さんの決めたことだって、私は納得できません
環　：やめてほしいです
徹平：ダメだ環ちゃん
徹平：ノブの考えてる通り、したいようにさせとけ
環　：どうしてですか
徹平：魔法陣事件のときのグループトークで、一ノ瀬《いちのせ》さんが言ってただろ
由奈：徹平サン、そのとき環ちゃんグループトークにいませんよ

徹平《てっぺい》：そうだっけ？
義光《よしみつ》：そうでしょ。犯人御原《みはら》さんだったんだから
環《たまき》：すみま
環：すみません
徹平：（笑）
徹平：じゃあ、改めて俺の言葉で説明するけどよ
徹平：アリエルちゃんに関わる決めごとは、全部ノブの意志を尊重すべきだ
徹平：そうじゃなきゃもし何かあったとき、ノブは死ぬほど悔いるだろうから
徹平：たとえアリエルちゃんを苦しめる方法でも、ノブが必要だと思うなら
徹平：俺たちは、させてやらなきゃダメなんだ
環：なんで徹平さんがそんなこと言うんですか
環：徹平さんにだって星愛姫《ティアラ》ちゃんがいるじゃないですか
環：徹平さんは星愛姫ちゃんにも忍《しのぶ》さんと同じことをするって言うんですか
徹平：似たようなことはしてるし、必要なら今後もやるべきだと思ってる
環：どうしてですか
環：おかしいです
環：なんで無闇《むやみ》に苦しめたり傷つけたりするような真似《まね》するんですか

環　：そんなの
環　：虐待じゃないですか
義光：言い返すのは仕方ないけど表現は控えめにね。相手はまだ高校生なんだよ　＞徹平
由奈《ゆな》：徹平サン、環ちゃんが怖がるからあんまり怖い言い方しないでくださいね

少しの間《ま》。

徹平：へいへい
徹平：環ちゃん
徹平：ノブはどうだか知らないけどさ、俺は星愛姫のことをすげー大事にしてるつもりだ
徹平：目の届くところにいれば、いつでも構ってやりたいし
徹平：目の届かないところにいれば、いつだって心配でたまらない
徹平：危ない目に遭《あ》って欲しくないって、悲しんで欲しくないって
徹平：そんなもん、どんなときだって思ってるんだよ
環　：はい
徹平：だけどさ
徹平：星愛姫がもし、俺や早織《さおり》の目が届かないところで

徹平《てっぺい》：未知の危険に遭遇したら、って考えたら、どうだよ

徹平：ワンちゃん可愛《かわい》い可愛いって教えて

徹平：星愛姫《ティアラ》がなんの警戒心もなくどっかの飼い犬に寄ってって噛《か》み殺されたら

徹平：俺は後悔で生きてられねえよ

徹平：どうしてもっと厳しく教えてやらなかったんだろう

徹平：どうして星愛姫を喜ばすことばっかり考えて

徹平：星愛姫を生かすための努力を放棄してたんだろうってよ

少しの間《ま》。

環《たまき》：はい

徹平：考え過ぎだと思うか？

環　：正直、ちょっとだけ

徹平：そうだろうな

徹平：こればっかりは多分、ヨッシーにも一ノ瀬《いちのせ》さんにも伝わんねーと思うし

徹平：面倒見る側のエゴかもしれねーって、俺自身ですら思う

徹平：それでも俺は、ノブの気持ち分かるわって思っちまうよ

徹平：後悔しないように、やれるだけのことやっとこうって思う気持ち、分かるよ

また、少しの間。

徹平：アリエルちゃんには、そこまで気持ちが伝わらないかもしれねえし
徹平：失敗するかもしれねえし、必ずしも正解とは言えないやり方なんだけどよ
徹平：少なくとも俺らは、黙って見守るってことには、できねえかな

かなりの間。

環　：私のお父さんはそんなふうにしてくれませんでした
徹平：それもひとつのやり方だよ
徹平：俺は星愛姫に甘過ぎるし、ノブはもっと甘いんだろ
由奈《ゆな》：いつも通り、拗《こじ》らせた責任感発揮してるだけだと思いますけどね
由奈：『異世界エルフがヒトを憎むなら、その咎《とが》は俺が負うべきだ』的な
義光《よしみつ》：同感かな。一ノ瀬さんは忍《しのぶ》のキャラ掴《つか》むの上手《うま》いね（^_-)-☆
由奈：あんまり嬉《うれ》しくない評価なので、次からは私の目に触れさせないでください

義光《よしみつ》：了解（´ω｀）ノ
環《たまき》：徹平《てっぺい》さん
徹平：うん？
環：忍《しのぶ》さんのやろうとしてることには、意味があるんですよね
環：忍さんがやらなきゃいけない理由が、ちゃんとあるんですよね

徹平：多分な
徹平：少なくとも俺は、そう思う

◇◆◇◆◇◆◇

同じ頃《ころ》。
中田《なかた》忍と異世界エルフ《アリエル》は、ダイニングテーブル越しに向かい合っていた。
ただ、忍が仏頂面《ぶっちょうづら》なのはともかく、今日はアリエルの表情にも明るさが見て取れない。
アリエルもまた、理解しているのだろうか。
これから始まる忍の所業が、あまりにも常軌を逸したものであると。

「アリエル」

「ハイ」

忍はテーブルの上に用意した道具の中から、念入りに消毒を済ませてある安全ピンを手に取り、自らの左腕に刺した。

柔らかな肘《ひじ》の内側、刺し込んだ針の周囲に、小さな血の珠が浮かぶ。

「づっ」

「シノブ!?」

「大丈夫だ」

それだけ言った忍は、テーブルの上に置かれた、もうひとつの安全ピンを見やる。

「……」

忍が自らの意志でアリエルを夜の散歩に連れ出し、アリエルが公園の桜を咲かせてしまってから、既《すで》に一か月半が過ぎている。

その間、忍は己の考え得るあらゆる手段を用いて、アリエルに現代日本の文化と風俗を叩《たた》き込まんと教育し、双方向のコミュニケーションが成立するよう機会を設け、アリエルの受容性を高め、この〝儀式〟が成功するよう、努力を重ねてきた。

逸《はや》る感情を抑え、アリエルがその意味を十分に理解できると確信を得られるまで、じっとじっと待ち続け、ようやく今日を迎えるに至ったのだ。

燻《くすぶ》る逡巡《しゅんじゅん》と焦燥《しょうそう》は、腕の痛みなど気にもならないほど、忍《しのぶ》の心を灼《や》き続けている。

「……」

だが、果たしてアリエルは、忍の期待に応《こた》えた。

〝同調行動〟に頼らずとも、アリエルは視線だけで忍の意志を読み取ったのだ。

表情に戸惑いの色を浮かべたまま、もうひとつの安全ピンを取り、自らの左腕に寄せる。

「やりすぎるなよ」

「……ハイ」

指先を震わせながら、アリエルは左腕に針の先を沈める。

その白い肌にもまた、小さく赤い血の珠が浮いた。

「ウゥー」

「それが〝痛い〟だ。頭が痛い、身体《からだ》が痛い、傷が痛い。外因的、内因的どちらの苦しみも表現できる、汎用性《はんようせい》の高い言葉だ」

「イタイ……」

「お前が安全ピンを刺している部位は腕と呼ぶ。お前は今、腕が痛いんだ。分かるか」

「シノブ、シノブ、ウデがいたい!!」

「嫌《いや》だと言え」

「イヤデス!!!!!!!!」

「そうだろうな」

忍はアリエルの手を取り、そっと安全ピンを抜いて、清潔なガーゼで傷口を塞《ふさ》いだ。

アリエルの赤が、じんわりとガーゼに沁《し》み込んでゆく。

「異世界エルフの血も赤い、か」

「チ？」

「この赤いものだ。ヒトはこれを出し過ぎると、危険な状況に陥る」

「チ、チ、シノブのウデ、チがデテイマス!!!!!!!!」

「大丈夫だ」

「シノブ!!!!!!!!!!!!」

「……分かったから、少し落ち着け」

忍が〝止〟カードを掲げているため、アリエルが動く様子は今のところないが、少しでも隙《すき》を見せれば、アリエルは自分のガーゼなど吹っ飛ばして忍の傷口を気遣うだろう。

御し切れなくなる前にと、忍はアリエルから手を離し、己の傷口をガーゼで塞いだ。

アリエルの相眸には、血の珠よりもずっと大きな涙が浮かんでいる。

「ジノブー」

「痛いか、アリエル」

「シノブ、イタイ。アリエル、シンパイ」

「シンパイではない。痛いと言え」

「シノブがイタイのは、シンパイ」

「俺のことはいい。今は自分のことだけを考えろ」

「オコトワリシマス!!!!!」

遂にアリエルは自らのガーゼを払い、両手で忍《しのぶ》のガーゼを支え、傷口を塞《ふさ》ぐ。

押さえを失ったアリエルの腕からは、真っ赤な血がひとすじ流れ、白い肌を汚す。

「シノブ、シノブ、イタイはダイジョブデスカ、シノブ」

「俺のことはいいと言っているだろう」

「ナンデ!!!!!!!!!!!!!!!!!!」

アリエルの絶叫。

忍にも、予想できない事態ではなかった。

アリエルが他者の苦しみを敏感に察し、己のことのように呑《の》み込んで、相手を慰められる事実は、環《たまき》を迎え入れたときの件から承知していた。

それでも忍は、この方法を選ばざるを得なかった。

何故《なぜ》ならば。

「お前がいつも笑っているからだ、アリエル」

「……チンプンカンプンです、シノブ」

涙目のまま、微笑《ほほえ》もうとするアリエル。

アリエルは、理解していないのだろう。

その健気《けなげ》な態度こそが、忍を蛮行に踏み切らせたのだと。

「俺は今日までお前を護《まも》り、この地球上における楽しいことや嬉《うれ》しいこと、都合の良いことや気持ちの良いことしか、お前に教えてこなかった。その結果かどうかは知らんが、初めは無表情だったお前が、次第に笑顔を見せるようになり、美味《うま》い物を食べて喜び、人と交わって楽しむ、溌剌《はつらつ》とした異世界エルフの基本的イメージを、俺たちへ植え付けるに至った」

「……」

「逆に言えばそれは、俺たちがお前に対して、ポジティブ以外の感情を許さなかった結果とも言える。お前の内に眠る苦しみや悲しみから、わざと目を逸《そ》らしていたと捉《とら》えることもできる。それは卑怯《ひきょう》で残酷で、お前の為《ため》にならない、不誠実な行為だ」

「アリエルは、タノシー、ウレシー、オイシーです」

「あるいは、そうなのだろう。これまでのお前にとって、この部屋が世界のすべてであり、周りの存在は皆、お前の友だった。苦しみ、痛み、辛《つら》さなど、存在しなかったのだろう」

「……アリエルは、チンプンカンプンです」

「だが、これからは違う。社会の中に交われば、いつか必ずお前を傷つけ、害する存在が現れる。仮にそうでなくても、お前を案じてやれる者が、常に傍にいるとは限らない」

「……チンプンカンプン、チンプンカンプン、チンプンカンプン!!」

「落ち着け、アリエル」

忍《しのぶ》は傷ついていないほうの腕を上げ、アリエルの頭をそっと撫《な》でる。

いつかのように、滂沱《ぼうだ》の如《ごと》く流れている涙は、激情に身を任せたせいか。

あるいは忍の言葉の意味を、端々にでも理解できたせいなのか。

「お前は他者の痛みに敏感だし、それを思い遣《や》る力のある者だ。だが、お前自身の痛みを、苦しみを、辛《つら》さを、確実に感じられるのは、お前自身しかいないんだ」

「アリエルが、イタイ?」

「そうだ。痛いときは痛いと叫べ。苦しいときは苦しいと声を上げろ。辛いときは辛いと、助けを求めろ。そうでなければ、誰《だれ》もお前の痛みに気付けない」

仏頂面《ぶっちょうづら》のままで、淡々と語る忍。

だがアリエルは、ふと泣くのを止《や》め、じっと忍を見上げて。

「……シンパイ?」

「……」

「シノブは、アリエルを、シンパイ?」

「ああ」

「……」

アリエルは言葉を失い、忍は穏やかな眼差《まなざ》しで、アリエルを見つめ返す。

互いの血は、いつの間にか止まっていた。

「アリエルに、イタイを、オシエテクダサイ」

「……アリエル」

「イタイを、オシエテしたら、シノブは、ウレシー？」


「無論だ」

◇◆◇◆◇◆◇

「どうだ、アリエル」

「アツイはナイです。ツメタイで、チョットイタイ」

「熱くないと言えるか」

「アックナイです」

「うむ」

沸騰に至らない程度のお湯を触らせ、氷で冷やしている最中のやりとりである。

既《すで》にテーブル上へ用意された各種道具はそれぞれにその仕事を終え、アリエルに新たなネガティブ概念を習得させていた。

「シノブ、シノブ」

「どうした、アリエル」

「アリエルは、イタイも、クルシイも、ニガイも、クサイも、スッパイも、マブシイも」

「今日教えたこと全部、と括れる話か」

「ハイ。ゼンブワカリマシタ。アリエルはワカリマス」

「うむ」

「アリエルはワカリマスナノデ、シノブは、イタイも、クルシイも、ナイでダイジョブです」

「駄目だ。俺も同じだけの苦しみを背負わねば、お前にすべてを教えられない」

「ナンデ!!!!!!!!!」

アリエルの困惑も無理はない。

アリエルは忍《しのぶ》に負担をかけないよう、必死に忍の教えを汲《く》み取ろうと努力しているのだ。

それなのに忍は、自らを傷つけることを止《や》めない。

だが忍のほうでも、引き下がる訳にはいかないのだ。

ここで手を抜いてしまえば、忍が伝えたいもうひとつのことを、アリエルに伝えられない。

「アリエル」

「ハイ」

「〝痛い〟が限りなく続き、蓄積され、抑えきれなくなったとき、ヒトはどうなると思う」

「……イタイイタイ？」


「〝死〟だ。

痛み、苦しみ、辛《つら》さ。

許容量を超えたとき、ヒトは死に至る」


仏頂面《ぶっちょうづら》のまま、厳《おごそ》かに告げる忍。

アリエルは何も答えず、一度だけ深く頷《うなず》いた。

「異世界エルフに、死の概念は存在するのか」

「シノガイネン？」

「死ぬのか否《いな》か、死ぬとしても長い間死んだりしないのか、という趣旨の質問なんだが」

「アリエル、シナナイデス。アリエルのゴハン、シンダオニク、オイシー」

「ふむ」

異世界エルフにも、狩猟や殺害の概念は存在するらしい。

そして、落ち着かないアリエルの様子から、アリエルがそれら概念をあまり好まないのだと確信した忍は、敢《あ》えて話を次の段階へと進める。

「アリエル。死は迎え入れるものだ。死や、それに至る傷を他人に与えることを、この日本では〝殺す〟あるいは〝戦う〟などと表現する」

「アウー」

アリエルが懐から〝止〟カードを取り出して、おずおずと忍《しのぶ》に示す。

「コロス、タタカウ、ニガテデス」

「それでは駄目なんだ、アリエル」

「ハウ」

忍はアリエルの〝止〟カードに手を添え、懐へと納めさせた。

「ナンデ?」

「初めから戦いを放棄することは、優しさでも正しさでもない。最初から選択を放棄して、何も考えないのと同じ、ただの臆病者の逃げ口上だからだ。お前自身を侵《おか》す腹積もりの相手へイニシアチブを譲り、意のままに蹂躙《じゅうりん》されることを受け入れるに同義だからだ」

「……チンプンカンプン」

「すべてを理解する必要はない。

だが、考えることだけは止《や》めるな。

お前が考えに考えを重ね、他に手段がないと信じたならば、迷わず相手を傷つけて、殺せ。

それが嫌《いや》でも、常識や他人に判断を委《ゆだ》ねてはならん。

戦いと死を、痛みを与えることを恐れるな。

自ら考えろ。

考え続けろ。

考えを重ね、取りうる選択肢と理解した上で、敢《あ》えてやらないことを選んでこそ。

その信念は、〝優しさ〟として尊ばれる」

「……アゥー」

このように語って聞かせても、アリエルが軽々《けいけい》に他人を傷つけ、或《ある》いは殺す選択をするであろうとは、忍も考えていなかった。

ヒトを凌駕《りょうが》する膂力《りょりょく》があろうと、熊の額《ひたい》を砕く異能を操れようと、同じことだ。

アリエルは他人の痛みを理解できる、どこまでも〝優しい〟存在なのだから。

それでも忍は、こうして教えずにはいられなかった。

アリエルの優しさを、否定せずにはいられなかった。


たとえ自分が傍にいなくなっても、アリエルが自らの心を守れるように。


「シノブ」

「難しいか、アリエル」

「シノブは、ヤサシイ」

「……馬鹿《ばか》を言うな」

「ヤサシイデス、シノブ」

「止《や》めろと言っている」

「シノブー」

忍《しのぶ》の話などおかまいなしに、真正面から胸に抱き付くアリエル。

拒もうとした忍だが、すぐに思い直し、そっと背中を撫《な》でてやる。

――随分と無理をさせてしまった。

――少しぐらいは、気を抜かせてやってもいいだろう。

「なあ、アリエル」

「ハイ」

「辛《つら》いことや苦しいこと、痛いことなどがあれば、分かるように伝えて欲しい。事の内容にもよるし、どこまで叶《かな》えてやれるかは分からんが、解決の為《ため》に力を尽くすと約束しよう」

その言葉を聞いたアリエルは、一瞬びくりと身体《からだ》をすくめる。

そして顔を上げないまま、ふるふると身体を震わせ始めた。

「どうした、アリエル」

「……シノブ」

「ああ」

「アリエルは、サミシイが、イヤです」

「〝寂しい〟の意味を、理解しているのか」

「サミシイです。アリエルは、シノブと、ユナと、タマキと、ヨシミツと、テッペーと、ティアラと、サオリと、イッショが、イケテル。アリエルは、イタイも、クルシイも、ニガイも、クサイも、スッパイも、マブシイも、ぜんぶダイジョブです」

「……」

「でも、サミシイはイヤです。サミシイは、カナシイです。シノブがオデカケしたら、アリエルは、サミシイです。アリエルは、サミシイだけが、ずっと、ずっと、イヤで……」

「……アリエル」

「……ウッ、ウ、ウッ、ウッ、ウー……」

アリエルの涙が、じんわりと胸元に沁《し》み込む感覚。

忍は天井を眺めながら、アリエルの背をそっと撫で続けた。

第三十四話　エルフと晴奏天使

　忍《しのぶ》がアリエルを泣かせてからおよそ三週間後、五月六日の日曜日、午前十一時三十二分。

　久々に協力者全員で顔を合わせようとなったゴールデンウィーク最終日、連れ立って中田《なかた》忍邸を訪れた直樹義光《なおきよしみつ》と若月徹平《わかつきてっぺい》は、リビングダイニングで立ち尽くしていた。

「……なあノブ、ちょっと整理したいんだけどさ」

「いいだろう」

「まず、四月の定例報告でノブが『アリエルが孤独に苛《さいな》まれている。皆の知恵と力を貸して欲しい』って問題提起したんだよな」

「ああ。様々な余暇の過ごし方を提案して貰《もら》ったし、皆がそれぞれに訪問の機会を増やし、アリエルを構ってくれたのも有り難かった。言い表しようのないほどに感謝している」

「それは別にいいんだけどよ。四月の末くらいにいきなり『現代におけるステレオタイプな社会生活と勧善懲悪の概念、ひいては〝魔法は秘するべき〟という極めて特殊な観念を実例付きで教える最上の教材として、アリエルに魔法少女のアニメを観せようと考えるがどうか』とかいう、怪文書みてえな緊急メッセージ送り付けてきたんだよな」

「確かにそのように送った。よく覚えていたな」

「自分でも驚いてる」

「結構なことだ。徹平、それにお前は『良いんじゃねえの』と返してくれただろう」

「そりゃ……幼児向けの奴《やつ》だと思ってたし。星愛姫《ティアラ》もよく観てるし、いいかと思ったけどさ」

「幼児向けのものを観せたつもりだが」

「だったら！」

　徹平がびしっと指さした先。

　アリエルが苦悶《くもん》の表情で左腕を震わせ、かき抱くように右手で握りしめていた。

「しずまれ……わたしの、ひだりてっ……‼」

　アリエルの左手は、荒熊惨殺砲騒動《アリエルさんビーム》で見せた危ない感じの銀色に輝いており、鎮まって貰わないと本当に危険が危ないのであった。

「なんであんな……中二病丸出しみたいな状態になってんだよ」

「ああ、あれは――」

「無印第十八羽《フルーゲ》〝赦《ゆる》されないのは、誰《だれ》？〟のエルナだね」

「は？」

「……ほう」

　突如差し込まれた義光の指摘に、徹平は虚を突かれ、忍は鋭く目を細める。

「天使の真実を知ったエルナの親友・ミサキからの心ない罵倒《ばとう》に、内なる破戒の衝動を抑えきれないエルナが、破滅の衝銀《ルナティック・ズィルバー》の発動を必死に抑える名シーンだよ。結局、天使力を纏《まと》っていない右手での平手打ちを許しちゃって、互いに傷つくエルナとミサキの対比が秀逸だった」

「その通りだ。義光《よしみつ》の博学ぶりは知ったつもりでいたが、まさかこの方面にも詳しいとはな」

「まあ、大学院《いん》卒《そつ》はオタクが多いからね。付き合いでちょっと知ってるだけ」

「……」

全然ちょっとではないなと思ったが、本人の弁を尊重し、黙っていてやる徹平《てっぺい》であった。

◇◆◇◆◇◆◇

〝境界天使《グラーゼンエンジェル》エル☆ルナティック〟。

人間《ヒト》の業《カルマ》を克明に描き名を成したアニメ界の大御所が、孫娘の為《ため》に女児向けアニメへ手を出したということで話題になったが、蓋《ふた》を開けてみれば血だの涙だの裏切りだの嘘《うそ》だの憎しみだの破滅だの、普段以上に気合の入った大御所作品が出来上がってしまっていた。

が、世論の期待値は最高潮、スポンサーもご機嫌な最中、お蔵入りとする訳にもいかない。

番宣もそこそこに平日の夕方枠でひっそり放送したところ、一部の保護者たちからはメタクソにブッ叩《たた》かれまくった一方、キャラデザさえ可愛《かわい》ければ夢中になれるタイプの幼い女児や、コアな脚本が大好物の大きいお友達の中でカルト的な人気を博し、第二作〝境界天使《グラーゼンエンジェル》エル☆

ルナティックＮｅｕｍｏｎｄ《漆黒の月夜》〟と併せ、実に6クールもの放映期間を獲得するに至った。

第三作〝奔実快祭《リベイルフェスタ》エル☆サザメキパーリナイ〟からは孫娘にドン引きされた大御所が手を引いたため、陰惨なシリアス成分が徐々に毒抜きされ、二十周年を過ぎた今では、大変マイルドな勧善懲悪魔法少女モノ『エル・シリーズ』として、広く世間に認知されていた。

もちろん中田忍《なかたしのぶ》はそのような経緯を知らないので、予備知識のない者として謙虚に『幼児向けの作品』で『有名な作品』を『最初から順番に』視聴することを選択した。

結果、シリーズファンの間でも良く言えば神格化、悪く言えば腫《は》れ物《もの》のように扱われている、暴力的《ハードボイルド》かつ反道徳的でものすごく過激《ドラスティック》な陰惨魔法少女作品が、異世界エルフ《アリエル》の接する初めての魔法少女アニメとなってしまったのである。

「幼少期においては、女児のほうがませているとは聞いていたが、ここまでヒトの闇《やみ》を克明に描きだす作品を見て育てば、厭世《えんせい》的な思想も育まれようと言うものだ」

中田忍の前でプライベートな自分を晒《さら》せるような女性は、大抵どこかに致命的な歪《ゆが》みを抱《かか》えた問題児であるためか、忍は世の女性たちがこのような作品を見て大人になったのだと、半ば本気で信じていた。

そして。

「忍さんの仰《おっしゃ》る通りです。エル・シリーズこそ、日本がすべての女の子に履修させるべき第三の義務教育ですよ」

忍《しのぶ》を煽《あお》り唆《そそのか》した……否《いな》、心からのアドバイスを送った導き手《メンター》こそ、この御原環《みはらたまき》であった。

半ば以上育児怠慢《ネグレクト》気味に育てられ、物心ついてからの精神的引きこもり期間も長く、エルフのお姫様を始め、フィクションへの憧《あこが》れと変身願望が強かった環。

当然、国民的魔法少女アニメであるエル・シリーズにも詳しく、初代から現行までのブルーレイBOXすら当たり前のように揃《そろ》えている環が、同じくらい大好きなアリエルや忍たちを同好の士とすべく布教活動を始めるのは、今回の件がなくとも時間の問題だったろう。

「義務教育にまで持ち上げるつもりはないんだが」

「でも忍さんもアリエルさんも、由奈《ゆな》さんだってちゃんと観てくださったじゃないですか。まさかゴールデンウィーク一杯、忍さん家でエルロテできるなんて、私感激しちゃって」

「私までうきうき楽しんでたみたいな言い方、止《や》めて貰《もら》っていいかな……？」

アリエルの破滅の衝銀《ルナテイック・ズイルバー》もどきの観衆となり、死んだ目で拍手をしていた由奈がぼやいた。

ちなみにエルロテとは『エル・シリーズ作品のいずれかをヘビーローテーション視聴する』という意味のファン専門用語であり、どちらかと言えば忍とアリエルのお世話メインで入り浸っていた由奈は、半ば貰い事故のような形で巻き込まれたのであった。

「一ノ瀬《いちのせ》さんは初代直撃世代だもんね。ブルーレイだと不完全燃焼だったりするのかな」

「ブルーレイでは何か不足があるのか、義光《よしみつ》」

「まあ、一長一短かな。ブルーレイ版は時代と規制に合わせて色々リマスターされてるから、本放送版より綺麗《きれい》に観られるんだけど、やっぱり脚本が本来意図してる表現とは——」

「魔法少女談義もいいけどよ、続きは食いながらって感じにしねえ？」

「ああ、すまんな徹平《てっぺい》」

若干苦しそうな由奈に助け舟を出したのかどうかはハッキリしないが、若月《わかつき》宅から持ち込んだホットプレートで焼肉の準備を始めんと、徹平がやきもきしていた。

普段料理などしない徹平だが、存在が根本的に陽キャなので、場を盛り上げる類《たぐ》いのパリピメニューに関しては造詣《ぞうけい》が深く、ホームパーティの際は案外頼れる存在なのであった。

ジュウウウウウウ

十分に温まったホットプレートの上を、主に牛肉、時々野菜が焼かれては運ばれていく。

「そう言えば、アリエルちゃんお裁縫始めたんだって？」

各々《おのおの》肉と肉と野菜と肉を楽しんでいる最中、ふと軽口を叩《たた》いたのは、直樹《なおき》義光。

「ハイ！」

それを待ってましたとばかり、アリエルは足元に隠していた、見た目こそ簡素だが作りのしっかりしたクリーム色のトートバッグを取り出し、義光に駆け寄って押し付けた。

「アリエル。食事中だぞ」

「アリエルは、サイホウを、ツクリマシタ！」

「うん、凄《すご》いけど、お肉の脂で汚れちゃうからね。後でゆっくり見せてもらっていいかな。急に話振っちゃってごめんね」

「カマワンヨ」

ご機嫌な様子でトートバッグを抱《かか》え、自分の席に戻るアリエル。

かわいい。

義光《よしみつ》はニコニコとその様子を見送って、箸を付けていた肉を口に運び、はたと気付く。

「……今のトートバッグ、アリエルちゃんが自分で作ったの？」

「あれは最初の作品だ。孤独感を漸減《ぜんげん》させる余暇の過ごし方の手段として、裁縫道具と簡単な教本を与えたところ、一日足らずで作り上げてしまった」

「へぇ。それは凄いね」

「家でひとりにしている際は、与えた材料を元に、色々試行錯誤しているようだ。最近は衣類の仕立てにも興味を持ったらしく、熱心に資料を読み込んでいる」

「縫い物だけじゃないですよ。義光サン、そのスープ、誰《だれ》が作ったか分かります？」

由奈《ゆな》が指さしたのは、義光の傍《かたわ》らに置かれていた卵スープ。

澄んだ黄金色に鮮やかな緑のワカメが映《は》え、アクセントに小葱《こねぎ》と白胡麻《ごま》が散っている。

ホットプレートを徹平《てっぺい》に任せた忍《しのぶ》が、暇に飽かして作った副菜だと思っていた義光だが。

「え、まさか」

「そのまさか、アリエルさんなんです」

「アリエルが、ツクリマシタ!!」

アリエルが自信満々に胸を張り、直接功績に関係のない環《たまき》もご立派な胸をご立派した。

すごい。

「レシピ通りに手順をこなし、俺の指示もよく聞き入れる。まだ二週間足らずの仕込みだが、汁物や下拵《したごしら》えぐらいなら任せられるようになった」

「シュフリョク、ゼンカイデス!!」

実に得意げなアリエルであった。

かわいい。

そんなアリエルの様子を見て、ホットプレート奉行の徹平が手を止め、忍に微笑《ほほえ》みかける。

「〝イタイ〟や〝アツイ〟が分かるようになったから、手伝いもさせられるってワケね」

「ああ。そうでなければ、面前でホットプレートの焼肉など、到底させられなかった」

「星愛姫《ティアラ》にも焼肉パーティとか、やってやりたいんだけどな。早織《さおり》がまだ早いって煩《うるさ》くてよ」

「気持ちは分かるさ。お前も納得いかんわけではないのだろう」

「まあな」

笑い合う忍と徹平。

親との関係に思うところのある環《たまき》は、誰《だれ》にも見えぬよう気を配りながら、少し顔を俯《うつむ》けた。

「……パーティと言えば、義光《よしみつ》」

「うん？」

「そろそろ、春会の時期ではなかったか」

少し前の話になるが、忍《しのぶ》たちが所属していた人力飛行機《トビケン》サークルのOB会の話である。

通常ならば夏会と冬会の年二回開催なのだが、忍たちの卒業十周年を記念し、今年限定で臨時の春会を催さんと義光が計画していたことを、この機会に思い出して頂きたい。

「そうそう、相談したかったんだよね。月末の土曜辺り《五月二十六日》で仮押さえ進めてるんだけど、どう？」

「春っつーより初夏会だな、もう」

「仕方ないでしょ。三月はナシエルの件が落ち着いてなかったし、四月は誰だって忙しいし。ましてやゴールデンウィーク中なんて、場所押さえるところから一苦労だし」

「まぁな。言ってた通り宴会場《ホテル》借りんの？」

「最初はそれで考えてたんだけどねー。何人かに前フリで話したら、お子さん連れでってメンバーが結構いてさ。せっかくだから、河原でバーベキューとかにしようかなって」

「いいじゃんいいじゃん。そんなん星愛姫《ティアラ》も喜ぶわ」

ご機嫌でホットプレートに肉を足し始める徹平《てっぺい》へ、忍も大きく頷《うなず》き追従する。

「ならば、一ノ瀬《いちのせ》君と御原《みはら》君もどうだ。身内贔屓《びいき》をするようだが、気の良い奴《やつ》らばかりだぞ」

「まあ、忍センパイとプライベートで長年お付き合い出来る方々ですから、菩薩《ぼさつ》か現人神《あらひとがみ》、最低限徹平サンみたいな方々ばっかりなんでしょうけど、遠慮させていただきます」

「ふむ。できれば理由を聞かせてもらえるか」

「噂《うわさ》とかされると、辱《はずかし》めになるので」

「そうか」

散々な言われようであった。

「御原君はどうする」

「うーん……知らない人がいっぱいいるところは、ちょっと怖いかもです」

「では、アリエルが同伴したらどうだ」

「えっ」

「えっ」

「えっ」

「マジかよ」

「アリエルです！」

聴衆は四者四様に驚き、最後の当人は元気よく自己紹介。

何処《どこ》に出しても恥ずかしくない異世界エルフ、アリエルであった。

「急にどうしたのさ、忍」

「急な話でもあるまい。アリエルは公的な身分を所持しており、ちょっとしたドイツ人程度には日本語の意思疎通《そつう》が可能で、魔法の抑制に関してもアニメで学習させているところだ」

「……まあ、そう……なんだろうけどさ」

由奈《ゆな》や環《たまき》ほどではないにしろ、義光《よしみつ》も時間を見つけては中田《なかた》忍《しのぶ》邸を訪れ、アリエルとのコミュニケーション訓練を手伝っている。

アリエルが作ったというトートバッグやスープなど、次々に披露される目覚ましい成果を、頭ごなしに否定できない義光であった。

「衆目に晒《さら》す条件が整いつつある中、身内が集まる春会だ。この好機に乗じ、アリエルの社会融和を劇的に促進させようという目論見《もくろみ》は、そうそう筋を外したものではないと考えるが」

忍の言葉には、一見して大きな不審も矛盾も見受けられない。

だが、この場にいる人類の誰《だれ》もが、違和感を覚えずにはいられなかった。

「忍さん、ちょっと急ぎ過ぎじゃないですか？　遅くとも夏頃《ごろ》には昼間も外出できるようにさせたいね、ぐらいの話をされてたじゃないですか」

「アリエルは俺の予想を超える速度で成長している。遅きに失し機会を失うよりは、敢《あ》えて予定を早めてでも、この機会を活《い》かすべきだと考えた」

「ま、確かに可愛《かわい》がっては貰《もら》えるだろうけどな。一ノ瀬《いちのせ》さんの言葉じゃないけど、面倒見良い奴《やつ》がやたら多いのは確かだし、若月家《ウチ》も一家総出でバックアップできるし」

「堅苦しい集まりってワケでもないし、いいかもね。一応そのつもりで手配しとくよ」

「すまんな、助かる。まだ日もあることだし、一ノ瀬君と御原《みはら》君も参加を検討してみてくれ」

「……はあ」

「……はぃ」

どこか煮え切らない表情で顔を見合わせる、由奈と環であった。

◇◆◇◆◇◆◇

改めて確認するが、今日は協力者全員が顔を合わせて話せる、大変貴重な一日であった。

故《ゆえ》に、食事が終わったらすぐさま課題検討と今後についての話し合いを進める予定だったのだが、久々に皆が集まりテンション最高潮のアリエルと、それを見た徹平《てっぺい》の『お前らばっかりズルいじゃん。俺もアリエルちゃんと共通の話題持ちてえよ』という気の利いたワガママによって、急遽《きゅうきょ》エル☆ルナティック鑑賞会が執り行われることとなった。

演目はもちろん伝説の始まり、無印第一羽《フルーゲ》〝選んだのは、私〟。

普通の女子中学生・十六夜《いざよい》エルナが住む街を、突如異形《いぎょう》の怪物が襲った。

通学路で拾った、兎《うさぎ》とも猫ともつかない不思議な生物・ファンファンは堕天使を自称し、エルナに〝破戒のチカラ〟を与えるが――。

『もう……イヤぁあああああああ!!』

『《破戒の衝動に身を委《ゆだ》ねるんだ、エルナ。堕天使は……いや、少なくともボクは、君たち人間のことが嫌いじゃない。護《まも》る為《ため》のチカラを貸してあげたいだけなんだよ》』

『……ダメよ、絶対にイヤ。私がチカラに呑《の》み込まれたら、きっと皆を傷つけてしまう』

『《些末《さまつ》な問題じゃないか。一万、いや百万の人間を殺す怪物を倒すために、たかだか数十人余計な人間を巻き込むぐらい、甘受すべき損失の範囲じゃないのかな》』

『そんな!!』

『《ねえエルナ。

君は無力なんだ。

ボクが力を貸してあげなきゃ、他人どころか、自分の命だって護れやしない哀れな存在さ。想《おも》いで人は救えないし、想いで怪物は止まらない。

それともそこで指を咥《くわ》えて、見えない聞こえないフリをして、百万の死を見届けるのが。十六夜《いざよい》エルナの考える、人類すべてにとって最良の平和的解決、ということなのかな?》』

『……』

『《答えなんて、最初から分かり切っているじゃないか。本来タダのヒトである君には、そもそもテーブルに着く権利すら与えられていないんだ。平和の配当が欲しいなら、君のちっぽけな理想ぐらい、賭《か》け金にしてくれたっていいだろう?》』

『(……ファンファンの言う通りだ)』

『(私はあれがしたい、これがしたい、こうなったらいいなって願うばかりで)』

『(本当はなんの力もない、ただの女子中学生なんだ)』

『(法律。社会の仕組み。大人の理屈。冷たい兵器)』

『(私を形作る強さは、全部私の外にあるものばかりで)』

『(私には、最初から、何もなかった——)』

「……」

「……」

「忍《しのぶ》センパイ」

「悪いが後にしてくれないか」

「すみません、失礼しました」

すみませんに合いの手《カマワンヨ》すら入れることなく、画面にのめり込むアリエル。

『《さあエルナ、欲するままに撃ち放て!! 君の愛した街ごと、破戒の理《ことわり》で浄《や》き尽くすんだ!!》』

『(違う)』

『(私は壊したくない)』

『(私は皆を護《まも》りたいだけ)』

『(だけど、撃たなきゃみんな死んじゃう)』

『(だけど、撃ったら誰《だれ》かを傷つける)』

『(……だったら)』

『《……エルナ?》』

『このチカラを全部、私の中に……!!』

キィィィィィィイイイン!!!!!!!

『《そ、その左手は!?!?!?》』

「さっきのアリエルちゃん、これの真似《まね》してたんだな」

「……浄化の光だよ」

「義光《よしみつ》サン、気持ち悪いです」

「……」


画面では、破戒のチカラを天使の聖装として顕現させた十六夜《いざよい》エルナ……境界天使《グラーゼンエンジェル》エル＝ルナティックが、その左手を銀色に輝かせていた。

大切な人と街を傷付けぬため、エルナは破戒の衝動に己を重ね、混じり合わせたのだ。

そうして辛くも制御下に置いた、自らの左手にチカラを集中させ、怪物の核《コア》だけを抉《えぐ》り取る必殺技、破滅の衝銀《ルナティック・ズイルバー》に昇華させようとしている。


一方画面の前では、異世界エルフ《アリエル》が自前の魔法力で左手を銀色に輝かせていた。

こちらは破戒の衝動云々《うんぬん》とは関係なく、カッコいいので真似しているだけだ。


『悪逆の使徒、我が腕《かいな》に抱かれて眠れ!!』

「あくぎゃくのしと、わがかいなにだかれてねむれ!!」

『破滅の衝銀《ルナテイツク・ズイルバー》!!!!!!!』

「るなてぃっく・ずぃるばー!!!!!!!!」

ギャアアアアアンッ!!!!!!!!!!!!!!!!!!


拳《こぶし》を天に掲げたエルナが、抉《えぐ》り取った怪物の核《コア》を握り潰《つぶ》した。

噴き出す暗褐色の体液が、しとどにエルナの髪を、額《ひたい》を、瞼《まぶた》を、頬《ほほ》を濡《ぬ》らしてゆく。

それはあたかも、魔法少女という暗澹《あんたん》の道に身を委《ゆだ》ねた、エルナ自身の涙にも感じられ。

このシーンが五回目の中田忍《なかたしのぶ》は、五回目の満足げな頷《うなず》きを見せ。

異世界エルフ特有の記憶力と感受性をフルに生かしたアリエルは、誰《だれ》から見てもキマるよう、完璧《かんぺき》な破戒のポーズを再現し、正に得意満面であった。

かわいい。

「わー、アリエルさん、上手になりましたねぇ」

愛《まな》弟子の成長を喜ぶ師匠、いや我が子の成長を喜ぶ母親よろしく、パチパチ拍手する環《たまき》。

忍は実に中田忍らしい表情でウンウン頷き続け、義光《よしみつ》と徹平《てっぺい》もニコニコしている。

そして一ノ瀬由奈《いちのせゆな》は、とても難しい表情で、微妙にアリエルから視線を逸《そ》らしていた。

そんな由奈の様子にアリエルが気付いた、その瞬間が。

これから始まる、悲劇の幕開けであった。


とても難しい由奈の表情を見て、異世界エルフ《アリエル》は考える。

喩《たと》えようもないほどのタノシーがアリエルを包み、だいすきなシノブたちもウレシーを表現してくれている中で、由奈だけがそうでない理由を考える。

当然だろう。

アリエルがタノシーにしたいのは、自分自身だけでなく、だいすきな皆すべてなのだ。

だから、異世界エルフ《アリエル》は考える。

かつてシノブが語った通り、己の頭と己の心で、考えるべくを考える。

「どうした、アリエル」

様子に気付いた忍が声を掛けるや否《いな》や、アリエルは決然と忍を見上げた。

「……ユナが、あまりタノシーではないようにみえます。ナンデ?」

「彼女の心は深遠たる深淵《しんえん》だ。俺に読み解けるとは考えられない」

「オコトワリシマス」

「ふむ」

いつになく真剣なアリエルの様子に、忍もただでさえ伸びた背筋をビンと伸ばし直す。

「アリエルはユナを、ウレシーとタノシーにするのが、イケテルのです」

「ほう」

「アリエルは、たくさんのタノシーをもらっています。シノブとオトマリをしたときも、ニットワンピをくれたときも、ユナがオフロをしてくれたときも、フクをくれたのもとってもウレシーでタノシーで、タマキがエル☆ルナをみせてくれたのも、とってもイケテルでした」

「そうか」

「だからアリエルも、タノシーをおかえししたいのです。あんまりタノシーでないっポイユナを、タノシーにしたいのです」

「……」

「ヨロシーですか、シノブ?」

「いいだろう」

「ホ」

押し問答を想像していたのだろうか、アリエルは拍子抜けの様子で目を見開く。

「その気になれば人類の制止など、平気で振り払える力を持つお前が、そうまで真摯《しんし》に許しを求めているんだ。俺《おれ》の為《な》すべきはお前を支え、共に責を負ってやる以外にあるまい」

「アリエトウゴザイマス、シノブ」

「うむ」

そこから何が起こったのか、すべてを把握している者は、アリエル自身だけであったろう。

アリエルは忍《しのぶ》に背を向けて、ゆっくりと由奈《ゆな》の隣へ踏みだす。

「ん、どしたのアリエ――」

アリエルは由奈の頭上に、そっと両掌《てのひら》をかざして。

光の綿毛を無数に創《つく》り出し、思い切り由奈へ浴びせかけた。

「げっ、がはっ、ごほっ、ごほっ、うえっ！！！」

アリエルが創り出す光の綿毛は、埃魔法《ほこりまほう》の名に恥じず、吸い込むと物凄《ものすご》く噎《む》せる。

唐突に信じられないほどの光の綿毛を浴びせられた由奈は、当然ひどく咳《せ》き込《こ》んだ。

「おい、アリエル――」

忍がアリエルに歩み寄ろうとした、次の瞬間。


パァン！！！！！

「きゃあああああっ⁉︎⁉︎⁉︎」

一ノ瀬由奈《いちのせゆな》の衣服が、唐突に爆散した。

下着も含めて、全部。


大切なことなので再度確認するが、一ノ瀬由奈の着ていた衣類は、下着も含めて爆散した。

着ていた衣類と下着が爆散したということは、今の一ノ瀬由奈は全裸である。

当然の帰結であった。

「やっ、ばっ、やっ、げほっ、ごほっ、きゃあああああ!!」

「まずしゃがんでください由奈さん！　光の綿毛のおかげでギリギリ地上波放送できるくらいにしか見えてませんから!!」

とりあえずは同じ女性として地球人類として、最低限の適切なアドバイスを送る環《たまき》。

だが思春期真《ま》っ只中《ただなか》、コンプレックスの化身である環と違い、由奈は大人の女性である。

最低限の防御姿勢を取りつつも、アリエルをキッと睨《にら》み付けて。

「けほっ、あっ、あ、アリエル、あんたねっ、私の服、こほ、どうすんのよこれ!!　爆散しちゃったじゃない!!　別に、ごほっ、高かなかったけど、結構、気に入ってたんだからね!?」

無惨に弾《はじ》け飛んだ衣服の恨みを語るほうに、とっさの心血を注いでしまうのだった。

一方、健全な成人男子である前にいい大人の義光《よしみつ》と徹平《てっぺい》は、この非常事態にも慌てることなく、床上に這《は》いつくばり両手を頭の上に乗せ、無抵抗無視覚の姿勢をアピールする。

さらに玄関方向へ這い出そうとする義光を、徹平が手探りで掴《つか》み、無理矢理引き留めた。

当然だろう。

テロリズムの現場においては、不審な動きを見せた者から目を付けられ加害の対象となる。下手《へた》に動かず、周辺関係者による解決を静かに待つのが最良なのだと、サバゲー好き、かつ忍《しのぶ》の友人歴が長い徹平はよく知っていた。

実際、本件の主犯格たる異世界エルフはいつの間にかリビングから姿を消しており、次にどこで何が起きるのか、正直分かったものではない。

そんな中、我らが中田《なかた》忍だけは、仁王立ちとなり両腕を組んだまま、全裸で大騒ぎする由奈《ゆな》の肢体を、淫《みだ》らな欲望など微塵《みじん》も抱かず、ただ真剣な眼差《まなざ》しで見つめていた。

「忍さん！」

「どうした」

「どうしたじゃないですよ。なんとかしましょうよ。何もできないにしても、せめて見るのやめましょうよ。由奈さん全裸なんですよ？　ぜ・ん・ら!!」

「埃魔法《ほこりまほう》は止められない。そして俺には、アリエルの所業をすべて見届け、共にその責を負う義務がある。よって俺は動かないし、目を逸《そ》らすこともしない」

「だっ……もっ……死ね！！！」

あまりの状況に語彙《ごい》力を失った環《たまき》は、心に浮かんだ言葉をそのままブチ込む以外にやりようがないのであった。

「ああもう、せめてタオルか何か」

「止《や》めておけ、御原《みはら》君」

「どうして！」

「ただでさえ惨事だ。この上、君にまで肌を晒《さら》させるような真似《まね》をさせたくない」

「……え、忍さん、ちょっと待ってください。いきなり何ワケの分かんないことを」

「見ていろ」

忍は傍《かたわ》らにあったフェイスタオルを拾い上げ、ふわりと由奈に投げ渡す。

しかし。

パァン！

タオルは由奈の身体《からだ》に届かず、衣類と同じく無惨に爆散。

飛び散った破片のひとつが、ふわりと環の口元にひっついた。

「わっぷ」

「……やはりな」

「やはりな、っててっ」

『魔法少女の着ていた衣類は、変身の際にすべて弾《はじ》け飛ぶ』。そんな様式美《おやくそく》を実現するために、アリエルが埃魔法《ほこりまほう》を使っているのだろう」

「忍《しのぶ》さん、なんの話をしてるんですか？　今何が起こってるのか、分かってるんですか!?」

大慌てで絶叫する環《たまき》。

由奈《ゆな》が大人の女で、環よりも肌を見せることへの精神的耐性があると理解してなお、なんとかしてやりたいと必死なのだろう。

優しい娘である。

そんな環を気遣い、正しく現状を把握させてやれるよう、忍は努めて優しく語りかけた。

「君には聞こえないのか」

「だから何がですか」

「静かに、耳を澄ませてみろ」

「……はあ」

不承不承ながらも、言われた通り耳を澄ます環。

部屋の中には、由奈が咳《せ》き込《こ》みまくる声が響き渡るのみ。

そのはず、だったのだが。

『……ケココッ　キュッ　コッココ♪　ケココッ　キュッ　コッココ♪』

「え？」

突如環の両耳が、親の声より聞き慣れた、心を震わす勇ましいメロディを感じ始めた。

テレビの画面は、丁度次回予告が流れ終わったところで、なんの音も発していない。

「忍さん、これって」

「第3クールから採用された、変身バンクのユーロビートアレンジバージョンだ。恐らくはアリエル自らが口ずさむメロディを、俺たちの耳か脳内へ直接送り込んでいるのだろう」

「……凝ってますねぇ」

「音楽の概念は教えていなかったからな。気に入ったんじゃないか」

満足げに頷《うなず》く忍。

そして、正しく現状を把握した環も、ようやく落ち着きを取り戻す。

「ちょ、忍センパイはともかくっ、ほっ、環ちゃんはっ、もうちょっ、頑張ってくれない!?」

「すみません由奈さん。もう私たちでは、どうにもならないんです」

「なんでよ!?」

「『魔法少女の変身は、終わるまで敵も味方も手出しできない』。

それもまた、侵されざる様式美《おやくそく》であるからだ」

由奈《ゆな》が言葉の意味を問い質《ただ》すより、わずかに早く。

「キュキュキュッ♪　キュキュキュキュッ♪　オゥ！　エンジェール♪」

リビングから消えていたアリエルが、例のメロディを口ずさみながら戻ってきた。

特筆すべきはその様相。

ポニーテールに纏《まと》めた髪型、黒と銀を基調とした、清冽《せいれつ》な月夜を思わせる可愛《かわい》らしい衣装は、十六夜《いざよい》エルナが劇中で纏う、境界天使《グラーゼンエンジエル》・エル＝ルナティックの聖装に限りなく近い。

さらに、無印第十三羽《フルーゲ》〝刻まれてなお、咎《とが》。〟で登場したエルナ専用慈装《アガプト》〝十四番目《ヴェラリッタ》〟、即ち暴力的な尖端《せんたん》を複数備えたナックルダスターまでも両手に装着しており、再現度は抜群と評価できたが、原典のエルナは黒髪セミロングの低身長、発育途上の女子中学生である。

対してアリエルは身長も高く、当然異世界エルフ特有のご立派な胸元も健在。

中田忍《なかたしのぶ》邸に降り立った境界天使《グラーゼンエンジエル》・エル＝ルナティックというより、初めてのコスプレに大はしゃぎする外国の姉ちゃんと表現するほうが現実的であった。

「……」

忍は、アリエルが纏っている聖装風衣装について一切存在を知らなかったし、アリエルからその存在を知らされるどころか、用意しているそぶりすら把握していない。

つまりアリエルは、忍にすら知られぬよう、どこかからあの衣装を用意したことになる。

爆散した由奈の衣服、コスプレ衣装の出所、アリエルの真意とその目的はなんなのか。忍が知恵の歯車を回転させている間に、アリエルは次の行動へと移る。

「ユナー、ユナー、ユナー」

「……アリエル、変身してるじゃない。素敵ね」

「アリガトー、ユナ!!」

「そうなると私は敵役《かたき》かな？　うん、頑張って付き合ってあげる。もしちゃんと服を着させてくれたら、もっと頑張れちゃうんだけど……」

「一ノ瀬《いちのせ》君」

「聞きたくないです」

必死の拒絶が、却《かえ》って空《むな》しい。

知恵の回転を止めた忍にも、傍《かたわ》らで見守る環《たまき》にも、由奈自身にも、もう分かっている。

アリエルが何故《なぜ》こんなことをしたかは、ともかくとして。

アリエルがこの後、何をしたいのか、などということは。

アリエルが小脇《わき》に抱《かか》えている、もう一着の衣装を確認すれば、分かってしまうのだ。

「君もかつては魔法に憧《あこが》れる、純真なひとりの少女だったはずだ。アリエルが君に何を望み、君に何をさせんとしているのかを、俺よりも正しく理解しているのだろう」

「分かりません分かりません。私はなんにも知りません。知らないことはできません」

「初出は無印第七羽《フルーゲ》〝振り返っても、夜。〟だな。正統たる神に仕える晴天使団《ファクター》の調律師《シングルナンバー》として登場し、破滅の衝銀《ルナテイック・ズイルバー》で敵の核《コア》を握り潰《つぶ》すエルナを、残虐で悪魔的だと批判した」

「聞こえません、分かりません、私は何も知りません」

「決め台詞《ぜりふ》は『美しきこの世界に、祝福を』。〝法閃華《エオストレモナト》〟と呼ばれる専用慈装《アガプト》、いわゆる魔法のステッキを振るい、いかにも魔法少女らしいメルヘンチックな魔法で、敵を核《コア》ごと花弁に変えて浄《や》く手法を好む、理知的で聡明な十四歳。荒々しい肉弾戦で敵を浄《や》くエルナとは根本的に反《そ》りが合わない一方、その覚悟にはある種の敬意を抱いている」

「お願いします、止《や》めてください、本当に止めてください」

「そして第2クールのクライマックス、無印第二十三羽《フルーゲ》〝重ねたいのは、心？〟。かつてない強敵を前に、一歩も退《ひ》かず立ち向かうエルナの姿に心打たれた彼女は、生まれて初めて晴天使団《ファクター》の教えに背《そむ》き、エルナの隣に並び立つ」

「もう……嫌《いや》ぁああああああ!!」


パァアアアアアアアア！！！


一ノ瀬由奈《いちのせゆな》二十六歳、渾身《こんしん》の絶叫は、皮肉にも第一羽《フルーゲ》でエルナが上げた悲鳴と重なった。

そして声に応《こた》えるかの如《ごと》く、由奈の裸身がひときわ強い光に包まれる。

その隙《すき》にアリエルがてきぱき由奈の装いを整える様子を、忍《しの》ぶはしっかりと見届けていた。

やがて光が、ゆっくりと退《ひ》いてゆき。

変身が、終わっていた。


真っ先に目を引くのは、どこか幼さを感じさせるサイドシニヨンテール。

白と金をベースに、ポップな可愛《かわい》らしさを基調とするデザインは、黒と銀をベースに動きやすさを基調としたエルナの衣装と好対照に映る。

そして左手に握らされた専用慈装《アガプト》〝法閃華《エオストレモナト》〟を見れば、もう間違いようがない。

第3クールから正式にエルナの相棒となったライバルキャラ、晴奏天使《シユピレントエンジエル》・エル＝クリシユナーの衣装に身を包んだ一ノ瀬由奈が、そこにいたのだ。

原典で変身前の姿となる甕星《みかぼし》コマチは中学二年生の設定なので、ポップで可愛らしくても何も問題はないのだが、ここでの中身は一ノ瀬由奈、二十六歳である。

ポップで誤魔化すには無理のある豊かな胸元といい、可愛らしいで済ませるには無理を感じるスカート丈といい、控えめに言って大惨事なのであった。

ともあれ変身は終わり、魔法少女服を纏《まと》った女性がふたり。

ならばもう、為《な》すべきことは決まっている。

「由奈《ゆな》さん、今です！」

「やれるはずだ。君ならば」

「ユナ!!」

「……」

能面のような表情で、由奈はアリエルに向き直る。

もちろんアリエルの表情に、罪悪感など浮かんではいない。

当然だろう。

良心は悪を律するが、善行は封じる道理も必要も、押し留められる理屈もない。

故《ゆえ》にこそヒトは、善と信じた行いのためならば、どこまでも残酷になれるのだ。

ましてやこの素直な異世界エルフ《アリエル》が、我欲や害意でこのような真似《まね》をするはずがない。

そんなことぐらい、今の由奈にも、十分分かっていた。

だからこそ。

「ユナ……？」

「……一回だけだからね」

「ハイ!!」

喜色満面のアリエルが、身体《からだ》中から喜びの気体を噴出し、ふたりの魔法少女服がはためく。

あるいはそれが、合図となった。

「われは《我は》やみよに《闇夜に》うく《浮く》きざし《兆し》、けがれ《穢れ》なぎ《薙ぎ》さらう《浚う》たけき《猛き》かがりび《篝火》！

いちりんのげっこう《一輪の月光》！　境界天使《グラーゼンエンジエル》・エル＝ルナティック!!」

「我は黄昏《たそがれ》の明星、仄《ほ》の禍《か》に穿《うが》つ神々の薬指！

稜線《りょうせん》の極光！　晴奏天使《シユピレントエンジエル》・エル＝クリシュナー!!」

高らかに名乗りを上げる、境界天使《アリエル》と晴奏天使《ゆな》。

アリエル演じるルナティックは月を称《たた》えるように力強く、由奈演じるクリシュナーは大地を愛《いと》おしむように優しく。

そして視聴者《しのぶとたまき》に目線を送り、ポーズを取って見得を切る。

「てんばつ、しっこう!!」

「散りなさい、下郎ども!!」

完璧《かんぺき》な再現度であった。

これには導き手《メンター》・御原環《みはらたまき》も大喜び。

「すごいすごい!! アリエルさん、いつの間にこんなの準備してたんですか!?」

「アリガトー!! ツクリマシタ!!」

「由奈《ゆな》さんも、すっっっごい臨場感でしたよ!!」

「ありがと。裸よりも恥ずかしいわ」

疲れた由奈の声色《こわいろ》は、あまりにも本気であった。

「……状況一切分からんけど、俺らはまだ顔上げないほうがいい感じ?」

「そうですね。徹平《てっぺい》サンと義光《よしみつ》サンは、伏せた姿勢のまま玄関に向かって、振り返らずにお帰りください。荷物なんかが残ってるようなら、後で忍《しのぶ》センパイに届けさせますんで」

「分かった」

「了解だよ」

抵抗や不満の声を一切上げることなく、ずりずりと玄関へ向かう徹平と義光。

間もなく戦場になるであろうこの危険地帯から、人質はようやく解放されたのであった。

「この期に及んで何を恥じる。立派な晴奏天使《シュピレントエンジェル》・エル＝クリシュナーだったと考えるが」

「そうでしょうか。恐縮です」

「……何か反論しないのか」

「反論して欲しいんですか?」

「いや、俺は俺の持つ素直な感想を述べているまでだ。なるべくならば反論は受けたくないが、君のことだからな。それなりの打ち返しを予想していた」

「そうですか」

仏頂面《ぶっちょうづら》の忍に、笑《え》みを返して応じる由奈。

それはエル＝クリシュナーが兇敵に相対する際に見せる、不敵な笑みによく似ていた。

「ユナ、ユナ、ユナ、ユナ」

「どうしたの、アリエル」

「エオストレモナトをビュッとしてクダサイ」

言いながら、アリエルが自らの手を伸ばし、ステッキを突き出すような姿勢を取る。

普段とは逆に、由奈がアリエルに釣られる形で、〝法閃華《エオストレモナト》〟を構えると。

ポ　ポ　ポ　ポ　ポ　ポ　ポ　ポ

〝法閃華《エオストレモナト》〟の先端部分から、光の綿毛が結構な勢いで飛び出す。

「……」

「ヴァイスクレイナー!!」

エル＝クリシュナーの十八番《おはこ》である、聖気の種を散弾式に撃ち出す魔法、純白の小指《ヴァイスクレイナー》の名を口にして、満足げなアリエルであった。

なおこの魔法、原典では聖気の種が怪物に触れるとそこから根付き、光の花を咲かせて養分を吸い取る大変頼もしい攻撃魔法なので、本質的にはメルヘンというより残虐寄りである。

「ユナ、ユナ、ビックリ？　ウレシー？」

「……ビックリはしたかな。とっても」

「ムフー」

ポ　ポ　ポ　ポ　ポ　ポ　ポ　ポ

「わ、すごい。由奈《ゆな》さんが埃魔法《ほこりまほう》使ってる!!」

「いや……恐らくは、〝法閃華《エオストレモナト》〟そのものに埃魔法が込められているのだろう」

「そんなことできるんですか？　そもそもこの衣装って、どこから……？」

ダテメガネをおでこに引っ掛け、アリエルの衣装をまじまじ見つめる環《たまき》。

アリエルは若干照れくさそうに、そのご立派な胸を存分に張り、衣装を見せつけている。

かわいい。

その合間に忍《しのぶ》は寝室へと向かい、すぐに仏頂面《ぶっちょうづら》で戻ってきた。

「……予測通りだ。寝室の収納に収めてあった、アリエルの髪がなくなっている」

「えっ」

「先日、アリエルが伸ばしてしまった髪だ。穏便な始末の手段も見つからんし、非常食として必要なときに使うよう言い含め、保管させておいたんだが」

「いつの間にか、衣装に作り替えちゃったってことですか？」

「恐らくはな。異世界エルフから切り離された頭髪が魔力の塊なら、然《しか》るべき加工を施せば、耐水性や靭性《じんせい》を備えさせたり、色を着けたり、埃魔法を仕込むこともできるんじゃないか」

「へぇー……へぇー」

確かによく見れば、〝法閃華《エオストレモナト》〟の表面には、布でくるまれたような加工が為《な》されている。

アリエルが装着しているナックルダスター〝十四番目《ヴェラリッタ》〟然《しか》り、何かの芯材に髪を巻き付けたか、髪そのものをより集めて固め、小道具として形作っているのであろう。

反射的に自分の分も作って貰《もら》いたくなってしまった環だったが、先程までの由奈の惨状を思い出し、寸《すん》でのところで自制に成功した。

代わりに口を突いたのは、ふとしたひらめき。

「……エルフ服とエルフの羽衣《はごろも》も、アリエルさんのお手製ってことなんでしょうか？」

「羽衣と埃魔法の親和性から見ても、妥当な推論と考える。元々アリエルに織りや縫いを扱う心得があったのなら、裁縫に関する呑《の》み込みの速さにも頷《うなず》けるというものだ」

「お話の途中失礼します、忍センパイ」

貼《は》り付けた笑《え》みを崩さないまま、ソファに掛けた忍の傍に立つ由奈。

「どうした、一ノ瀬《いちのせ》君」

「忍《しのぶ》センパイは、アリエルがこの服作ってたこと、ご存じだったんですか?」

「いや、一切把握していなかった。たまたま俺の目に触れなかったと考えるよりは、アリエルが俺を含め、周囲に察知されんよう作業を進めていたと見るべきだろう」

「……それって、由奈《ゆな》さんや私たちを、驚かせようとしてたってことですか?」

「分からんが、こうもまんまと驚かされてはな。監督不行き届きを猛省せねばならん」

「ええ、その通りだと思います。くらえ〝純白の小指《ヴァイスクレイナー》〟」

「ごほっ!」

突然由奈が忍へ〝純白の小指《ヴァイスクレイナー》〟もとい光の綿毛をぶっかけ始めたので、忍がひどく噎《む》せた。

「がっ、ごほっ、一ノ瀬《いちのせ》君、何故《なぜ》だっ」

「ああ、いえ、これ使命なんで」

「しめっ、なっ、ごほっ」

「忍センパイ、なんか反省が必要みたいなんで。私、浄化しないといけないんで」

「やっ、や、やめろっ、いっごほっ」

「無理なんで。運命《さだめ》なんで。悲しいんですけど」
　ポ　ポ　ポ　ポ　ポ　ポ　ポ
「量も調節できないみたいです。すみません忍センパイ」

「カマワンヨ」

「うん、ありがとアリエル」

無関係なところから了承を得たので、忍の鼻と口付近を重点的に浄化する晴奏天使《シュピレントエンジェル》・エル＝クリシュナーこと一ノ瀬由奈二十六歳。

悲しき宿命に焼かれた彼女の心は、どれだけ忍を苦しめても晴《は》れることがないのであった。

◇◆◇◆◇◆◇

その日の夜、午後八時五十二分。

外界から隔絶された中田《なかた》忍邸の寝室では、一ノ瀬由奈による特別講義が続けられていた。

「じゃあアリエル。〝秘密〟ってなんだったっけ？」

「……ファ……」

「アリエル」

「……ひゃ、はい！　〝秘密〟は、ヒミツのことです。秘密のことは、誰《だれ》にも教えません!!」

既《すで》に何百回と同じ語句を暗唱させられ、半分白目になりかけているアリエルが叫んだ。

「うーん……環《たまき》ちゃん、今のどう？」

「……へぁい!!　平均的日本人のイントネーションに比べても遜色《そんしょく》のないクオリティれす!!」

『別に悪いことしてないけど、ちょっと楽しみ過ぎな感じがムカついた』というとばっちりに付き合わされ、疲れ切って白目になりかけている御原環《みはらたまき》が叫んだ。

いたいけな異世界エルフと女子高生へ懲罰的教育を与えんとする行為に忍《しのぶ》は当然反対しようとしたが、一ノ瀬由奈《いちのせゆな》の決めたこと、ましてや傷心の由奈の勢いを止めることなどできるはずもなく、今は由奈の言いつけ通り、ソファで趣味の読書に没頭させられている。

「もう……まあ、とりあえずいっか。アリエル、埃魔法《ほこりまほう》はどう？」

「シノブたちのほかのヒトには、秘密にすべきことです。秘密のことは誰《だれ》にも教えませんが、ホコリマホウのことはダイジョブなので、シノブたち以外のヒトにだけ秘密にします」

限界ギリギリでどうにか自身を奮起させ、辛うじて教養の成果を発揮するアリエル。

かわいい。

「じゃあ次は、エル・シリーズと現実の違いについて説明してくれる？」

「はい。エル・シリーズはフィクションです。実在の人物・諸法令・団体またはその活動等とは一切関係ありません。描写されている社会情勢や登場人物らの心理描写は現実のルールに則していますが、あくまでフィクションとしての前提を超えるものではなく、参考とする材料程度に留めるべきものです」

「そう。変身の真似《まね》するからって、他人の服吹っ飛ばしたらダメなの。分かるでしょ？」

「ア……ユ、ユナ……」

アリエルは自分の顔を隠すように、恐る恐る一着の衣類を掲げた。

埃魔法で修繕されたと見られるそれは、少なくとも外見上は完璧《かんぺき》に元通りであった、が。

「直せばいいってもんじゃないの。分からない？」

「ヒッ……」

「まだ教育の余地があるかな。就寝時間前、最後の一秒まで叩《たた》き込むから、覚悟しなさい」

「アウゥ……」

朦朧《もうろう》とするアリエルを気の毒そうに見つめていた環は、ふと余計なことを口にする。

「ゆ、由奈さん」

「なあに環ちゃん。タクシー呼んだげるから、心配しなくても日付変わる前には帰れるよ」

「あの……どうして忍さんは、付き合わされっ……同伴されてないんでしょうか」

「ようやく調子戻ってきたのに、消耗させたら本末転倒でしょ。明日からまた仕事なんだし」

「あ……そうですよね、すみません」

思ったより理性的な由奈の言葉に毒気を抜かれ、思わず頭を下げる環。

しかし。

「それに、あっちは一生かけて責任取らせるつもりだし。今回くらいはいいんじゃない？」

「……そう、ですか……」

「さ、アリエル、もうひと頑張りね。秘密について最初から……」

何も言えなくなった環を置き去りに、夜は更けてゆくのであった。

第三十五話　エルフと晩春の祭典

最初に明示しておくと、今は由奈《ゆな》の特別講義から約三週間後、五月二十六日の早朝である。

その間に一ノ瀬《いちのせ》由奈は二十七歳の誕生日を迎えていたし、それにまつわる様々なイベントも発生し、語り合って思い出に浸れる程度の話題も存在したのだが、今日、今この時、中田忍《なかたしのぶ》邸にそんなゆとりは存在しなかった。


ダイニングテーブルには、忍、義光《よしみつ》、徹平《てっぺい》、由奈、環《たまき》、そしてアリエルが集《つど》っている。

若月早織《わかつきさおり》は星愛姫《ティアラ》を車に乗せ、買い出し班として先に現地へ向かっていた。


そう。

今日は大学の人力飛行機《トビケン》サークルの春会《OB会》、開催当日なのである。


「まずは礼を言わせてほしい。俺とアリエルが災禍なく今日まで暮らしてこれたのは、皆の助力のお陰だ。ありがとう」

「アリガトウ、ございます！」

頭を下げる忍とアリエル。

　アリエルのほうは意味を分かって頭を下げているのか判然としないものの、少なくとも感謝の気持ちは表している様子であった。

「そして今日もまた、皆の力を借りることになる。特に一ノ瀬君と御原《みはら》君、知らぬ顔の集まる中、無理を押して来てもらうこととなり、感謝している。本当にすまない」

「カマワンヨ」

「まあ……今日何かあったら取り返しがつきませんし、参加を決めたのは私自身ですから、忍センパイはお気になさらず」

「アリエルさんはお友達ですし、来られるのも忍さんのお友達なんですよね。私もいつまでも人見知りしてちゃダメだなあ、と思ってたので、頑張ってみます。よろしくお願いします！」

「ありがとう。そして義光、徹平。旧交を温め合う貴重な機会を、俺とアリエルの都合で面倒ごとに変えてしまった。付き合わせてしまい、本当にすまない」

「カマワンヨ」

「忍の無茶に振り回されるなんて、昔からじゃない。むしろこのほうが僕たちらしいよ」

「言えてる。でも今日は、星愛姫のお披露目日でもあるからな。そこんとこも宜《よろ》しく頼むぜ」

「善処しよう」

　儀式めいた、意味のあるようでない確認行為を済ませ、忍は厳《おごそ》かに頷《うなず》いた。

今日まで忍《しのぶ》と彼らは、いくつもの艱難辛苦《かんなんしんく》を共に乗り越えてきた。

その殆《ほとん》どは忍が気を回し過ぎて起きた余分なトラブルだったし、いくらかは協力者の誰《だれ》かが招いた余分な揉《も》めごとだったので、彼らがもうちょっと上手《うま》くやっていれば、もっと簡単に今ぐらいの状況を作り上げられていたかもしれない。

だが、忍たちの所業を、誰が嘲笑《あざわら》えるというのか。

安全な場所から答え合わせの結論で、無責任に行動を評価することは、誰にでもできる。

しかし忍たちは、自分自身を直接異世界エルフ《アリエル》の前に晒《さら》した上で、何も分からない手探りのまま、今日までアリエルを護《まも》り続けてきたのである。

誰に恥じることなく、誇って良い成果と言えよう。

ただ当人たちは、誰かにこのことを話す気など、微塵《みじん》もないのだろうが。

「でもさ、忍」

「ああ」

「僕たちはいいとして、アリエルちゃんの気持ちは大丈夫なの？」

「ダイジョブです！」

間髪容れず、元気よく頷《うなず》くアリエル。

かわいい。

「当人もこう言っている。大丈夫だろう」

「いや言ってるけどさ。これ本当に分かって言ってるのかなって話なんだけど」

「ワカッてます！」

「分かっているそうだ」

アリエルはニコニコしており、何故《なぜ》か忍が必要以上にドヤ顔なのであった。

珍しい忍の様子に驚く義光《よしみつ》だったが、生じた困惑を打ち消すまでには至らない。

比較的事情に通じた環《たまき》が、状況をすばやく察してフォローへ入る。

「忍さん、それじゃ説明不足過ぎますよ。直樹《なおき》さんだって心配します」

「ふむ」

忍は少し考えて、ゆっくりとアリエルに語り掛けた。

「アリエル」

「はいシノブ、なんでしょうか」

「先程お前は『カマワンヨ』と述べていたが、あれはどういう意図からの発言だ」

「なるほどですね……」

「『なるほどですね』は使いどころを選ぶ表現だ。当面は使うなと指示した筈《はず》だが」

「ウッカリです。スミマセン」

「今は看過しよう。それよりも、義光に意図を話してやってくれ」

「かしこまりました」

ニコニコ顔のアリエルが義光《よしみつ》に向き直る。

尤《もっと》も既《すで》に義光は、驚愕《きょうがく》で固まっていたところなのだが。

「シノブはユナとタマキに、つぎにヨシミツとテッペーに、シノブとアリエルのためにオデカケしてくれてアリガトーのイミですまないといいました。アリエルはゼンゼンカンケイネェはなしでしたが、シノブがションボリしないように、カマワンヨといってあげました」

「『ゼンゼンカンケイネェ』も止《や》めろと言った筈《はず》だが」

「テッペーがコレゼッテーウケルカラといって、ガンバッテおしえてくれました」

「徹平《てっぺい》」

「悪《わ》りぃ」

「カマワンヨ」

「流石《さすが》にこれは看過できん。敬語表現もままならん中、口語表現を先に覚え過ぎてしまえば、今後の言語学習に浅からぬ影響が残る。考えを改めろ」

「アリエルガワのガンバリでかいけつするので、テッペーをカマワンヨしてください」

「……いいだろう。精力的に言語教育へ関わってくれたこと自体には、感謝しているしな」

「へへっ」

「アリガトー、シノブ!!」

喜ぶアリエルとにやけ面の徹平、そして仏頂面《ぶっちょうづら》の忍《しのぶ》であった。

「……え、いつの間にかなんか……凄《すご》くない？」

「春会合わせで言語教育を急いだのもあるし、魔法少女番組《エル・シリーズ》の影響もあるだろう。だが、乳幼児の言語教育も、ある日突然コップから水が溢《あふ》れ出すように、蓄積した語彙《ごい》を発現させるのだと聞く。技術的特異点《シンギュラリティ》とその後の教育を境に、アリエルのそれも開花したのだと推察する」

「アリエルはシノブたちと、ずっとずっとおはなししたかったのです。だけどシノブたちのことばとかんがえかたはとってもフクザツなので、チンプンカンプンでした。ところがさいきんシノブたちは、たくさんことばをおしえてくれます。これは、ウレシー」

技術的特異点から三か月、魔法少女視聴《エル・シリーズ》開始からおよそ一か月、特別講義から三週間。

その間、義光も何度となく中田《なかた》家を訪れていたし、アリエルに請《こ》われて簡単な言葉や概念の教示をしたこともあり、アリエルの成長著しいことは認識していたつもりだった。

しかし、まさか、ここまでとは。

「丁度良い機会だ。アリエル、お前に今一度確認しておきたい」

「はい」

「ヒトと共に生きる覚悟はあるか。あるいはその覚悟を成すために、人を知りたいと願うだけの志《こころざし》はあるか。お前が何を願おうと、俺はお前の願いに沿うよう、協力を惜しまないと約束する。その上でお前の意志を聞かせてくれ」

優しいようにも、突き放したかのようにも取れる、忍の問いかけ。

だがアリエルは、さも当然のように、微笑《ほほえ》みながら答える。

「アリエルは、シノブたちとイッショがいいです。アリエルもシノブたちに、たくさん、ウレシー、タノシー、オイシー、オシエルのがイケテル。たくさんオシエルのに、ずっとオウチはビミョーです。アリエルはたくさんオデカケして、イケテルアリエルになりたいです」

「……そうか」

語る言葉が、すべてではないのだろう。

あるいは、自分の為《ため》ではないのかもしれない。

あるいは忍《しのぶ》の、忍たちの期待に応《こた》えんとする感情が、そうさせるのかもしれない。

それでもなお現状を変えたいと願うのは、アリエル自身の強い意志。

ここに集《つど》った協力者たち、いや、忍とアリエルの仲間たちは、それを十分に理解していた。

「間もなく刻限だ」

忍の言葉に、アリエルが、由奈《ゆな》が、環《たまき》が、義光《よしみつ》が、徹平《てっぺい》が、頷《うなず》く。

もはや言葉は尽くされた。

後はただ立ち上がり、突き進むのみ。

さながら死地に向かう戦士の趣《おもむき》で、ひとり、またひとりと、彼らは部屋を後にする。

彼らを出迎えるは、最後の審判。

果たして異世界エルフ《アリエル》は、この現代社会に生きられるのか、否《いな》か。

その答えの一端が今、示されようとしている。

だが、どうか忘れないで欲しい。

彼らが目指すのは、県内の河原にあるバーベキュー場。

待ち受けているのは、大学の人力飛行機サークル《トビケン》のＯＢたち。

行われるのは、約半年ぶりのＯＢ会。


楽しい一日になる予定であった。

◇◆◇◆◇◆◇

およそ三時間後、県内某所の河原にある、広い広いバーベキュー場。

義光の車に乗り合わせた忍たちは、春会の真っ只中《まただなか》に到着していた。


「乾杯」

「「「「「かんぱぁーい！！！」」」」」

元副部長の忍が音頭を取り、数十人からなる参加者たちが盃を掲げる。

実際楽しい雰囲気であり、由奈《ゆな》をして『たぶん現人神みたいな人たち』と予測されていたトビケンOBたちは皆、とても人当たりが良く、異分子であるはずの由奈や環《たまき》に対してもまったく物怖《ものお》じせず、グイグイグイグイ来るのであった。

「えっ、中田《なかた》先輩と同じ職場で……はぁ……え、いや、なんて言うか、お疲れ様です」

「とんでもない。大変良くして頂いています」

もちろん由奈はよそ行きの仮面を被《かぶ》り、完璧《かんぺき》な大人の女性を演じている。

この状態の由奈を初めて見る義光《よしみつ》と環は、それぞれ心の中で衝撃を噛《か》み砕く。

そしてトビケンOBの紳士淑女は、由奈の境遇を本気で心配していた。

「大丈夫ですよ、ここの皆は中田先輩のヤバさよーく知っていますから」

「愚痴ぐらいしか聞けませんけど、楽になってください」

「あなたも……大変ね、まだ若いのに」

「えあ？　え、あ、御原《みはら》環と申します。忍《しのぶ》さんには、たいっっへん、お世話になってっ!!」

「うんうん、中田先輩、面倒見はものすごくいいからねぇ」

「撫《な》で過ぎて子猫の毛を剝《は》ぐタイプ」

「あーそれ分かるわ。撫でられる側が撫でられてるって自覚を持つ必要があるね」

「慣れれば多少はマシだからね。気と毛根をしっかり持とう」

「あの、その、私は」

「中田係長……いえ、中田さんは、昔から楽しい方だったんですね」

「……楽しい……たの……うーん」

「一言では言い表せないっていうか、ねぇ？」

「うん。感じるしかない」

「何かいい取っ掛かりないかな」

「ラムネサワー事件とかどうよ」

「あー、いいかも」

「ラムネサワー……ですか。環ちゃん知ってる？」

「し、知らないです」

「うぅん……どんなお話なんですか？」

「いや、実はね……」

こんな調子で由奈と環も、あっさりとトビケンの輪へ溶け込んでいた。

より適切な表現を選べば、環は由奈の陰に隠れてなんとか逃げずにいられるような感じだが、溶かして混ぜれば大した問題ではあるまい。

忍絡みのゴシップは知人同士共通の合言葉として、スムーズに皆を結び付けるのであった。

さて、春会である。

これまで行われてきた定例会のテンプレートに漏《も》れず、元部長かつ幹事である義光《よしみつ》がすべてを取り仕切っており、元副部長の忍《しのぶ》を中心に、当時サークル運営に関わっていたメンバーたちが各種サポートに回っている。

買い出し班に差し向けた早織《さおり》の手引きもあり、会場に用意された食材はアリエルの可食性テストが済んだものばかりで統一されている。

さらに衛生管理と銘打ち、持ち込み食材も厳しく制限しているし、参加者は義光と忍を信頼し、あるいは畏《おそ》れているので、誰《だれ》ひとり文句も言わないし、隠れてズルをすることもない。

その結果、小さなお子様や異世界エルフ《アリエル》にもご安心なバーベキューが、こうして開催される運びとなったのである。

しかし。

「……アゥ」

穏やかな喧騒《けんそう》の中、アリエルは忍の左腕にひしとすがり付き、ふるふる震えるのであった。

「落ち着かないのか」

「ウウ……すみませんです、シノブ」

「構わんよ」

本来の意味でアリエルを赦《ゆる》した忍は、空いた手でそっと頭を撫《な》でてやる。

不安自体は消えない様子であるものの、目を閉じ、こそばゆい表情を見せるアリエル。

かわいい。

「ふわふわ、ザワザワします。ニガテはないのに、ニガテがちかくにあるようです」

「それは不安、恐怖だ。ヒトが怖いと呼ぶ感情に近いと推察する」

「コワイですか」

「それだ」

「はじめておっぱいをさわられたときも、コワイでした」

「……悪かった。すまない」

「カマワンヨ」

アリエルは揚げ足を取った訳ではなく、自らの感情を、正しく忍に伝えたいだけなのだ。

苦しいときは声を上げ、正しく周りを頼ること。

忍が痛みに耐えながら教えてくれた、とても大切なこと。

だから忍も、真摯《しんし》に真剣に、アリエルへと応《こた》える。

自らの手の届く限り、この異世界エルフの力になってやりたいと、本気で考えているから。

「〝怖い〟は防衛本能だ。無下《むげ》に否定すべきものではないし、時にはなんの根拠もなく従うべき、安全への担保だ。怖いと感じることで自らを責める必要はない」

「……シノブは、こわいことがありますか?」

「ああ」

「シノブは、こわいとは、ゼンゼンカンケイネェとおもいます」

「その表現は止《や》めろと言った。今日二度目だぞ」

「ほかのコトバはピッタリしません。ヤモーエナイ《やむを得ない》です」

「やむを得ないことなどないし、ピッタリでもない」

「ナンデ？」

「俺とて恐怖を覚えることもあるし、その機会とて少なくはない。ヒトがヒトとして生きる以上、誰《だれ》しも恐怖からは逃れられんのだ」

「でも、こわいをこわいしているシノブを、アリエルはしりません」

アリエル自身は気づいていないようだが、アリエルは忍《しのぶ》に縋《すが》り付くのを止めていた。

代わりに期待半分、好奇心半分、その他雑多なポジティブの感情を燻《くすぶ》らせながら、仏頂《ぶっちょう》面《づら》の忍を見上げている。

「オシエルしてください、シノブ。どうしてシノブは、きょうふがこわいではないですか？」

「……そうだな。『幽霊の　正体見たり　枯れ尾花』という言葉がある」

「はい。チンプンカンプンです」

「幽霊とは一般的に〝怖い〟とされる存在、枯れ尾花は珍しくもない植物だな。怖い怖いと考えていると、なんのことはない植物も、恐ろしい幽霊のように感じてしまうという話だ」

「おかしいです、シノブ。ほんとうにユウレイだったら、アリエルはゼッタイゼツメイです」

「その言い分にも一理あるが、その一理こそがお前に余計な恐怖をもたらしているんだ」

「ホァ」

「目の前に存在するものが、幽霊か否《いな》か。幽霊ならば、お前を害する幽霊なのか。お前を害する幽霊ならば、他に助けてくれる人はいるのか。いないのならば、逃げ道はあるのか。ないのなら、お前が撃滅できる幽霊なのか。恐怖に惑わされず、フラットに解決策を探し向き合えば、大抵はなんらかの対処に行き着くものだ」

「考える、ということですか？」

「そうだ」

「ふむー」

得心が行ったのか行かないのか、難しい表情で考え込んでしまうアリエル。

気の済むまで考えさせてやりたかったが、今日の時間には限りがあるし、何より先程からこちらを心配して見ている、調理担当のＯＢたちにも申し訳ないところだ。

故《ゆえ》に忍は、そっと助け舟を出す。

「アリエル」

「ムムム……ハイ？」

「お前の感じている恐怖は、多くの見知らぬヒトに囲まれ、これからどうなるか分からない、未知への不安に端を発すると推察したが、どうだ」

「おっしゃるとおりすぎます、シノブ」

「その言葉遣いは?」

「タマキです」

「……そうか」

悪気はないのだろうが、語彙《ごい》力はやや残念な、御原環《みはらたまき》であった。

「事前に説明した通り、この場にいる新たなヒトは俺の旧知の仲間か、その親族や友人に当たる者だ。義光《よしみつ》や徹平《てっぺい》とも仲良くしているし、俺やアリエルを悲しませるような存在ではないと保証する。こわいと感じるのは当然だが、感じ過ぎる必要はない」

「トビケンさんは、ちょっとこわいですか」

「トビケンは個人の呼称ではないが、今はその理解で構わん」

「アゥ」

ゆっくりとアリエルの視線が周囲を巡り、談笑する者たちを通り過ぎ、網と鉄板で調理を行う者たちの所で静止する。

より具体的に言えば、彼らが焼いている肉と焼きそばのあたりで。

「……オイシー」

「既《すで》に作法は教えた。後はお前が踏み出すか否《いな》か、それだけだ」

忍《しのぶ》は普段通りの仏頂面《ぶっちょうづら》、抑揚のない口調で言い放ち、アリエルに紙皿と箸を差し出す。

アリエルは一度だけ逡巡《しゅんじゅん》し、忍の顔を不安げに見上げ、とてもかわいい。

だが、すぐに思い直し、決然たる態度で紙皿と箸を受け取り、焼きそばの前に進み出た。

鉄板の向こう側には、もう構いたくて構いたくて仕方なかった様子のＯＢ女子がひとり。

「はじめまして、こんにちは」

「……こ、こんにちは、アリエルです」

「うん。中田《なかた》先輩のお友達だよね。実は私もなんだよ」

「シノブのオトモダチですか」

「ええ」

「トビケンですか」

「うん、元……あー、うん。まあいいや。そう。トビケン。トビケンだよ」

「ホォー」

忍はぐっと言葉を堪《こら》え、進み出て余計な口を挟みかねない自分を律している。

その後ろには、いつフォローに入ろうかと待ち構えている義光と徹平がおり、当事者以外にとって実に落ち着かない空気を醸《かも》していた。

「トビケンのゴハン、オイシーッポイですね」

「おいしいよ。アリエルさんは何が好きかな？」

「おにくがだいすきです。おやさいもイケテル。おさかなもオイシー」

「そっかそっか。じゃあ、お肉たっぷりの焼きそばにしようね」

「ナリマセン」

「えっ」

「シノブが、バランスよくたべろといっていました。バランスがよいのがオイシーです」

「……中田《なかた》先輩が言うんじゃ、しょうがないね」

「はい。シノブは、イケテル！」

「うん、そうね、いけてるね」

「ハイ!!」

満面の笑《え》みで、紙皿に焼きそばを盛ってもらうアリエルであった。

かわいい。

「大丈夫そうじゃん」

「良かったね、忍《しのぶ》」

アリエルに気取られぬよう、そっと近づいてきた義光《よしみつ》と徹平《てっぺい》。

忍は薄く微笑《ほほえ》みながら、徹平からウーロン茶を受け取る。

「ほんとに酒じゃなくていいんか？　お祝いだろ」

「油断するには早いし、帰りの運転まで世話になるんだ。俺だけ酒もないだろう」

「今更《いまさら》何言ってんのさ」

ぶつぶつ言いながらも、結局手に手にウーロン茶を持つ三人。

「ほんじゃ、十年越しの俺らと、頑張ったアリエルちゃんに、かんぱーい」

「かんぱーい」

「乾杯」

　コツン
プラコップを突き合わせる三人。

晩春の祭典は、まだ始まったばかりだ。

◇◆◇◆◇◆◇

小一時間後。

仲の良かった幾人かとの歓談を終えた忍は、ひとり会場の隅に腰掛ける。

食欲旺盛《おうせい》、かつかわいい系リアクションの申し子のようなアリエルは、特に調理班のメンバーから気に入られたようで、焼き上がったメニューを代わる代わるご馳走《ちそう》になったり、ちょっとした調理のお手伝いをさせてもらったりと、実に手厚く甘やかされていた。

――無用の心配だったかもしれんな。

――あるいは俺より、現世《うつしよ》に馴染《なじ》んでいるのではないか。

真面目《まじめ》な地方公務員十一年目、福祉生活課支援第一係長、中田忍《なかたしのぶ》。

彼は自分の浮世離れを正しく認識しており、その分析もまた、限りなく正しいのであった。

ただし、中田忍である。

自分の問題点を認識していようが、正しいと信ずることを改めるつもりなど、一切ない。

業の深い話であった。

そして、現世に馴染《なじ》み切れていない人類《ヒト》が、ここにもひとり。

「へぇぇ……し、し、忍さぁん……」

恵まれた女子高生《かたがき》と豊満な肉体《さいのう》を腐らせまくっている残念な少女、御原環《みはらたまき》。

先程までは貧相なコミュニケーション能力を果敢に絞り出し、由奈《ゆな》と共にトビケンOBらと談笑していたのだが、ついに限界を迎えたのであろう。

ふらふらとした足取りのまま、疲労困憊《こんぱい》の様相で、忍の隣に崩れ落ちる。

「どうした御原君」

「うぅ……トビケンの皆さんが……」

「何か無礼を働いたか」

「いえ、逆です。信じられないほど構ってくださって、すっごく楽しくって、でも私、あんまり人と話すの慣れてなくて、ちゃんとお話しできなくて……情けないです」

無理もないことだ。

義光《よしみつ》と忍が仕切っていたサークルに所属し、ＯＢ会にも参加するようなメンバーである。

基本的に他人が大好きだし、相手の欠点を看過あるいは許容できるし、聞き上手かつ話し好きな者が殆《ほとん》どであり、好奇心旺盛《おうせい》な異世界《アリエル》エルフや人見知りの激しい環など放り込もうものなら、それはそれは可愛《かわい》がって貰《もら》えるであろうことぐらい、忍にすら容易に予想がついた。

故《ゆえ》に忍としては、春会に参加させることで環の知見が広がるだろう、ぐらいに考えていたのだが、環にとっては身命を賭《と》して挑むハイレベルミッションとなっていたらしい。

「すみません」

「謝られる道理はないぞ。どうした」

「……私、お手伝いに来るつもりだったのに、自分の面倒すらちゃんと見れてなくて」

「問題ない。君は既《すで》に、俺の期待した役割を果たしてくれている」

「慰めないでください」

「慰めではない。君や一ノ瀬《いちのせ》君が同道してくれなければ、アリエルがこの集まりへの参加を決意したかは分からん。故に、共に来てくれた時点で、君は俺やアリエルの助けとなっているんだ。加えて言えば、俺も君にこの機会を楽しんで貰いたかった。よって、君が俺たちに詫《わ》びるべき理由は存在しない。謝罪を取り消しては貰えないか」

「……はぃ」

あまりに浮世離れした慰めだったが、忍と環はどちらも現世《うつしよ》に適応していないため、一周回ってよく届くのであった。

「タマキ、ダイジョブですか」

忍《しのぶ》と環《たまき》の様子に気づいたアリエルが、とてとて駆け戻ってくる。

かわいい。

「だ、だいじょぶです。ちょっと陽キャの波動がキツかっただけなので」

「フムー」

忍よりも現世《うつしよ》に馴染《なじ》んでいる感のあるアリエルは、環にやさしく寄り添い、頭を撫《な》でる。

「タマキ、イタイイタイはナイですよ。ポンポン、ポンポン」

「ふやぁ」

「ヤキソバ、おいしいです。おにくもバランスがよい。メシアガレ、タマキ」

アリエルは環のために貰《もら》ってきたのであろう焼きそばを、こんもり箸で取り差し出す。

「あ……すみません、いただきます」

「イタダキマス!!」

「んむっ……むふ、けほっ、こほっ!!」

「ホァ!?」

環の口に焼きそばを押し込むアリエルと、焼きそばを勢いよく呑《の》み込んで噎《む》せる環。

その間も互いのご立派な双丘《おむね》は、上下左右にぶるんばいんと動き回っている。

隙間《すきま》に存在する中田《なかた》忍は、いつもより渋めの仏頂面《ぶっちょうづら》。

そして、遠くでOBと談笑していた由奈《ゆな》は、何故《なぜ》か冷たい眼差《まなざ》しで中田忍を見下《くだ》していた。

無論、忍は性的に興奮などしていなかったし、由奈もそんなことは重々承知の上である。

理不尽にも思える仕打ちだが、仕方あるまい。

中田忍と一ノ瀬《いちのせ》由奈の関係性は、常識や倫理観で説明などつかないのだ。


と。


「三十路《みそじ》を過ぎて両手に花とは。罪深いことだね、忍」

ややハスキーがかった、しかし若い女性のものだと分かる、無遠慮な侮蔑《ぶべつ》の台詞《せりふ》。

しかし忍は、発言者に向き直ることすらせず、呆《あき》れた口調で切り返した。

「遅刻だぞ。謝れとは言わんが、反省の意ぐらいは示せないのか」

「思い上がりも甚《はなは》だしい。ボクが他の皆に挨拶《あいさつ》を済ませて、最後に来たのがキミのところだった、ぐらいの想像力は働かせて欲しいんだけど」

「俺も副幹事だ。参加者の出席状況ぐらい把握している。お前はおよそ二十分前、椿《つばき》の車で会場に到着した。遅刻の原因はお前の寝坊と我儘《わがまま》であることも聞き及んでいるが、なおも無様《ぶざま》な弁明を並べるつもりか」

「……分かった、降参だよ。相変わらず容赦がないね」

「お前も二十歳を過ぎたのだろう。もう少し社会常識を身に付けようとは思わんのか」

「二十歳《おとな》の話も常識の話も、忍《しのぶ》にだけは言われたくない」

いつの間にか忍の傍《かたわ》らに現れた、スレンダーな体型に簡素なファッションの若い女性。

忍を十歳若くしたような、妙に尊大な態度が生み出すマイナスを、整った顔立ちで強引に埋め、総合値だけプラスに保ったような雰囲気の、悪い意味で珍しい感じの生物である。

環《たまき》は気付いていれば相当動揺しただろうが、口やら喉《のど》やらに焼きそばが詰まりまくっていたのでそれどころではなく、比較的フリーだった異世界エルフ《アリエル》は、早速忍に説明を求めた。

「シノブ、シノブ、あらたなトビケンですか？」

「そんなところだ」

ややぞんざいに返事をしつつ、忍は環にウーロン茶を差し出す。

涙目の環が貪《むさぼ》るようにそれを飲み干し、ほっと一息つき、ありがとうございます忍さ……うわなんか知らない人いる、と驚き固まったところで、忍はゆっくりと口を開いた。

「紹介しよう。この女は前澤美羽《まえざわみう》。トビケン設立の元凶だ」

「けほっ……え、ず、随分お若く見えますけど、忍さんと同い年なんですか？」

「いや、ボクのほうが全然歳下《とし》。トビケン設立時は小学生だった」

「そうだったな。ランドセルも取れんような幼女が、よくもあのような凶事を成したものだ」

「凶事って……悪の軍団じゃあるまいし」

若干引き気味の環だったが、忍は仏頂面《ぶっちょうづら》を崩さない。

「そうでもあり、そうではない。トビケンは何物にも与《くみ》しない、不偏不党の存在だ」

「忍の言葉は得てして正しい。故《ゆえ》にボクは、甘んじて元凶の悪名を受け入れよう」

「うむ」

当事者同士で勝手に通じ合い、深く頷《うなず》き合う忍と美羽。

焼きそばの油で喉がちりちりしている環の豊満な胸の内に、ふわりと苛立《いらだ》ちの炎が灯《とも》った。

そして、そんなのゼンゼンカンケイネェとばかり、唐突に自己主張を始める異世界エルフ。

「はい！　アリエルはアリエル！　アリエルです!!」

「へぇ、随分耳が長いんだね。君はエルフなのかい？」

「ヒッ」

「うっ」

突然の社会不適合者的ツッコミに、アリエルと環は為《な》すすべもなく轟沈《ごうちん》するほかない。

落ち着いて対応できたのは、予《かね》てから対応策を準備していた忍だけであった。

「相変わらず突飛な奴《やつ》だ」

「だって耳が長いじゃないか。色白で金髪だし」

「アリエルは元ドイツ国籍の日本人だ。色白で金髪で、耳ぐらい長くても不思議はあるまい」

「ボクの知っているドイツ人は、こんなに耳が長くないけど」

「ドイツも広い。昔は東西に分かれていたほどだ。地域差くらい存在するだろう」

ドイツが東西に分かれたのは、第二次世界大戦に敗れたドイツの国土を当時の戦勝国《アメリカとかソ連とか》が分割したためで、国土の広さとは関係ないのだが、そんなことは忍《しのぶ》とて重々承知の上である。

ただ、その際民主主義国家に統治され、健全かつ裕福に発展した西ドイツと、社会主義国家に統治され、徹底した管理体制と経済全振りの政策により独創的な発展を果たした東ドイツの間には、ドイツ連邦共和国として統一を果たした現代においても、かつての隔たりに端を発する文化の特異性をそこここに見出だすことができる。

つまるところ〝ドイツ出身のアリエル〟という概念は、多様性を孕《はら》むドイツ連邦共和国の特異な性質を隠れ蓑《みの》にすることで、実に合理的にアリエルの異世界エルフたる性質をぼやかし、多くの日本人をゆるやかな納得に導けるのだった。

やっぱり中田《なかた》忍は凄《すご》い。

厳密に言えばアリエルにドイツ国籍の経歴を与えたのはナシエルだが、ナシエルのやり口に怒りを覚えていると公言しておきながら、臆面《おくめん》もなくドイツ設定を使いまくろうとする忍のほうが、色々な意味で凄い。

そして。

「ん、まあ……そう言われてみればそうかもね」

東西ドイツ分断の象徴であったベルリンの壁の崩壊が一九八九年、つまり平成元年。

平成中期生まれの前澤美羽《まえざわみう》は、そもそもドイツの東西分断からイマイチ理解していないので、ふんわりと納得するのであった。

気を緩めた様子はないものの、直近に迫った危機を躱《かわ》したことで、忍は満足げに頷《うなず》く。

「いきなりごめんよ、アリエルさん」

「カマワンヨ。アリエルはドイツアリエルなので、ミミがながいのです」

「ドイツアリエルとはなんだい」

「アリエルです」

「ふむ。哲学的だね」

普段のルーティーン《カマワンヨ》を披露する機会を掴《つか》み、どうにか態勢を立て直すアリエル。

間一髪である。

しかし。

「では、このご立派な胸も、ドイツ由来のアレなのかい」

もみ　もみもみ　　むにゅにゅにゅ

「ピエエエエエッ!!??」


一転、素《す》っ頓狂《とんきょう》な悲鳴を上げるアリエル。

心構えのあった中田忍《なかたしのぶ》も、未《いま》だ動揺中の御原環《みはらたまき》も、一瞬対処が遅れる。

「うん、これは……いいね。これは立派だ。凄《すご》いよ」

「あっ、ミウ、だめです、ナリマセン、ブラジャー、えっちなので、だめです、ミウ」

「少し静かにしていてくれ。今大事なところなんだ」

アリエルの豊満でハリのある人間離れした美巨乳は、好奇心旺盛《おうせい》な美羽《みう》の心を必要以上にがっちり掴《つか》んだらしく、とにかく上下左右に乱暴にもみもみふにふに弄《もてあそ》びまくった挙句、今やその指先は服の中にまで侵入せんとする有様だ。

この光景にトラウマじみた衝動を刺激された忍は、ようやく驚嘆の呪縛《じゅばく》から解き放たれる。

「美羽」

ガシッ
「ひゃっ」

「離れろ、アリエル」

「ハウゥ」

忍《しのぶ》の実力行使により不審者《みう》が拘束され、アリエルは敏速に忍の後ろへ隠れた。

かわいい。

まあ、興奮したアリエルが美羽《みう》の首から上を荒熊惨殺砲《アリエルさんビーム》しかねなかった状況に鑑《かんが》みれば、忍の怒り――というか動転ぶりも、致し方ないものだったと言えよう。

「アリエルは日本に暮らして日が浅い。生活に少しずつ慣らしている最中なんだ。俺相手ならともかく、初対面の相手への冗談としては、あまりに悪質過ぎるんじゃないか」

「……ごめん。間近で見たらあまりに立派だったから、つい我を忘れてしまった」

「……そうか」

いかに浮世離れしているとはいえ、中田《なかた》忍とて現世《うつしよ》の人間である。

この地球に来たばかりのアリエルへ犯した自らの蛮行を当然覚えていたし、似たような論理展開でコトに及んだ美羽を、流石《さすが》に責められないのであった。

「大丈夫ですよ、前澤《まえざわ》さん。アリエルさんはちゃんと謝れば分かってくれる方ですし、忍さんだって反省してる人をいつまでも追い詰めたりしません」

言葉に詰まった忍の代わりに、環《たまき》がいそいそとアリエルの頭を抱いてやる。

「アリエルさん、怖くないですよ。前澤さんはちょっと、忍さんっぽい方なんです」

「……シノブッポイ？」

「ちょっと変わってるけど、多分根はいい人です。ちゃんとごめんなさいしてくれたでしょ？」

「……ハイ」

「悪いのはボクだ。〝忍っぽい〟という侮蔑《ぶべつ》も甘んじて受け容れよう。本当に申し訳ない」

尊大な口ぶりで真摯《しんし》に頭を下げる辺り、やはり根は悪くないし、忍っぽい感じなのである。

アリエルも少しびくつきながら、下げられた美羽の頭にそっと手を伸ばし、優しく撫《な》でた。

「カマワンヨ」

「ありがたいけど、ただ許されるのではボクの気が済まない。何か償わせてはくれないか」

「ツグナワセテ?」

「うん……そうだ、君に比べればささやかなものだが、ボクの胸も触るかい」

「ホォー」

「止《や》めましょう。事態がややこしくなるばっかりです」

研究者モードに入った訳でもあるまいに、環は落ち着いて美羽とアリエルを捌《さば》いている。

例えるならば、まるで忍相手にそうするように。

「……ふむ」

そんな環を見た忍の知恵が回転し、停止する。

新たな閃《ひらめ》きのためでなく、元々のアイデアを思い返しただけなので、すぐに完結したのだ。

「美羽。お前は今、なんでもすると言ったか」

「?　いや、そこまでは言ってない」

「しないのか」

「内容次第かな」

「分かった。では御原君《みはら》」

「へ、はい？」

「暫《しばら》く美羽《みう》に付き添って、他のメンバーを紹介してもらうといい」

「えっ」

言葉の意味を理解した環《たまき》は、虚を突かれ我に返り、目の前の前澤美羽《しらないひと》に今更《いまさら》緊張し始める。

「忍《しのぶ》。ボクが無礼を働いたのは、アリエルさんに対してなんだけど」

「御原君はアリエルの友人で、見知らぬ他人とのコミュニケーションに難儀しており、深く悩んでいる最中だ。お前の助けで苦手意識を克服できれば、最終的にアリエルも喜ぶだろう」

「お優しいことだね。忍らしくもない」

「お前がそれを言うか。散々不始末の尻拭《しりぬぐ》いをしてやったろう」

「ボクは当時小学生だぞ。まさか恩に着せるつもりじゃないだろうね」

「ならば引き起こすトラブルも、小学生らしい範囲に収めて欲しかったな」

「相変わらず口が減らないね。公務員なんて止《や》めて、弁護士にでもなれば良かったのに」

「職業の貴賤《きせん》を問うつもりはないが、俺の信義に沿う仕事とは感じ難い。御免被《こうむ》る」

「あの、えっと、ちょっと待ってください」

緊張の抜けきらない様子で、環がおずおずと手を挙げる。

しかしその表情には、どこか諦《あきら》めの色が浮かんでいた。

「御原君。君は先程、見知らぬ他人との会話が楽しめない自分を恥じていたな。アリエルに挑戦する背中を見せ、自らの成長にも繋《つな》げられる好機だ。役立てて欲しいと考えるが」

「……分かります、けどぉ」

もじもじと尻込みをする環。

そんな姿を目《ま》の当たりにして、美羽は芝居がかった微笑《ほほえ》みを浮かべる。

「まあ……遅刻した手前、ひとりで回る気まずさはあったからね。逆にボクのほうから、付き合って欲しいとお願いするべきだったかな」

こうまで言われてしまっては、頼る側の環に逃げ道はない。

非常に申し訳なさそうに、辛《つら》そうに、恥ずかしそうにしながらも、美羽の隣に並び立つ。

そして、状況をよく分かっていない感じの異世界《アリエル》エルフは、ミウも自分と仲良くしてくれそうなヒトなのだなあとなんとなく悟り、大人しくニコニコしているのであった。

「忍センパイは環ちゃんに甘いですよね。バカ。ボケ。三十路《みそじ》ロリコン。気持ち悪い。最低」

環と美羽に入れ替わる形で近づいてきた由奈《ゆな》が、周りに聞こえぬよう陰湿に忍を罵倒《ばとう》する。

「あれだけ睨《にら》みつけておいて、一言目がそれか」

「当然ですよ。せっかくわざわざ気を使って、環《たまき》ちゃんが色んな人と話せるようアシストしてたのに。忍《しのぶ》センパイが甘やかしちゃ、なんの意味もないじゃないですか」

「故《ゆえ》に御原《みはら》君を美羽《みう》に預けた。歳《とし》も近いし、面倒見のいい奴《やつ》だ。上手《うま》くやってくれるだろう」

「あの子も当時は小学生だったんでしょう。ウラジーミル・ナボコフに謝ってください」

〝ロリコン〟の語源となった小説の著者の名を挙げ、忍を強烈に詰《なじ》る由奈《ゆな》であった。

「必要があれば吝《やぶさ》かでもないが、それよりも君に確認したいことがある」

「なんでしょう」

「だいぶ距離があったと見るが、俺たちの話に聞き耳を立てていたのか」

「細かいことはいいんですよ。それよりなんなんですか。ほんとにロリコンじゃないですか。大丈夫ですか？　もちろん頭の話なんですけど」

「……君が俺へ向ける色眼鏡《めがね》について論議するつもりはないが、たとえば当時世話になった相手の親族だとか、まっとうな理由で知り合った可能性はあるだろう」

「その場合は私が言及する必要もないんで、どうでもいいです。私は最悪の事態を想定して、いつでも忍センパイを罵倒《ばとう》できるように備えてるだけなんで」

区役所福祉生活課支援第一係員にして、中田《なかた》忍の悪徳を自称する者、一ノ瀬《いちのせ》由奈。

忍以外の人類に対しては誠実な常識人であろうとするものの、忍に対してだけは辛辣《しんらつ》かつ身勝手な態度で接するスタイルを、江《え》の島《しま》の一件以降もまったく変えようとしない。

忍も今更《いまさら》なんの弁明もしないし、その必要も感じていない。

ここで和解しようが論破されようが、今後の関係になんらの禍根も残さないことを、ふたりは十分に承知しているのだ。

「随分と機嫌が悪いな。うちの連中が何か無礼を働いたか」

「別に。皆さんとても良くしてくださってますよ」

「ならば何が気に食わん」

「トビケンの皆さんから、忍センパイの昔話をたっぷり聞かされ過ぎて、胸焼けしました。製造元の忍センパイが責任を持って、私の不機嫌を処理してくれるべきだと思うんですけど」

乾杯から今まで、由奈はよそ行きの仮面を被《かぶ》り、初対面のOBらと仲良く談笑していた。

そして、由奈と話した誰《だれ》も彼もが、忍の引き起こすトラブルとその失敗を、一切の悪気なく、実に楽しそうに語って聞かせてくれたのだ。

「君が望むなら構わんが、悪気を感じていない俺が頭を下げても、君の不機嫌は晴れまい」

「……っていうか、別に私はどうでもいいんですけど、忍センパイは腹立たないんですか？」

「在学中から、陰口は俺に聞こえるようにやれと指示している。どうせ止まらぬものならば、せめて見える範囲でやられたほうが、こちらとしても後味が良い」

「自分を省みようとか、そういうのは一切ないんですね。流石《さすが》忍センパイ」

「まあな。自分で言うのもなんだが、大学時代の俺は、今より余程《よほど》人間社会から浮いていた。

陰口や噂話《うわさ》など、我慢しろと言うほうが無茶だろう」

「今以上に浮ける余地って存在するんですね。流石忍《さすがしのぶ》センパイ」

「うむ」

何に満足したのだかはさっぱり分からないが、忍は満足した様子で頷《うなず》く。

「サークルなんて入らないか、辞めちゃえば良かったんじゃないですか？」

「その辺りの経緯を話すと長くなるんだが、俺としては続けて良かったと思っている」

「どうしてですか？」

「俺も若かったし、色々無茶をやったよ。キャンパスに居場所がなかったのは勿論《もちろん》、トビケンに所属した後もメンバーとの諍《いさか》いは絶えなかった。今でも俺を恨んでいる者は多いだろう」

「……」

「それでも、義光《よしみつ》や徹平《てっぺい》など、俺に近しいメンバーが居場所を作ってくれたおかげで、俺も『皆でひとつの大きな目標を達する』という、輝きのある世界に身を置くことができた。歪《ゆが》んだ形で凝り固まった信念を捨て、これと信じられる、確かな矜持《きょうじ》を持てるようになった。トビケンは〝中田《なかた》忍〟を形作った、ひとつの原点《ルーツ》なんだ」

傍目《はため》から見れば、忍は相変わらずの仏頂面《ぶっちょうづら》。

しかしその表情から、ひとかけらの照れくささを感じた由奈《ゆな》は、ひとつの仮説に思い至る。

「忍センパイが私を呼んだのって、例の約束のためだったりしますか？」

「それだけではないが、その通りだ」

昨年のクリスマスと今年の江の島《えしま》で、忍は由奈に『まだ幼い忍が自らの力不足で、自分を守ってくれた〝大人〟を守り切れなかった』趣旨の思い出話を語って聞かせている。

知識や記憶にうるさいはずの忍は、何故《なぜ》かその辺りの出来事を明確に思い出せず、由奈はその思い出を中田忍のルーツと捉《とら》え、いつか詳しく聞かせてくれるよう、忍と約束していた。

「トビケンが創設された当時、俺は大学一年生だった。故《ゆえ》に、トビケンと例の話が関連する可能性は高くないだろうが、トビケン《ここ》には俺のルーツがある。約束を守り切れていない以上、せめてルーツのほうは伝えるべきだと考えた」

「はぁ」

「迷惑だったか」

「迷惑っていうか、相変わらず勝手ですよね。ちゃんと最初から話してくれてたら、私だって渋ったり、イラついたりしなかったのに」

「君のことだ。最初から話せば、否でも応でも付き合ってくれるだろう。いい加減俺も、伝え方を考えるぐらいの工夫はする」

「……まあ、それはそれとして。やっぱり私ムカつきます」

「何が」

「陰キャ界の盟主、孤独死最前線みたいな忍センパイが、案外キラキラした青春送ってた事実にですよ。はっきり言って生意気です。忍《しのぶ》センパイのくせに」

言葉の険はそのままだが、由奈《ゆな》の態度は明らかに軟化していた。

そして、こうしたケースをすっかり見慣れ、黙って待つことに慣れ切った異世界エルフ《アリエル》も、その辺りは十分理解していた。

「ユナ、ユナ、あそびのじかんはここまでですか？」

「ああうん、そうなんだけど、その言い方はちょっとムカつくから止《や》めてくれる？」

「アイ」

アリエルは口を噤《つぐ》んだが、ニコニコしっぱなしなので、結局若干ムカつく由奈であった。

「それでは、俺もはっきり伝えよう。君に会わせたい者がいる。少し付き合ってくれないか」

「アリエルも！　アリエルもごいっしょします!!」

「お前は最初から連れて行くつもりだった。少し落ち着け」

「ハイ……ハイ!!」

少し落ち着いて、元気に返事をするアリエルであった。

かわいい。

「どうだろうか、一ノ瀬《いちのせ》君」

「別に構いませんけど、どんな方なんですか？　元顧問の教授とかなら、先に研究テーマなんかを教えておいて頂けると有難いんですが」

名前や研究を知らない感じを出すと、すぐへそを曲げるのが大学教授という生き物である。キャンパスライフを満喫しながらも社会勉強を欠かさなかった由奈は、その辺りの道理をよくよく理解しているのであった。

「権威も何もないさ。俺の古い友人だ」

「ツバキですか？」

「ああ、さっきの子を乗せてきたっていう。よく覚えてたわね、アリエル」

「ハイ!!」

褒められてニコニコ顔のアリエル。

結局由奈が先程の話を一から十まで立ち聞きしていたことになる件について、アリエルは疑問を呈さなかったし、忍も特に触れることなく、言葉を続けた。

「引き合わせたいのは天野椿《あまのつばき》。俺たちの同級生で、人力飛行機研究会の創始者たる男だ」

◇　◆　◇　◆　◇　◆　◇

同じ頃《ころ》、別のテーブルで、義光《よしみつ》と眼鏡《めがね》を掛けた三十歳くらいの男性が談笑していた。

徹平《てっぺい》より少し大きく、忍よりだいぶ小さい感じの、あまり個性を見て取れない風体。

しかし当人の芯ある振る舞いが、彼を外見以上に頼もしく、魅力的に感じさせる。

「直樹《なおき》は相変わらず見た目若いよな。ほんとに俺らと同い年かよ」

「なんかそれって、僕が苦労してない人みたいじゃない？」

「いや、だから不思議なんだよ。直樹の苦労人ぶりなんて、トビケンなら誰《だれ》でも知ってるし」

「まあ……忍《しのぶ》も最近は随分聞き分けよくなったからね。そのせいかも」

「あー。俺、中田《なかた》のことなんて言ってないからな。直樹が勝手に言ったんだからな！」

「いや今のはズルいでしょ！　悪質な誘導尋問だよ!!」

「いつも苦労を掛けてすまんな、義光《よしみつ》」

「カマワンヨ」

「うおっ出たっ!?」

「ヒッ！」

義光と談笑していた男性が、忍と異世界エルフ《アリエル》の登場に、心底驚いた様子で飛び退《の》いた。

そして飛び退いた男性に驚いたアリエルが驚いて飛び退き、最初から忍と義光しかいなかったような感じになり、少し遅れて追いついてきた由奈《ゆな》が首を捻《ひね》るのだった。

「改めて紹介しよう。この男が天野椿《あまのつばき》だ。トビケンの創始者にして、最初期メンバーの中では唯一、空の仕事を生業《なりわい》としている」

「空って言っても航空整備士《グランド》だからな。あんま自慢にはならんけど」

「その物言いは止《よ》せと、何度も言っているだろう。ひとときでも人力飛行機に接した者が、操縦士《パイロット》より整備士《メカニック》を下に見るような言い回しをすべきではない」

「まー、一般の人から見たら、やっぱり花形はパイロットだからな。変に期待させたり説明やり直すより、あーはいはい技術系の人ね、って思ってもらったほうが、俺も楽なんだよ」

「知らん。度し難い。俺は認めんからな」

「忍、椿の自己紹介なんだから、あんまり横からケチつけちゃダメだよ」

普段より偏屈な様子の忍。

元々が偏屈な男なので、旧友を前にして気が抜けた結果、つい素の偏屈さを晒《さら》してしまい、いつもより余分に偏屈な感じが出てしまっているのだろう。

偏屈な男である。

そして、美羽《みう》からの乳揉み挨拶《アクシデント》を乗り越え、一段階逞《たくま》しくなった異世界《アリ》エルフ《エル》は。

「アリエルはアリエルです。ツバキはミウのナカヨシですか?」

前にも増して物怖《ものお》じせず、ぐいぐい攻めていくのであった。

かわいい。

椿は一瞬面喰《く》らったものの、トビケン特有の順応性を発揮し、アリエルに微笑《ほほえ》み返す。

「天野椿です。よろしく、アリエルさん。もう美羽には会ったんだ?」

「ハイ。ミウはツバキのクルマでチコクしました」

「ああ、うん、合ってるけど、遅刻は美羽《みう》の寝坊のせいかな」

「ナカヨシですか?」

「……まあ、仲良しかな」

「ビミョーですか?」

「いや、仲良しだよ。うん。仲良し」

「だいすきですか?」

「あ、うん、まあ……大好きだけど」

「ホォー」

知りたいことを知りたいだけ知れて、満足した様子のアリエル。

代わりに隣の由奈《ゆな》が、三角コーナーに溜《た》まったしらたきを見る目で椿《つばき》を見下《くだ》していた。

その不穏な空気を察した忍《しのぶ》は、その知恵を高速で回転させ、最適な対応策を選び取る。

「一ノ瀬《いちのせ》君、君は椿を誤解している。奴《やつ》らが交際を始めたと聞いたときは俺も友の逮捕を覚悟したが、キスは高校生になるまで自重したらしい」

「……そうですか」

忍の致命的《クリティカル》なアシストにより、由奈の視線ランクがしらたきからピーマンの種まで落ちた。

「い、一ノ瀬さん、誤解だからね。椿はどっちかって言うと相当常識人の部類に入るまともな奴だし、そうなるまでにはものっすごく複雑な経緯があってね!!」

「いいよ、直樹《なおき》」

どこか諦《あきら》めたような、それでいて吹っ切れたような表情の椿。

「一ノ瀬さん、でしたよね。すみません、貴女《あなた》の考えている通り、俺はただのロリコンです」

「カマワンヨ」

「ありがとう、アリエルさん。だけど俺は許されるべきじゃない。これからの一生、会う人すべてが俺の弁明を聞いてくれるわけじゃありません。そこに至るまでにどんな理由があろうと、最終的に俺はロリコンなんですよ」

「……」

随分潔いロリコンだなあ、とだけ思う由奈であった。

「きっかけは、美羽のお祖父《じい》さんが携わっていた滑空飛行機《ピュアグライダー》プロジェクトなんです」

「滑空飛行機《ピュアグライダー》、ですか」

「はい。動力がなく風だけで飛ぶ、大きな紙飛行機みたいなものです。滑翔飛《ソアリン》──」

「止《や》めろ椿!!」

「えっ」

「え?」

「はい?」

「ヒッ」

アリエルに〝滑翔飛行《ソアリング》〟を〝空を飛ぶこと〟と教えた中田忍《なかたしのぶ》、渾身《こんしん》のファインセーブ。

当然ながら、周りの人類と異世界エルフは相当驚いていた。

「な、なんだよ中田、急に」

「ああ、すまん、説明すると長くなるんだが、その言葉はアリエルの前では禁句なんだ」

「はあ……？」

「……そう、飛行に関する不幸な事故があってな。アリエルの前でその言葉は控えて欲しい」

忍の苦しい言い訳に、由奈《ゆな》と義光《よしみつ》が正しく状況を汲《く》み取った。

当の異世界エルフ《アリエル》は驚きに固まったままで、飛び上がりそうな様子は今のところない。

「一ノ瀬《いちのせ》さん、ハンググライダーとか、パラグライダーとか、風に乗る系の感じで飛ぶ飛行機のことだよ。イメージとしては、紐《ひも》のない凧《たこ》揚げに近いかな」

「あー、テレビで見たことあります。凄《すご》く丈夫なプラスチックで作る奴《やつ》ですよね」

「ＦＲＰ《繊維強化プラスチック》だな。軽くて丈夫な繊維をプラスチックに混入させることで、飛行に必要な靭性《じんせい》や耐薬品性を持たせた、航空機の設計には欠かせない素材だ」

義光と由奈の苦労を知ってか知らずか、得意げに知識を披露する忍。

結果的に〝滑翔飛行《ソアリング》〟の話は流れたので、やっぱり中田忍は凄いのであった。

「……で、美羽《みう》のお祖父《じい》さんの話に戻るんですが。ウチの大学が工学系でもなんでもない、広く浅くの総合大学だった話は聞いてますか？」

「いえ、詳しく聞いてはいないと思います」

「まあ、よく言えば手広い、悪く言えば見るべきところのない大学だったんですよ。学生も年々減るばっかりで、困った経営陣の打ち出した施策が、航空機械学科の新設でした」

「なんと言うか、思考が昭和的ですね」

人目を引くのに困ったら、新幹線、飛行機、リニアにロケット。

それが昭和世代の基本的スタイルであることを、団塊世代が跋扈《ばっこ》する区役所の職員である一ノ瀬由奈は、よくよく思い知らされていた。

「学部創設の広告塔として、大学主導の滑空飛行機《ピュアグライダー》設計開発プロジェクトが始動しました。ただ、予算をケチった経営陣は、まるで研究分野の違う美羽のお祖父さんへプロジェクトを丸投げしたんですが、教授は道半ばでご逝去されて……」

「……酷《ひど》い話ですね」

「一ノ瀬さん、多分ちょっと誤解してる」

「え？」

「前澤《まえざわ》教授は、相当乗り気だったんだ。予算を徴収し、設備を整え人を集め、さあこれからというときに、つまらん病で亡くなった。酷い話ではあるが、君の考える形ではあるまい」

「……まあ、そうですね」

よそ行きの仮面を被《かぶ》り続けるか外すべきか微妙な感じの由奈《ゆな》は、不謹慎な忍《しのぶ》のコメントにゆるい頷《うなず》きを返す他なかった。

「そこでしゃしゃり出てくるのが、お祖父《じい》ちゃんっ子だった、当時小学生の美羽《みう》なんですよ。あいつがあんな無茶するから、俺たちが飛行機作りを引き継ぐことになって……」

「文句を言う訳ではないが、今でもお前の人選が適正だったかは疑問だ。ざっと見ても、心理学科の俺に、環境生物学科の義光《よしみつ》、経済学科の徹平《てっぺい》、経営学科の早織《さおり》。理工学系がひとりもいないのはどういうことだ」

「仕方ないじゃん。俺コミュ障だったし」

「椿《つばき》は随分変わったよね。一年のときはずいぶん貧弱なボウヤだったのに」

「だぁー、昔のことは言うなよ。ってか漫画雑誌の裏の広告みたいな言い方止《や》めてくれよ」

「過去のお前もまたお前だ。恥じることなく受け容れるべきだと考えるが」

「後にしてくれ後に……」

大爆笑を誘うような笑いが提供されるわけでもない、興味を掻《か》き立てられるような過激な話題が提供されるわけでもない卓上。

それでも忍は、義光は、それに椿は、楽しそうに言葉を交わしている。

話を聞かされているようで、本当はその枠の外に置かれている由奈は、余分な口を挟むでもなく、柔らかな眼差《まなざ》しで三人を眺めていた。

——そう言えばアリエル、退屈してないかな？

なんの気なしに、傍《かたわ》らのアリエルに視線を向けた由奈は。

言葉を切って、息を飲む。


アリエルは、忍を見つめていた。

忍の家に現れたばかりの頃《ころ》のような、感情のない眼差しで、じっと。

忍だけを、見つめていた。

◇◆◇◆◇◆◇

少し経《た》ち、会場全体がひと息ついたころ。

調理とそのアシストに奔走していた若月《わかつき》一家も、後の仕事を他に任せ、ひと休みしていた。

「早織、アレ降ろしたっけ？」

「そこにあるよ。っていうか、徹平君が自分で降ろしてたじゃない」

「お、そうだったそうだった」

徹平は足元の段ボール箱から数冊のアルバムを取り出し、アウトドアテーブルの上に並べた。

「おとーさん、これなーに？」

「トビケン時代のアルバムだよ。ノブが見たいっつーから持って来た」

「珍しいっていうか……珍しいよね。あの中田《なかた》君が」

「珍しいかな。ノブにだってたまには、昔を懐かしむことくらい……」

「……」

「……ねぇかも」

アルバムは画像データを印刷したものが主で、忍《しのぶ》や他のメンバーも、これとほぼ同じ内容の画像データに加え、動画データまで取り込んだＤＶＤが配布されている。

郷愁を振り返る習慣のない中田忍は当然印刷などしていなかったので、夫婦揃《そろ》って元トビケン、パリピ系気遣いには定評のある若月《わかつき》夫妻に頼ったのであろう。

「おれにはしゃしんなどいらん。ぜんぶおぼえているからな」

「こら星愛姫《ティアラ》。ノブのモノマネは本人の前でやらないと面白くないって教えたろう」

「めんぼくないです」

絶句した早織《さおり》が、徹平《てっぺい》をどう叱《しか》りつけようか悩み始めたところで。

「あ、アリエルおねーちゃんだ」

道中で環《たまき》と美羽《みう》を加えた中田忍の一団が、若月一家のほうに近づいてきていた。

颯爽《さっそう》と先頭を歩くアリエルは、はしゃぎ過ぎず品のある態度で、ぺこりと頭を下げる。

「こんにちは、テッペー、サオリ、ティアラ」

「こんにちは、アリエルさん。ずいぶん日本語上手《うま》くなったのね」

「おおむねシノブのおかげです」

「お父さんも！　お父さんもだよ！」

「テッペーのコトバはタノシーですが、ときどきシノブがナリマセンなので、ビミョーです」

「……徹平君？」

「いや、そんな変なこと教えてねえって。ちょっとノブの好みには合わないみたいだけどさ」

「お父さんはお父さんなりにしんけんなんです。ほんとだよ？」

「……」

まるで徹平を信用できない早織を横目に、アリエルは並べられたアルバムに目を向けた。

「これは、なんですか？」

「アルバムです。お父さんとお母さんのやつ」

「へえー。これ、たべられるんですか？」

不思議そうな表情を作り問いかけるアリエル。

星愛姫はもう庇《かば》いきれないとばかりに空の雲へと視線を移し、徹平はむずがゆそうな、とても据わりの悪い表情で、早織とアリエルから視線を逸《そ》らしていた。

「アリエルさん、それは誰《だれ》に習って、どういうときに使うって教わったの？」

「テッペーが、キョーミシンシンなときにやれば、コレゼッテーウケルカラといってました」

「徹平君《てっぺい》」

「面目ないです」

「誤魔化されないわよ！」

「お母さんまって。アリエルおねーちゃんはお父さんのことばも、おきにいりなんです」

「テッペーのコレゼッテーウケルカラは、タノシーをつくりやすいです。これは、イケテル」

「……まったくもう」

早織《さおり》は怒りを収めたが、別に許したわけではなく、後で中田君《なかた》経由で両方注意してもらえばいいかと気持ちを切り替えたに過ぎない。


アルバムを開いた面々は、各々《おのおの》好きなようにそれらを楽しみ始める。

差し当たっては椿《つばき》が、トビケンジャージを着こなす義光《よしみつ》の写真を見付け、はしゃいでいた。

「いや、やっぱ直樹《なおき》は変わんないなー。苦労人っぷりがほのかに滲《にじ》んでると言うか……」

「それでこそヨッシーって感じだけどな。最近よく会うけど、たいてい疲れた顔してるぜ」

「察するに、内臓から衰えが来るタイプなのだろう。健啖家《けんたんか》もそろそろ卒業だな」

「ほっといて」

「……うわ、うわ、忍《しのぶ》さんわっか、若っかー!!」

「笑顔の写真、一枚もないんですね。流石《さすが》忍センパイ」

トビケンジャージ!!
私がデザインしました☆
よっしー
椿くん
早織
美羽ちゃん
と
徹平君
(すぐサボる奴)
中田忍…
読書中の
メガネよっしー

「写真どころか、笑うこと自体稀《まれ》だった記憶だね。ボクへの当たりも一番厳しかったし」

芝居がかった仕草で額《ひたい》に手を当て、軽く首を左右に振る美羽《みう》。

由奈《ゆな》は面倒になってきたのか、椿《つばき》と美羽を信頼できる人間と踏んだのか、普段と変わらぬ調子でぞんざいにアルバムをめくっていたが、ふと手を止めて顔を上げる。

「ところで椿サン」

「はい、なんでしょう」

「前澤《まえざわ》教授が遺されたのって、滑空飛行機《ピュアグライダー》でしたよね？」

「ええ、そうです」

「お祖父《じい》様が密《ひそ》かに抱いていた、若い頃《ころ》からの夢だったんだ。出来上がったら、遅くとも七番目くらいにはボクを乗せるための努力をするって約束してた」

「……当時の美羽さんは、それで納得できたの？」

「お祖父様の本業は、法学の教授だったからね。できもしない口約束はしないのさ」

誇らしげな美羽であった。

「……まあ、それはともかく。自然の風だけで飛ぶ、滑空飛行機《ピュアグライダー》なんですよね？」

「はい」

「じゃあどうして、トビケンの正式名称は〝人力飛行機研究会〟なんですか？」

由奈が指さした写真には、それらしき手作り感のある飛行機の前で〝人力飛●●研究会〟の横断幕を広げる、若き徹平《てっぺい》と椿の姿があった。

ちなみに●の部分の前には美羽が仁王立ちしていて文字が読めず、忍《しのぶ》は今も変わらぬ仏頂《ぶっちょう》面《づら》で、画角の隅に半分見切れていた。

そして何故《なぜ》か由奈の言葉を聞き、当時のトビケンメンバー、つまり義光《よしみつ》、徹平、早織《さおり》、椿、美羽までもが、やや気まずい感じで視線を逸《そ》らすのだった。

「すまんな一ノ瀬《いちのせ》君。俺が原因だ」

「カマワンヨ」

「まあ、皆の反応からそうかなーとは思ってましたけど。今度は何をやらかしたんですか」

「色々あって、前澤教授の滑空飛行機《ピュアグライダー》は全壊した。その写真に写っているのは二代目だ」

「……教授の遺した滑空飛行機《ピュアグライダー》を飛ばす集まり、じゃなかったんですか？」

「まあ、その辺りはいいだろう。俺たちは人力飛行機研究会《トビケン》。それだけだ」

間近で聞いていた環《たまき》と、立ち聞きしていた由奈の脳裏にそれぞれ、先程のやり取りが甦《よみがえ》る。

悪であり悪ではない、何物にも与《くみ》せぬ集団、人力飛行機研究会《トビケン》。

その深淵《しんえん》は、由奈と環が思うよりも暗く、深いのかもしれなかった。

「ミウ、シノブ、シノブ、サオリ、ヨシミツ、テッペー、ミウ、ツバキ、シノブ、ヨシミツ」

そんな中、我らが異世界エルフ《アリエル》は、アルバムの中からひたすら見知った顔を探し、一枚一枚を真剣な表情で見つめ続けるのであった。

◇◆◇◆◇◆◇

少しずつ日も傾き始め、宴もたけなわというところ。

既《すで》にへべれけの者もいくらかいたが、義光《よしみつ》のスマートかつ的確な誘導により、最後の集合写真撮影に向け、メンバーはゆるゆると川べりの一か所に集まりつつあった。

忍《しのぶ》もアリエルと連れ立ってふたり、集団を目指し歩みを進めている。

「なにがはじまるというのですか、シノブ」

「先程までお前も見ていただろう。ヒトは写真を使って、思い出を形に残すんだ」

「オモイデとは?」

「記憶だ。かつて心を揺さぶった、特に強い記憶のことを、ヒトは思い出と呼んでいる」

「ウレシーとか、タノシーとか、オイシーとかですか」

「そう単純なものではない。怒りや悲しみ、痛みすらも、忘れさえしなければ思い出となる」

「……」

アリエルは黙り込み、じっと俯《うつむ》くばかり。

ワカリマシタとも、チンプンカンプンとも言わず、ただただ俯いている。

そして、ぽつりと一言。

「カレー、オイシー」

「そうだな」

「ちがいます。ヨシミツがつくって、シノブがトーフをのせたカレーです。いちばんさいしょに、シノブと、ヨシミツと、ユナとたべたカレーは、ブッチギリで、オイシー」

徹平《てっぺい》の教えた言葉すら、あくまで真剣に、淡々と呟《つぶや》くアリエル。

言葉の乱れを指摘せんとしていた忍は、アリエルの表情を見て、少しだけ考えを改める。

「アリエル」

「ハイ」

「思い出は、すべて過去の内にある。美味《おい》し〝かった〟と言い換えられるか」

「ハイ。

おっぱい。ニガテかったです。

カレー、おいしかったです。

カリント。コワイかったです。

おるすばん。サミシイかったです。

シノブとオトマリ、とっても、たのしかったです……」

「おーい、ノブ。お取り込み中なのかもだけどよ、そろそろ撮るから並べー」

少し離れたところから届く、徹平の呼び声。

ふと見れば、由奈《ゆな》や環《たまき》までも含め、相当数のメンバーが集合を終えつつあった。

「ああ、すまん。今行く」

「……シノブ」

「後で聞かせてくれ。俺もゆっくり話がしたいし、皆を待たせるのは悪いだろう」

「ワカリマシタ」

歩みだす忍《しのぶ》に食い下がることなく、そっと付き従うアリエル。

その反対方向からは、一組の母娘が集合場所へと駆けだしていた。

どちらも忍には見覚えがなかったので、メンバーの家族なのだろう。

母親のほうは普段あまり運動していないのか、麦わら帽子をかぶって走る星愛姫《ティアラ》くらいの年《とし》頃《ごろ》の娘に、なかなか追いつけずにいる様子であった。

その時。


「ぬっ」

「ハゥ」


忍とアリエルの手が、届かない距離で。

ドサッ

「いっ……たあああああーぃ！！！！」

幼い娘がすっ転び、麦わら帽子が吹っ飛んだ。

幸か不幸か、転んだすぐ先は川の深いところで、麦わら帽子はみるみる流されていく。

「もう、だから走っちゃダメって言ってるじゃない。ケガしてない？　大丈夫？」

「ま、ママー、まーちゃんの、まーちゃんのぼうし!!　まーちゃんのぼうしー!!」

少女の擦りむいたひざと肘《ひじ》からは、うっすらと血が滲《にじ》み出していた。

だが少女は傷などおかまいなしに、母親へ麦わら帽子の行方をひたすらに訴え続けていた。

「まーちゃんのぼうし！　だいじなぼうしなの!!　ママ！　ママー!!」

「うん、悲しいね。新しいの買ってあげるね。流れちゃったから仕方ないの。我慢しようね」

「やーだあああー!!　まーちゃんの、まーちゃんのぼうしー!!!!!」

ぼろぼろと涙を流す少女。

さながらそれは、少女が心に負った傷から流れる、透明な血液のようですらあり。

「……」

踏み出そうとするアリエルの肩を、忍がしっかり掴《つか》んで止《と》める。

「止《や》めろ、アリエル」

「ダイジョブです。アリエルはホホイのホイで、マーチャンのボウシをゲットダゼできます」

「それがヒトに不可能なことも理解できるだろう。ならば、手を出すのは止《や》めておけ」

「それでは、マーチャンがカナシイです」

「……それでいい」

「ナンデ？」

「悲しみもまた、大切な思い出となるからだ」

「……」

「ヒトは思い出を積み重ねて、小さな自分を少しずつ、大きく育ててゆく。理外《りがい》の力を操るお前や、それを許すことのできる俺が、彼女の思い出を侵すべきではない」

「……カナシイおもいでも、たいせつですか？」

「俺はそう考える」

「……」


アリエルは答えず、流れの先へと視線を移す。

麦わら帽子は、もう見つけられない。

◇◆◇◆◇◆◇

帰路、義光《よしみつ》の運転するランドクルーザーに、助手席へ徹平《てっぺい》、真ん中に忍《しのぶ》とアリエル、後ろの席には由奈《ゆな》と環《たまき》が乗っている。

その中でも御原《みはら》環は、これ以上ないほどにご機嫌であった。

「んふふ、んふふー」

「随分楽しそうだな、環ちゃん」

「美羽《みう》さんとメッセージ交換したんです。今度一緒に、映画観に行く約束もしたんですよ!!」

歳《とし》の近い友人と遊びの約束をしたのが、余程嬉《よほどうれ》しいのだろう。

もっとも、美羽は既《すで》に成人しているので、本当の意味での同年代とは言えないが。

「忍さん忍さん、アリエルさんにはまだ、映画とか早いですかね？」

「ジャンルにもよるだろうし、真っ暗な閉鎖空間で、見知らぬ他人と過ごすことになる。連れて行くにしても、もう暫《しばら》く先にすべきだろうな」

「ですよね、残念。今日の様子見てたら、なんか大丈夫かな、とか勝手に思っちゃいました」

「あー、俺も同感。ヤバいお粗相もなかったみたいだし、自然に馴染《なじ》めてたと思うぜ」

「それとなく聞いて回ったけど、不自然に思われてるみたいな話はなかったよ。ひとまずは成功、ってことでいいんじゃないかな」

「そうだな。一ノ瀬《いちのせ》君はどう見る」

「……どうなんでしょうね」

「何か気にかかるか」

「あ、いえ。問題ないと思います」

「そうか。後になっても構わんので、何かあれば教えて欲しい」

「承知しました」

「ありがとう」

由奈《ゆな》に頷《うなず》きを返した忍《しのぶ》は、今一度、車内の協力者たちを見回す。


運転席の義光《よしみつ》。

忍が最初に頼った相手であり、家に来られない間もずっと力を貸してくれていた。

振り返って笑顔を見せている、助手席の徹平《てっぺい》。

早織《さおり》や星愛姫《ティアラ》と帰りたいであろうところ、今日の反省と今後の検討課題を話し合うため、わざわざ帰り道に付き合ってくれたのだ。

後部座席の由奈は複雑な表情で、忍とアリエルを交互に見つめている。

忍が何を考えているのか、薄々察しているのかもしれない。

由奈をそれだけ近い存在に据えてしまった事実を、忍は重く受け止めていた。

由奈の隣の環《たまき》は、うって変わって何やら考え込んでいる様子。

先程話していた、アリエルを映画館に連れて行く方法でも考えているのだろう。

文字通り人生を賭《か》けてエルフを愛した彼女が、その対象をアリエルへと変えて、未来を共に歩みたいと考える気持ちの強さは、疑うべくもないところだ。

そして忍は、隣のアリエルへと向き直る。

突然の邂逅《かいこう》から、おおよそ七か月。

意思の疎通《そつう》さえままならなかった仮称〝エルフ〟は、今や言葉を覚え国籍を取得し、車でバーベキューに出掛けられるほどに、現代社会への融和を果たしていた。


──頃合《ころ》いだな。


「アリエル」

外を眺めていたアリエルが、忍へと振り向く。

「聞いて貰《もら》いたい話がある」


その時。

アリエルの心が、くらりと揺れた。

＝＝＝＝＝＝＝

トビケンのハルカイにいくぞと、シノブがいいました。
ハルカイのために、ことばをたくさん、おしえてくれました。
ハルカイのために、ルールをたくさん、おしえてくれました。
ハルカイはタノシーで、オイシーで、ミウとツバキと、たくさんのヒトがいました。
アリエルは、とってもウレシー。
でも、シノブのタノシーと、アリエルのタノシーは、ちょっとチガウッポイ。
シノブはアリエルとタノシーをするために、ハルカイにきたわけではナイッポイ。
では、ナンデ？

ナンデとおもったら、シノブにききます。
でも、アリエルがひとりでワカリマシタとなれば、シノブはきっとウレシー。

イタイのとき、シノブはいいました。
みずから考えろ。

考えつづけろと、いいました。

だからアリエルは、考えます。
シノブがどうしてほしかったのか。
なにをするつもりだったのか、考えます。

考えたら、少しずつ、分かってきました。

シノブは、アリエルにお水をくれました。
お水をくれた時、シノブとヨシミツは、先にお水を飲みました。
だからアリエルも、お水を飲みました。
オイシー。

シノブとヨシミツが、カレーを作ってくれました。
カレーを食べる時、シノブとヨシミツとユナは、スプーンをバッとしました。
だからアリエルもスプーンをバッとして、カレーを食べました。
オイシー。

シノブは、アリエルにカキカキさせてくれました。
アリエルの昔のことを、カキカキして欲しいようでした。
だけど、アリエルはカキカキできませんでした。
サミシイを、カキカキしたくなかったから。
シノブはシノブッポイ顔で、もう止《や》めよう、ありがとうと言いました。
アリエルはウレシーでしたが、ムズムズしました。

シノブは、アリエルやユナやタマキや、ヨシミツやテッペーと、ハルカイに来ました。
ハルカイには、ミウとツバキと、ティアラとサオリがいました。
みんなで、シノブがトビケンだった時の話をしました。
思い出。
シノブの、思い出。
アリエルは、シノブの思い出を知りました。

シノブは言いました。
悲しい思い出も、大切だと。

思い出を積み重ねて、ヒトは大きくなってゆくのだと。

アリエルは、思い出の大切さを、知りました。


みなさん、そろいましたね。

＝　＝　＝　＝　＝　＝　＝

「シノブ」

「……どうした、アリエル」

ハイ以外の返事を想定していなかった忍《しのぶ》は、怪訝《けげん》な顔で姿勢を正す。

「今のアリエルには、シノブの言いたいことが、分かるっぽいです」

「ふむ」

「シノブはアリエルに何かを教えるとき、いつも同調行動をしますね」

義光《よしみつ》も、徹平《てっぺい》も、由奈《ゆな》も環《たまき》も。

アリエルの明らかな変化に戸惑いながら、何ひとつ反応できない。

誰《だれ》よりアリエルに向き合おうと努めてきた忍だけが、正面から向き合い、応《こた》えられる。

「その言葉の意味は、理解できているのか」

「ハイ。仲良しになりたいヒトどうしは、同じことをすると、一緒に同じことをするのです。シノブがそのように説明していたことを、アリエルは覚えています」

「……そうか」

聞くべきことを聞き終えたとばかり、忍《しのぶ》は言葉を切った。

この瞬間、忍は理解したのだ。

異世界エルフ《アリエル》が忍の予測を超え、真に未知の領域まで成長したという、その事実を。

「きっとシノブは、アリエルの思い出を知りたかったのです。でもアリエルは、言葉がニガテだったので、シノブに思い出をお話しできませんでした。それにアリエルは、サミシイ思い出をお話しするのが、とってもニガテでした」

「……」

「だからシノブは、アリエルにシノブの思い出を見せてくれました。サミシイ思い出も、大切な思い出になることを、教えてくれました」

「……だとしたら、お前はどうする、アリエル」

「アリエルは、シノブと同じことをします」

「アリエルは、思い出を、お話しします」

断章・或《あ》る異世界エルフの誕生

多くの知的生命体は、己が己たる自我を得た瞬間の記憶を、すぐに忘れてしまうらしい。

だが私は、その瞬間をよくよく憶《おぼ》えているし、これからも忘れることはないだろう。

仕方あるまい。

その後あまりにも長い時間、私が思い返すべき記憶は、他にひとつもなかったのだから。


最初にまじまじと観察したのは、周囲の風景だった。

まだそのときは〝風景〟なんて概念も知らないし、自分が自分自身の身体《からだ》を動かせる事実、〝見る〟行為が自分に何をもたらすのかすら、理解できていなかったのだが。

まず、どこまでも広がる木々と、足元へ続く叢《くさむら》が目に入る。

少し横の岩場に注意を向けると、勝手に〝見る〟範囲が動いて、私はとにかく驚いた。

当時の私に〝驚く〟という概念はなかったが、言葉に表すなら、やっぱり私は驚いていた。

実際に起こったことを説明すると、〝見る〟状況が突然変化したことに、身体の中の自覚のない部分が強く警戒して、動きを止めてしまった。

私は叢の上に立ち、微動だにしないまま、暫《しばら》くの時間を過ごした。

少し経《た》ち、周囲を〝見渡す〟ことができるようになって、分かったこと。

そのとき私がいたのは、岩肌が露出している、草木ひとつ生えない岩山の麓《ふもと》。

対して岩山の周囲には、大小様々な木々や草花が鬱蒼《うっそう》と生い茂っており、私が立っている叢の周りは、少し奥を見通すことも難しかった。

〝見える〟範囲にある木々や草花は、一定の調子で小さく揺れ動いていて、その揺れ動く瞬間、私の身体中にもわずかな〝不快感〟が生まれることも理解できた。

〝私〟や、〝身体中〟や、〝不快感〟。

特別でもなんでもない概念だが、このときの私には、いまいち理解できなくて。

今考えれば、風が身体に当たって冷たかっただけだと分かる、その小さな〝不快感〟によって、私は〝私の身体〟という概念に辿《たど》り着いた。

〝私の身体〟は滑らかで白っぽかったが、水と泥に塗《まみ》れたぼろぼろの何かに包まれていて。それがひどく〝不快感〟を生み出していたことを、今でもはっきりと思い出せる。

暫くして、私は歩きだした。

何か目的があって、そうしたわけではない。

〝私の身体〟は私自身の意思で自在に動かせるのだと、ようやく理解できたのだ。

加えて〝空腹〟という、耐えがたい苦痛の概念が、私を衝き動かした。

空腹の概念に身を委《ゆだ》ねると、それを解決するための手段が、次々浮かび上がってくる。

——空腹は食糧の摂取により改善し、水分の摂取で若干改善される、苦痛の概念である
——食糧とは、植物のうち食糧としても良い特別なものと、ほとんどの動物である
——例外の動物は、すべての知的生命体と、食糧とすることで生体活動に害を及ぼすもの
——加えて、環境再生のため食糧とすべきでないものである
——水分とは、生体活動に不可欠となる物質である
——液体として摂取することが好ましいが、一部の果実や生物から摂取することもできる
——安全な水分は口腔《こうくう》から、警戒が必要な水分は指先を通して摂取するのが効率的である
——食糧を得る手段として、道具と……

もちろん、言葉どころか心の概念すら持たない当時の私が、こんなにすらすらと食糧を得る方法を思い返したわけではない。

ただ、自分が何かしようと思ったとき、何をすればそれができるのか、何故《なぜ》か理解できた。

この〝囁《ささや》き〟が、〝私〟になる前の私を生かしていたのだろう。

私は早速、食べられると認識した目の前の植物をつかみ取り、口の中に押し込んだ。

初めて口にする（いや、私が〝私〟になる前は、普通に食べていたのであろう）〝食糧〟は、ただただ筋張っていて、苦くて、刺激的で、とにかく不快で。

それでも空腹を和らげてくれたので、私は植物をつかみ取り、口の中に押し込み続けた。


後は、ずっとずっと、ずっとずっとずっとずっと、その繰り返し。

シノブたちと出会ってから今までを、何十回と繰り返すくらいの、繰り返し。

最近図鑑で見たような、地球の動物や昆虫に似たものも、そうでないのもよく食べた。

〝囁き〟に従い、動物の排泄物《はいせつ》や足跡を追い、尖《とが》った木の枝や石を使って動物を狩った。

最も役立つのは、シノブが言うところの〝埃魔法《ほこりまほう》〟だが、使える場面が限られた。

せっかく動物を狩猟しても、こちらの消耗量が上回っては、意味がないからだ。

最初に纏《まと》っていたぼろぼろの何かは、すぐ破れて意味をなさなくなったので、大きめの動物の毛皮を剝《は》いで、破れる都度新たに纏い直すことにした。


何故《なぜ》そんなことを続けるのか。

疑問など一度も抱かなかったし、〝疑問〟の概念自体、私の中には存在していなかった。

もっと言ってしまえば、当時の私に、心なんてなかったのかもしれない。

ただただ、目の前に現れる食糧を摂取し、疲労すれば草葉の陰や木の上で休み、また目が覚めれば食糧を摂取し、食糧がなくなれば移動する。

私は獣だった。

名前のない、獣だった。

◇◆◇◆◇◆◇

どれだけの時を過ごした後か。

ある日私は、大きな岩の中に埋め込まれた、白くて硬い何かを見つけた。

私は〝囁《ささや》き〟のアドバイスを待つと決めたが、いくら待っても教えてくれない。

私はひどく動揺した。

そんなこと、初めてだったから。

日が昇り、日が暮れかけるまで見ていたが、変化はまったく見て取れない。

私の手のひらぐらいの大きさで、あまり厚みのない〝何か〟。

私は意を決して、その辺りに落ちていた木の枝を使い、〝何か〟を軽く突いてみる。

木や岩の比ではなく、何物も寄せ付けないほどに丈夫で、とにかく硬い。

そして表面が、水面のようになめらかだ。

どんなに丈夫な石や岩だって、水の流れに晒《さら》されれば、少しずつ朽ちてゆくはずなのに。

その〝何か〟は、薄汚れてはいても、本質的な構造はまるで劣化していないように見えた。

私は〝何か〟をより深く知るため、私自身の指先で、直接〝何か〟に触れてみた。

その瞬間。

コォォォォォォォォオ　オン

〝何か〟が岩に沈み、〝何か〟と似た物質で四方を埋め尽くされた、大きな横穴が現れた。

私がとっさに感じたのは〝恐怖〟ではなく〝警戒〟。

大きな獣、先の見えない暗闇《くらやみ》、底なしの沼、獰猛《どうもう》な生物、毒のある植物。

害を与える何かが近づくとき、〝囁き〟は〝警戒〟を叫び、危険から私を遠ざけてくれた。

その〝囁き〟は、この横穴に近づかないよう、今までで最大の〝警戒〟を示し始めた。

けれど当時の私は、この横穴へ入ることに決めた。

〝囁き〟の〝警戒〟を無理矢理抑え付けながら、私は歩みを進める。

横穴の中は暗かったが、入り口にあったものと同じ〝何か〟が上下左右を埋め尽くし、ほんのりと光っていたので、転んだり迷ったりはしなくて済んだ。

何故《なぜ》か寒気を感じるのは、横穴の温度のせいか、私の抱く不安のせいか。

着込んだ毛皮に縋《すが》りながら、かなりの距離を歩かされた後、広い場所に出る。

私が何百人か入れそうなほど広いその空間には、外では見たことのない、持ち運べそうな大きさの、整った形の何かが雑多に積み上げられ、足の踏み場もないほど散らばっている。

奥へ奥へと歩みを進めていると、ひとつだけ。

植物と同じ色の光……緑色の光を放つ、両掌《てのひら》くらいの大きさの〝何か〟があった。

私は、吸い寄せられるように〝緑色〟へ近づく。

〝囁《ささや》き〟は、それに触れてはならないと、強引に私を引きはがそうとする。


〝囁き〟の導きで生きてきた私。

〝囁き〟に逆らうことで何が起こるのかまで〝囁き〟が教えてくれたことはなかったが、分からないほうが怖いという考え方もある。

私は、今までもこれからも、〝囁き〟に従い続けるべきであったはずなのだ。

それでも、私は止まらなかった。

それは〝囁き〟と別の自我を持ちながら、永い間〝囁き〟の奴隷となり続けてきた私の、ささやかな反抗だったのだろうと、今は思う。

あるいは、別の言い方をするならば、私はこのとき初めて〝心〟を持ったのだ。

〝好奇心〟という、今となっても抗《あらが》いがたい、未知を切り開く喜びを求める、強い強い心を。

そして私は〝好奇心〟の赴くままに〝緑色〟へ触れた。

ヴンッ

どこからか暖かい風が吹き、ずっと感じていた寒気が和らいだ。

同時に、光っていた〝緑色〟が、別の色で光り始めた。

今度は、太陽が消える直前の空の色に似た〝夕日色〟。

私はもう一度、その〝夕日色〟に触れる。

ヴンッ

また、どこからか暖かい風が吹き、〝何か〟の色が変わった。

相変わらず寒い横穴の中で、暖かい風が吹く間は〝警戒〟が和らぎ、少し安心できた。

『光る〝何か〟に触れると、良いことが起こる』。

〝囁き〟の導きを除けば、これが私の最初に覚えた〝知識〟である。

◇
◆
◇
◆
◇
◆
◇

それからというもの、食糧と水を集めるときのほかは、ずっとその横穴で過ごしていた。

横穴では、様々なことが起きた。

光る〝何か〟はそのうち、広い場所だけではなく、横穴のあらゆるところに移動するようになり、私はそれらを探し回るようになった。

長く〝何か〟を見つけられず、ようやく見つけるようなことがあると、いつの間にか広い場所の奥に、新しい何かが現れるようになった。

使い道の分からない道具や、砂粒のようなゴミ、最近死んだような動物の死体。

時折提供される奇妙な液体は、指から吸収すると身体《からだ》が膨らみ、空腹を打ち消してくれた。

〝何か〟の存在理由を考えたことはなかったし、当時の私には分かるはずもなかったのだが。

私は、〝何か〟と戯《たわむ》れるかのように、寝ても覚めても〝何か〟を追いかけ回していた。

そのうち〝何か〟は複数になり、特定の順で触れなければ〝ご褒美〟が現れなくなった。

また、現れた〝ご褒美〟の傍に、見慣れない形の光が浮かび上がるようになった。

特定の色の順は数字の暗喩《あんゆ》、見慣れない形の光がものの名前を表す文字であると理解するまでは、暫《しばら》くの時間が必要だった。


ただ、時間だけはいくらでもあった。

気の遠くなるような時間を掛けた〝何か〟の訓練を経て、数字と文字の概念を得た私の知識は、急速に積み上げられていった。

横穴は私の成長に合わせるように、虚像を創《つく》り出して自然の理《ことわり》を私に教えたり、本や紙の虚像を私に与え、さらなる文字の読み書きを教えるようになった。


〝囁《ささや》き〟に隷属し、ただ日々を生きていた私にとって、横穴の知識は刺激的に過ぎた。

私は貪《むさぼ》るように知識を吸収したし、寸分違《たが》わず覚えている自信があるのだが、文化が異なる世界の話をそのままの意味で説明するのは、どうにも難しい。

よって、いくらかの誤解を生じる可能性もあるが、私の中で地球の概念に落とし込みながら、改めて説明してみたい。


要するにこの横穴はシェルターで、最初に私が見つけた白い〝何か〟は、その起動スイッチのようなものらしかった。

そして、この〝世界〟にはかつて、地球と同じように〝文明〟が存在していたらしい。

ただ、文明が存在していたのは、私が〝私〟になるよりずっと、ずっとずっと昔の話で。

ヒトばかりではなく、ヒトのような動物、動物のようなヒトもたくさんいて。

道具ばかりでなく、魔法も文明の中心として広く普及していた、らしい。

しかし文明は、シェルターにも記録されていないなんらかの理由で滅びた、らしい。

ただ、滅ぶと分かってから実際に滅ぶまでには、それなりの準備期間があったようだ。

当時の〝人々〟は、遠い未来に文明が復興するよう願って、いくつかの保険を遺した。

そのひとつが、このシェルターだ。

人々の生き残りを保護して復興の助けとする、あるいは新たな文明が興った際、前文明の足跡を知って貰《もら》うことを目的として、世界中にこのようなシェルターを作ったのだという。


そして。

私、いや〝私たち〟も同じ目的で造られたのだと、シェルターは教えてくれた。


やはり詳細は分からないままだが〝文明〟が完全に滅びを迎えたとき、この世界はそれまでの姿を保ち続けられないほどに、ひどく汚染されたらしい。

途方もない労力と、量りきれないほどの時間をかけて世界全体を癒《いや》さなければ、文明どころか生物そのものが暮らせない、死の世界になることが運命付けられていたのだという。

だから人々は〝私たち〟を造り、世界を癒そうとしたのだ。

〝私たち〟を製造する仕組みは、世界のどこかに用意されていて。

自立式のシステムで定期的に製造される〝私たち〟は、かつての人々の姿を模している。

優生特徴として〝魔法〟、つまり埃魔法《ほこりまほう》を操る力と、世界を癒すために必要な機能、それらを効率的に行使するための〝囁《ささや》き〟を与えられた〝私たち〟は、半自動的に世界中を回り、ゆっくりと世界を浄化して、人々の棲《す》める環境へ修復し続ける役割を負わされている。

〝私たち〟の指先は水の汚染を漉《こ》し取り、〝私たち〟が呼吸すれば汚染成分が体内で分解され、清浄な空気となって吐き出され、より強く昂奮《こうふん》したときなどは全身から噴き出す。

活動のためのエネルギーは、環境浄化とは関係のない、食べても良い動物や植物などからのみ供給され、分解した汚染成分や老廃物などは、埃魔法の発動触媒として消滅する。

〝私たち〟には、存在からして一切の無駄がないのだ。

だがこれだけならば、〝私たち〟が人々の姿を模す必要はない。

私が言うのもなんだが、四肢を持ち二足歩行する身体《からだ》は、狩り暮らしにひどく向かない。

もっと殖やし易い昆虫や、小型の哺乳類《ほにゅうるい》でも繁殖させたほうが、余程《よほど》合理的なのである。

人々は私よりも聡明だったろうし、誰《だれ》も見ないような環境清浄機を知的生命体の形にしていられるほど、遊んでいる時間はなかったはずなのに。

調べれば、答えはすぐに見つかった。

私の考えた通り、前文明の人々には、時間が足りなかったのだ。

故《ゆえ》にこそ人々は〝環境浄化〟と〝もうひとつの目的〟を抱き合わせで〝私たち〟に搭載し、無理矢理刻限へと間に合わせるしかなかったのだ。

シェルターは、人々の生き残りを保護するために造られた。

だが、少しばかり生き残りがいたところで、文明の復興には到底結びつかないし、生き続ける気力を失い、孤独から逃れるため自ら死を選ぶ可能性も、決して低くはないだろう。

それが〝私たち〟に託された〝もうひとつの目的〟である。

生き残った人々に安らぎや希望を与えるための、迎合しやすい柔和な性格。

どんな言語や文化を持つ人々が生き残ったとしても共生できるような、高い知能。

埃魔法《ほこりまほう》の力はそのままでも便利だが、頭髪に余分な魔法力を貯蔵させることで魔法力を長期保存させられるほか、髪を編み込んで丈夫な布を作らせるなど、生活面でも人々を支えられるような機能が追加された。

ちなみに〝私たち〟は、人々の接近を感じ取ったり、その位置が分かる魔法を無意識的に発動させているらしいのだが、このときの私は人々らしきものに出会ったためしがなかったので、本当にそんな魔法を使えていたのかどうかは分からない。

そして何より、生き残った人々が、ひとりだった場合のために。

次を増やすための〝生殖機能〟が〝私たち〟に備え付けられたのだ。


それを知ったとき、私は地面に転がり、ばたばたと暴《あば》れてしまった。

だって、生殖って。

……生殖って。


〝私たち〟に備わる、人々を感知する魔法は〝私たち〟に対しては上手《うま》く働かないらしい。

加えて、世界の広さに対して、〝私たち〟の数はほんとうに少なく、気が遠くなるほど探し回ったとしても、出会える可能性は事実上ゼロなのだという。

そして仮に出会えたとしても、〝私たち〟同士での生殖はできないらしい。

人々の生殖のための機能なのだから、当然と言えばそうだろう。

けれどもし、でも、どうしよう。

私は今まで、私以外の知的存在に、出会ったことすらないのに。

いきなり生殖なんて、できるのだろうか。

生殖器を重ねて遺伝情報の結合を行うだけの、難しい行為ではないのだと、シェルターの知識は教えてくれたけど。

私にはそれがひどく淫靡《いんび》で、恥ずかしいことのように感じられた。


調べるうちに分かったことだが、私は〝私たち〟の中でも、少し変わった存在のようだ。

本来〝私たち〟には、私を〝私〟と覚知する能力、即ち〝自我〟が存在しないらしい。

その上で、生殖に足る〝知的生命体〟に遭遇するなど、きっかけとなる出来事が起きれば〝囁《ささや》き〟の方向性が切り替わり、そのとき初めて自我が芽生えるように造られているという。

自我が存在しないということは、何か見ても何をしても、どうとも思わないし考えない、生きてはいるけれどただそれだけの存在、ということになる。

多分、あの日までの私は、他の〝私たち〟と同じように、自我のない存在だったのだろう。

それが、どういうわけか自我を発現させてしまったがために、本能の警告に逆らって、本来前文明の人々のために造られたシェルターを、自分ひとりで使うに至ったのである。


当時の私は、さっぱり理解できなかった。

どうして前文明の人々は、最初から〝私たち〟全員に、自我を与えなかったのか。

自我のない頃《ころ》の私は、汚い何かに身を包んで、狩猟の効率も、夜露の寒さを逃れる方法もろくに考えず、文明的な生活を送っていたとは言い難い……ような気がしてならない。

記録によれば、前文明の人々は、健康的で清潔な相手を生殖相手として好んだのだという。

自我もなく彷徨《さまよ》っていた〝私たち〟といきなり生殖するのは、嫌《いや》がるんじゃないだろうか。

せっかく他の機能は充実させたのだから、そこは最後まで頑張れば良かったのに。

不思議だ。


だが今となっては、そうなった理由も想像に難くない。

永遠とも思える時を、どうしてこんなことをしなければならないのか、なんて、想像するようになってしまったら、あまりに残酷というものだ。

だが、どういったトラブルの結果なのか、私には自我が芽生え、残酷さを理解するだけの知識が身に付いてしまった。


それが、どれほど恐ろしいことなのか。

どうして〝囁き〟が、私をシェルターから遠ざけようとしたのか。

私は、岩に水が染み入るように、理解していくこととなる。

◇◆◇◆◇◆◇

シェルターの知識は、狩猟や食糧採集の効率を上げるにも役立ったし、シェルターの内部は人々を保護するために造られただけあって、どんな気候の中でも快適に過ごせた。

食糧と安全を確保した私に与えられたのは、無限とも思える余暇の時間。

私は、時間のすべてを〝人々〟との幸せな邂逅《かいこう》の準備に費やした。

自分の髪と糸を紡ぎ布を作り、動物の毛皮の代わりに着飾ったりもしてみた。

植物の中でも比較的美味《おい》しいものを選んで栽培する、いわゆる農耕もやった。

これまで食べるばかりだった動物に、別の食糧を与え、手なずけることも試した。

何かを創《つく》り出すという行為、私が〝私たち〟のままだったら、決してやらなかったはずのことをやるのは、とても楽しかったし、どこか誇らしかった。

もちろん、人々の文明に関する勉強も欠かさなかった。

シェルターの作り出す虚像は、在《あ》りし日の文明の様々な姿を見せてくれたが、やはり私が一度として現実に見たことのないものだった。

文明には、それぞれ細分化された〝文化〟が存在し、私はそれらを浴びるように学んだ。

私がこの先、どんな人々と出会ったとしても、仲良くなれるように。

それは〝私たち〟としての本能にも矛盾しなかったし、〝私〟自身の願いでもあった。

私は、人々との遭遇を、熱望していた。

それから。

ずっと。
ずっとずっと。
ずっとずっとずっと。
ずっとずっとずっとずっとずっと、時間が過ぎて。

岩に、水が染み入る。

◇◆◇◆◇◆◇

それは、ある日の朝。
突然のことだった。

シェルターの機能が、すべて停止した。

厳密に言えば、予兆はあった。

このシェルターは、相当長い時間を耐えるように設計されていたようだったが、文明崩壊から過ぎた時間はそれ以上に長かったらしく、物理的な機構に依《よ》るところの機能は、私が使い始めたときから既《すで》に壊れかけていた。

具体的な例を挙げると、最初の頃《ころ》の〝ご褒美〟として出現したもののうち、わけの分からない粉末状のゴミは、実は超長期用の保存食だったらしい。

逆に、生きた動物を自動的に捕獲し取り込む魔法の罠《わな》については、まともに動いていた。

機構に依る部分が完全に壊れたのか、魔法に依る部分の動力源がついに尽きてしまったのか、私には分からない。

だが、確かなことがひとつある。


私はまた、たったひとりのままで、この世界に生きねばならないということだ。


私が、何も知らない〝私たち〟に戻れたならば、耐えられたかもしれない。

けれど、私は〝私〟になってしまった。

私は何も知らないまま、ただ生まれて滅びるだけの存在ではなくなってしまった。

シェルターの中を見回す。

人々から自分がどう見られるかを知りたくて作った、簡素な鏡。

毎晩向き合って、自分が一番可愛《かわい》いと思う仕草を練習した。

とびきり上手にできた、二枚の布を身に纏《まと》う、お気に入りの白い衣装。

いつか誰《だれ》かに見せたかった、鉱石の装身具。

珍しい植物を漉《す》いて作った紙に、炭で書き記した私の日記。

人々と逢《あ》えたらどんなことがしたいか、とか、ちょっと恥ずかしいことも書いてあったりするけれど、どうしても見たいと言われたら、きっと私は断れないだろう。

シェルターの虚像を作るような埃魔法《ほこりまほう》を練習したけれど、あまり上手にはできなかった。

その代わり、同じくらい綺麗《きれい》な絵を描《か》けるように頑張った。

こっちは、少しくらいなら、見せてもいいかな。

私の育てた植物で作った、保存食。

とても美味《おい》しくできたから、誰かに食べて欲しかった。

家具や寝床も作った。

お風呂《ふろ》も作った。

人々が何人で来てもいいように。

いっぱい、いっぱい、いろんなものを作って、私は待っていた。

ひとりでなくなる、その日を、待っていた。


だけど。

もう、ぜんぶ、おしまいだ。


「……ぁぁぁぁぁあああああああああアアアアアアアア！！！」


シェルターが使えなくなっても、全部が終わったわけじゃない。

本当にあるのかも分からない、人々を感知する魔法が、反応するかもしれない。

事実上絶対に会えないとされる〝私たち〟の誰《だれ》かと出会えれば、なんとか自我を発現してもらって、境遇を慰め合うくらいのことは、できるかもしれない。

あるいは今すぐにでも、人々が会いに来てくれる可能性だって、ゼロではない。

自棄《やけ》になるには、まだ少し早いことぐらい、私にだって分かっていた。

それでももう、我慢ができなかった。

木を削って作った椅子《いす》をめちゃくちゃに振り回して、そこら中にぶつけて暴《あば》れまわる。

私の作ってきた何かが、どんどん壊れていく。

かまうものか。

私はひとりなのだ。

見せる相手も現れない。

私自身が少し嫌《いや》な思いをして、それで明日からまた、汚い水とおいしくない動物と、その辺の草木を齧《かじ》って生きていく。

この世界のために、終わりなき日々を、ずっと。

「……ふうっ、ふうっふうっ、ふぅーっ」

そのまま、私は地面に倒れ込んだ。

もう、指一本動かす気にならない。

「ぐっ、ううっ、うっ、うーっ……」

目元から、温かい液体がぼろぼろ流れる。

シェルターで知識を積み上げた私は、この液体が〝涙〟であることを知っている。

知っているからこそ。

知ってしまったからこそ。

私は、私の涙を止められない。

私が〝私〟になった最初の日のことを、どこか冷たい気持ちで思い返す。

あの日が最初だとしたら、今日は最後の日になるのかな、なども考える。

だって、もう耐えられないから。

ひとりでいるのは、もう、耐えられないから。

私には、耐えられないから。

「……し、は」

こう言いたいと思っても、上手《うま》く口から音が出せない。

仕方がないというか、当然のことだ。

私は言葉を学んだ後、応《こた》えてくれる相手が現れるまで、言葉を発しない誓いを立てていた。

根拠も理屈も通っていない、その不確かな願掛けは、私を支える大切な拠り所だった。

だからこれは、諦《あきら》めだと思った。

「わた、しは」

でも、今考えると、それは違っていたようにも思う。

だって、もしあの言葉が諦めなら、私はシノブたちに会えなかったはずだから。

「わたしは」

きっと、あれが感情だったのだ。

私が〝私〟になって初めて口にする、形のある感情。

あるいはこの瞬間こそ、本当の『私が〝私〟になった瞬間』だったのかもしれない。

「わたしはもう、ひとりで生きていたくない!!」

ブゥン

その刹那《せつな》。

シェルターの内部が薄青い光に包まれ、天井に見たことのない紋様が浮かんだ。

突然のことに、私が飛び起きようとすると。

『――――』

『――――』

『――――』

聞き慣れない音が響き渡り、空気が激しく震え、私の頭を揺さぶった。

私はひどく苦しくなり、再び地面に身体《からだ》を横たえる。

今までシェルターがこんな動作をしたことなど、一度としてなかった。

それよりも、シェルターは機能を停止したのではなかったか。

怖い。

怖い、はずだ。

けれどなぜか、私は不思議と落ち着いていた。

シェルターに慰められているような、おかしな錯覚が、私の心をゆるく包んでいた。

自棄《やけ》になって暴《あば》れ疲れて、消沈していただけだと言われれば、それまでなのだけれど。

とにかく私は、忙しく騒ぎ立てるシェルターの振動に身を委《ゆだ》ねて、そのまま目を閉じた。

このまま生命活動が止まる、すなわち死んでしまうと言うならば、それもいいと思った。

死についての概念は、シェルターの知識においてもあいまいだったが、恐らく死というものは、目的も望みもなく、無限の時間を過ごすことに等しいはずだから。

だったらこのまま生き続けても、死んでいるのと変わらない。

『――――排出シマス――』

これから私は、どうなるのだろう。

分からないし、分かろうと頑張る気にもなれない。

でももし、もう一度目を開くことができたなら、そのときは。

——私が、ひとりでなくなるときだといいな。

そうして私の意識は、闇《やみ》に沈んだ。

第三十六話　エルフと打ち切り宣言

五月二十六日の春会後、午後十時十分、中田忍《なかたしのぶ》邸に戻った忍たちである。

過去を語るアリエルは、たどたどしく、適切な言葉を見つけられず、何度も何度も躓《つまず》いた。

忍はそれを急《せ》かすことなく、アリエルの意図を探り、言葉を変え表現を変え、永過ぎた孤独の時間を最後まで語り切れるよう、隣で支えた。

語る側にとっても聞く側にとっても辛《つら》い話であろうことを、忍以外の仲間たちは当然認識していたし、当の忍とて感じていたに違いない。

それでも誰《だれ》ひとりとして、語るアリエルを、促す忍を、止めようとはしなかった。

懸命に語るアリエルの想《おも》いを、余すところなく受け取るために。

だが、あまりに想いを受け取り過ぎたため、若干溢《あふ》れさせてしまった者もいる。

「だぁぁあああああアリエルざぁぁぁぁああああんっ！！！」

　むぎゅううううう。

「タマキ、タマキ、大丈夫です。今のアリエルに、カナシイはないですよ」

「やらぁぁぁぁぁぁ！　あ、あり、アリエルざぁぁぁあ！！！」

自身も孤独な半生を過ごし、エルフが大好きで、アリエルがもっと大好きで、感受性がとっても豊かな女子高生《ししゅんき》の御原環《みはらたまき》には、いささか刺激が強過ぎたらしい。

アリエルと邂逅《かいこう》した際も相当だったが、今はそれを凌駕《りょうが》する勢いで泣きに泣きまくっており、抱き付かれるアリエルのお腹は涙やら鼻水やら謎《なぞ》の液体でぐっちゃぐちゃであった。

湿っぽい女である。

「シノブ、タマキのカナシイが収まりません。ナンデ？」

「俺たちの代わりに、泣いているんだよ」

「代わり、ですか？」

「御原君はお前の孤独を想って涙を流しているが、ヒトの大人は悲しくても泣けないんだ」

「今のアリエルは、カナシイではありません。シノブがいて、ヨシミツがいて、ユナがいて、テッペーがいて、タマキがいます。これは、とってもウレシー」

「……そういうトコでしょ、アリエル」

「ら゙あ゙あ゙あ゙あ゙！！！　ア゙リ゙エ゙ル゙ざあ゙あ゙あ゙あ゙あ゙あ゙ん！！！」

「……ムーン？」

ヒトの機微を理解しきれない異世界エルフ《アリエル》は、困ったように微笑《ほほえ》むのであった。

◇◆◇◆◇◆◇

「アリエルはどうだ、一ノ瀬君《いちのせ》」

「どっぷり熟睡してますね。よっぽど疲れてたんでしょう」

「慣れねえお出掛けに、何年分かも分かんねえ思い出話が続いたもんな。そりゃ疲れるわ」

「ほら御原《みはら》さん、アリエルちゃん寝ちゃったってさ。送ってくから、今日はもう帰ろ?」

「嫌《や》です。私《わだし》ごごに住《ず》みまず」

「……御原君、それは」

忍《しのぶ》の片眉《まゆ》が動いたと見るや、デキる男の直樹義光《なおきよしみつ》が一手先を読みフォローに入る。

「お、落ち着こう御原さん。忍はもっと落ち着こう」

「俺もか」

「あ、うん、できればなんだけど」

「……そうだな。すまない」

「えっ」

思った以上に落ち着かれ、義光が若干引いていた。

無理もあるまい。

忍としても、悩ましいところなのだ。

現在時刻は、既《すで》に午後十時を回っている。

まずは環《たまき》だけでも帰宅させたかった忍だが、確かにこの調子で無理矢理帰しては、知らぬ間に住民票を移されて居座り始められかねない。

環自身はそれで良くても、流石《さすが》に父親が気付くだろうし、あらゆる意味でのリスクが高い。

「やむを得んか」

「帰《がえ》りませんがらね!!」

「ひとまずそれは横に置く。だがこの場に残ると言うならば、子供扱いはしてやれんぞ」

「……どういう意味でずか?」

「向き合わねばならないんだ。異世界エルフの身の上話、その先にあるべき現実と」

「……はあ」

涙を拭《ぬぐ》い、環は周りの大人を見渡す。

疲れている義光も、家族が待つ徹平《てっぺい》も、常に自由な由奈《ゆな》も、当然のように居残っている。

そして皆一様に、渋い顔をしていた。

「今この場の優先順位は、君のケアよりも異世界エルフの今後にある。君の意に沿わん話も、耳に入れたくない話も、必要があればするだろう。それでも残りたいのなら、今は子供の己を封じ、大人と同等の責任ある態度と言葉で、冷静な判断を下すと約束してくれ」

「……分かりました」

落ち着きを取り戻した環に、忍は深く頷《うなず》きを返した。

「差し当たって、アリエルの話により進展した事柄を纏《まと》めてみた。突貫作業ゆえ粗《あら》もあるだろうが、気付いた者は指摘してくれ」

言って忍《しのぶ》は、数枚の資料をダイニングテーブルへ広げた。

「まず明確になったのは、アリエルの出自だ。課題甲3『異世界エルフの出自にかかる、いくつかの推論と考察について』を始めとする、いくつかの課題が検討の必要性を失った」

「……よくスッと出てくるね、こんなの」

「ってかまだ作ってたんかよ、これ」

「一ノ瀬《いちのせ》君と約束しているからな。毎晩日記と一緒に草案を書き残し、七日以内に清書の上、一ノ瀬君に引き渡し、情報を共有している」

由奈《ゆな》がとても嫌《いや》そうな顔をした。

約束の話を人前でされたせいなのか、増え続ける懸案事項を綴《つづ》り切れなくなったため、自腹でドッジファイルを買い直したことを思い出したせいなのかは、定かでない。

「忍、日記なんて書いてたんだね」

「義光《よしみつ》にも話していなかったか。実は俺にも、覚えの悪さをコンプレックスに感じた時期があってな。一日当たりの分量はさほどでないが、中学生の頃《ころ》から今まで、毎日続けている」

「よく言うぜ。記憶力オバケのくせに」

「……まあ、俺の話はいいだろう。今はアリエルの出自について考えたい」

銘々頷《うなず》く仲間たち。

「話を額面通り受け取るなら、アリエルは異世界エルフなどではない。異世界人が環境浄化のために残した被造物、地球の言葉でいう女性型人造人間《ガイノイド》や被造生物《ホムンクルス》に近い存在だ」

いつも通りの調子で断ずる忍の言葉に、環《たまき》の肩がびくりと震えた。

その様子を知ってか知らずか、由奈が疑問を差し挟む。

「でもそれって、大勢に影響あるんでしょうか。異世界エルフでもガイノイドでも、私たちにとって未知の生命体っていう点では、あまり変わらない気がするんですケド」

「一ノ瀬君の意見は尤《もっと》もだがな。異世界エルフ《アリエル》の持つ、未知は未知でも未知なりに不自然と思えた性質へ説明がつく点は有意だ」

「例えば？」

「出現当時の感情表現の乏しさは、少なくとも百数十年以上の孤独な生活から。入浴や排泄《はいせつ》が不要とみられる点は、環境清浄機としての機能から。そして高い知能と言語理解力、さらには御原《みはら》君が『つくりもののように都合が良い』と評した柔和で迎合的な性格は、どのような〝人々〟が現れたとしても受け入れられるよう、敢《あ》えて設定されたのだとすれば、どうだ」

忍の推論に追従する形で、義光が小さく頷く。

「つまり、今回のことからアリエルちゃんは『面倒を見る人類にとって都合の良過ぎる、不自然な存在』じゃなくて『そもそも未知の人々に受け入れられるための存在だったから、不自然なほどに都合良く造られていた』って分かった。それは、アリエルちゃんが安全な存在だって担保のひとつになる……って理解で合ってる？」

「その通りだ。これで回答になったか、一ノ瀬《いちのせ》君」

「ええ。納得しました」

こと中田忍《なかたしのぶ》とその周辺界隈《かいわい》においてはあまり問題視されないが、中田忍は世間の常識から外れた、冷酷な機械生命体のような男であるというのが、概《おおむ》ね一般的な評価である。

言動にデリカシーなど期待するだけ無駄だったし、そのことを十分承知の上で長年傍にいる義光《よしみつ》や、理解した上で付き従っていじくり回している由奈《ゆな》にとっては、今更《いまさら》指摘どころか、気に留めるべき話ですらない。


だが、この男の受け取り方は、いつも少しだけ違っている。


「あのさノブ。表現、もう少しなんとかできねえかな」

「ガイノイドでは馴染《なじ》みが薄いか。古典に倣《なら》い、人造人間《アンドロイド》と呼んでも構わんが」

「だからそうじゃなくてよ」

僅《わず》かに怒気を孕《はら》んだ、徹平《てっぺい》の言葉。

その傍《かたわ》らでは、環《たまき》が何も言えない様子で俯《うつむ》いている。

「アリエルちゃんは俺たち《ヒト》の言葉や感情を、がっちり理解してんだろ。生まれ方がどうだとか、正しい呼び方はこうだとか、そんなつまんねえ話の前に、まずは俺たちだけでも、アリエルちゃんを俺たち《ヒト》と同じに扱うべきじゃねえのかよ」

若月《わかつき》徹平は馬鹿《ばか》である。

だがそれ故《ゆえ》に、何度論破されようと、中田忍に立ち向かうことを諦《あきら》めない。

たとえどれだけ返り討ちにされようと、自分がこうだと信じたならば、挫《くじ》けることなく友の間違いを正そうと、果敢に挑戦を続けている。


しかし。


「徹平。あまりこのような言い方をしたくはないが、お前の発想はひどく侮蔑《ぶべつ》的で傲慢《ごうまん》だ。いくら内心の自由があるとしても、アリエルやその周辺者の前で口にするのは避けて欲しい」

「……あんだと？」

思わず身を乗り出しかける徹平。

だが、今怒りを露《あら》わにしているのは、むしろ忍のほうだった。

「分からないのか」

「分かんねぇよ」

「ならば訊《き》こう。お前は何故《なぜ》、アリエルを俺たち《ヒト》と同じに扱いたいと考えている」

「決まってんだろ。アリエルちゃんは俺たち《ヒト》と同じように喜んだり、悲しんだり、考えたり、傷ついたりする存在だからだ。ワケの分かんねー文化遺産になるために造られた道具なんかじゃなくて、今生きてるんじゃねーのかよ、アリエルちゃんはよ」

「それは詭弁《きべん》だ」

「ああ!?」

「埃魔法《ほこりまほう》、長寿、浄化能力に高い知能。俺たち《ヒト》と〝アリエルたち〟の生物学的価値を比べれば、〝アリエルたち〟が高等な存在であるのは明白だ。俺たちが〝アリエルたち〟に同じと認めていただくならばともかく、逆は道理に合っていない。なのに何故お前は、アリエルを『ヒトと同じ存在』として認めることに拘《こだわ》る」

言葉を失う徹平《てっぺい》。

仕方あるまい。

徹平の怒りに優しさが溢《あふ》れているほど、今の忍《しのぶ》が突きつける論理は、決して覆せないのだ。

「お前は、無意識のうちにアリエルを〝気の毒で憐《あわ》れむべき存在〟だと認識している。母親の子宮から生まれていないこと、地球から見た自然のシステムから外れた存在であることを、可哀想《かわいそう》だと考えている。優しいお前は、劣った階層《レベル》に位置するアリエルを、自分たちと同じ階層《レベル》に引き上げてやろうと考えている。否定できるか」

「……できねーよ。多分な」

「……徹平さん」

気遣わしげな環《たまき》に、忍も、徹平も、今は構おうとしない。

「アリエルの孤独に想《おも》いを馳《は》せ、同情することまで悪とは言わん。アリエル自身が孤独を悲しみと捉《とら》えているし、俺たちの価値観においても悲しむべき話だからな」

「……」

「一方、アリエルが造られた存在だとして、アリエルがその事実自体を恥じたり、疑問に思ったり、悲しんだりする機会はそうあるまい。何かと比べさえしなければ、造られた存在という出自も、異世界エルフにとって当然のルーツでしかないからだ。だが、もしアリエルの寄り添うヒトが、アリエルの出自を憐れんだならば、どうなると思う」

「……自分の出自を呪《のろ》うだろうな。どうして自分とヒトは違うんだろう、なんつってよ」

「そうだ。差別も劣等感も、比較対象が存在しなければ起こり得ない。アリエルが被造物としての出自に劣等感を持つとしたら、それを生み出すのは俺《ヒ》た《ト》ちの軽率な同情心だ」

「……」

「ならば俺たちがアリエルにしてやれることは、被造物としての異世界エルフ《アリエル》を正面から受け入れ、区別や同情の垣根を意識させないことに尽きる。そうは考えられないか」

とてつもない暴論。

あまりに強引な屁理屈《へりくつ》。

そうでなくても、もっと穏やかな伝え方など、いくらでもあるはずだろう。

だが。

「その発想はなかったわ。悪《わ》りぃ」

「理解したならばそれで良い。宜《よろ》しく頼む」

徹平《てっぺい》は頭を下げてしまい、忍《しのぶ》は尊大に許してしまうのだった。

歪《ゆが》んでいる、と考える者もいるだろう。

されど、歪んでいるが故《ゆえ》に、何度も壊れ崩れて、積み重なって安定し、今の関係がある。

だから徹平は忍へ挑むことを止《や》めないし、対する忍は容赦なく叩《たた》き潰《つぶ》す。

信頼し合うからこそ、彼らは衝突するのだ。

そして。

「ふふふっ」

先程まで俯《うつむ》いていた環《たまき》が、何故《なぜ》か楽しそうに笑っていた。

「何がおかしい、御原《みはら》君」

「あ、いえ、すみません。ちょっと変なこと考えちゃったので、つい」

「変に隠されるほうが気になるし、相手に嫌《いや》な思いをさせかねん。はっきり話してくれ」

「ホントに、大した話じゃないんですよ。きっとナシエルは、忍さんがこんな人だからアリエルさんを預けたんだろうなぁ、って、思っただけです」

「……預けられたつもりはない。アリエルを保護すると決めたのは、あくまで俺の意志だ」

「ですよね。だからです」

まだ頬《ほほ》に涙の跡が残るものの、環の表情は柔らかで。

感情の奔流は、ひとまず収まりを見せた様子であった。

無論、この隙《すき》を見逃す直樹義光《なおきよしみつ》ではない。

「それじゃ、今日はもう遅いし、御原さんはそろそろ帰ろっか」

「えっ、嫌です」

見逃さないだけで、モノにはできないのであった。

「まだ話、なんにも纏《まと》まってないじゃないですか。これじゃ帰れませんよ」

「……でもね、御原さん」

「いいんじゃないか」

「忍まで！」

「御原君はまだ子供だが、大人の態度と判断を行うと誓い、この場に残ったんだ。話に参加させると約束した以上、泣き止んだからと言って追い返すのは理不尽に過ぎる。また皆で集まれる機会が近くあるとも限らんし、今日話せることは今日話しておこう」

「いつ話しても変わらないアリエルちゃんの正体より、御原さんの素行が大事なんでしょ？」

「素行はともかく、身の安全は心配しないさ。お前が送ってくれるのだろう、義光《よしみつ》」

「……もう。僕は知らないからね」

観念してうなだれる義光を横目に、由奈《ゆな》が席を立つ。

「どうした、一ノ瀬《いちのせ》君」

「長い話になりそうなので、飲み物でも出そうかと」

「ならば座っているといい。俺が用意しよう」

「いいですよ。そのくらい自分でします」

「自分でも何も、ここは俺の家で、あれは俺の冷蔵庫なんだが」

「それが何か？」

「勝手に開けるな」

「忍《しのぶ》センパイひどい。あの中の食材、何十回私に食べさせたと思ってるんですか！」

「気に入らなかったか」

「美味《おい》しかったですよ!!」

ふたりは口論に明け暮れながらキッチンへと向かい、義光はうなだれっぱなし。

残された環《たまき》と徹平《てっぺい》は顔を見合わせ、どちらからともなく笑い合う。

「良かったな、って言ったほうがいいか？」

「はい。徹平さん、ありがとうございました」

「いや、俺何もしてねぇけど」

「気遣ってくださったことぐらい分かります。って言うか、徹平さんは分かり易過ぎです」

「知らね」

「ふふふ」

「んで、もう大丈夫なのかよ」

「はい。忍さんがアリエルさんを大事にしてるって、ちゃんと分かりましたから」

「……どうだろうな、それは」

「え？」

「いや、なんでもない」

「なんでもないことなくないですか、今の」

「ノブがまた訳の分からんこと言い出さないか、心配になっただけだよ」

「あぁ……まぁ……安心はできませんよね」

「んだろ」

若月《わかつき》徹平はいい大人である。

大人が本当に隠すべきことを本気で隠したとき、子供の環はどこまで悟れるものか。

◇　◆　◇　◆　◇　◆　◇

「ところで忍《しのぶ》センパイ」

「なんだろうか」

最後のアッサムティーを由奈《ゆな》に奪われ、仕方なく環《たまき》用のコーヒー牛乳を飲むハメになった忍が、仏頂面《ぶっちょうづら》で答える。

なお当の環には、頭に当たっても痛くないような、軽い素材感の小さなプラコップでコーヒー牛乳が提供されている。

注いだのはもちろん、家主の中田《なかた》忍であった。

「アリエルの種族なんですけど、別に〝異世界エルフ〟のままでいいんじゃないですか？」

「しかし奴《やつ》はエルフではない。異世界人の被造物だと、アリエル自身が説明していただろう」

「そこなんですよね。私は以前忍センパイに問われたとき、本当のエルフの定義として『耳が長くて、白くて、金髪で、魔法を使う』とお話ししました。でも本当はここに『実は異世界人の被造物で、数千年前から新たな個体が召喚され続けてる』って条件が加わるとしたら？」

「……ふむ」

分かった風に頷《うなず》き合う、忍と由奈。

無論周りの人間は、さっぱり付いていけない。

「ノブ、説明」

「つまるところ一ノ瀬《いちのせ》君は、俺たち人類にある〝エルフ〟のイメージそのものが、遠い過去に地球へやってきた〝アリエルたち〟から生まれたものである可能性を提唱している」

「でも、最近の〝エルフ〟のイメージって……ほら、なんだっけあの、指輪の小説が元になってるって聞いたよ。あのお話ってまだ、書かれて百年も経《た》ってないんじゃない？」

「義光《よしみつ》サンの仰《おつしや》る通りなんですけど、アリエルと指輪のエルフの間にも、結構似て非なるところがあるじゃないですか。その元ネタの元ネタは、案外アリエルに近いのかもしれないなと思いまして。環ちゃん、その辺りはどうなの？」

「そうですね……ヨーロッパの各地に伝わるエルフっぽい伝承は、身体《からだ》の大きさも能力もそれぞれふわっとしてて、指輪のエルフほど設定がしっかりしてません。逆に言えば、数千年前は色んなところに色んなエルフっぽいものが出現していて、伝言ゲームで伝わるうちにてんでんばらばらのエルフ像が生まれた、って考え方も……全然アリですね」

　銘々頷く大人たちの反応を見て、研究者モードな環はさらに言葉を続ける。

「逆に耳神様《みみがみさま》伝説の耳神様は、アリエルさんの生態特徴と共通する部分がとっても多いんです。せいぜい二、三百年前の話で、資料も残っているから変な伝言ゲームにならず、正しい特徴が伝わってるとしたら……」

「世界各地のエルフ伝説の元ネタは〝アリエルちゃんたち〟。江戸時代の耳神様や、現代のアリエルちゃんも、そのうちのひとりじゃねーか、ってことだな」

「……うむ」

折角説明を求められたのに、結局環《たまき》がほぼ解説してしまったので、不満げな忍《しのぶ》であった。

若干の補足を加えるならば、アリエルの話を聞いた忍は、フィクションの〝エルフ〟をベースにした呼称である〝異世界エルフ〟の名が、アリエルに馴染《なじ》まないと考えていた。

だが由奈《ゆな》の言うように、フィクションの〝エルフ〟の概念そのものが異世界からもたらされたのだとしたら、少し話が変わってくる。

仮に、異世界人の被造物である〝アリエルたち〟が、なんらかの事情で複数地球に転移してきたことがあり、それを見た古代の地球人類が〝エルフ〟の名をつけたのだとしたら。

言い換えれば、最初から〝アリエルたち〟を指す言葉が〝エルフ〟だったのなら。

アリエルの種族を呼ぶ名はむしろ〝エルフ〟以外あり得ないことになる。

「だけど小説のエルフとか、会社のエルフとか、トラックのエルフとか、カーグッズのエルフとか、世の中にはエルフ違いが多いので。アリエルの種族は〝異世界エルフ〟でいいんじゃないかと思いますが、如何でしょう」

「悪くはないが、結論が性急に過ぎないか。君の意見を採用するなら、この地球上にはアリエル顕現以前から多数の〝異世界エルフ〟が存在した、あるいは今も存在することになるが」

「環境に迎合する〝アリエルたち〟の性質を考えれば、おかしな話でもないと思いますケド」

「ふむ。君も日本エルフ研究省の存在を信じるタチか」

「なんですかそのセンスのかけらもない省庁の名前」

「義光《よしみつ》の発案だ。裏の世界でエルフの研究に勤《いそ》しむ、秘密の国家組織ということらしい」

「うわぁ、義光サンらしい」

「ヨッシー、もうちょっとその、なんだ、考えろよ」

「直樹《なおき》さんってお茶目なんですね。ちょっと意外でした」

「……」

確かに発言した覚えはあるので、義光は言い訳という名の反論を、ぐっと呑《の》むのであった。

「義光サンのクソセンスはともかく、根拠としてはもうひとつ。私たちはこの現代に、アリエル以外の異世界エルフが存在する可能性について、既《すで》に認知してるじゃないですか」

「……ナシエルのことだよね？」

「プッ」

「今笑ったの誰《だれ》？」

「落ち着け義光。流石《さすが》に少し面白かった」

忍とその協力者、何より異世界エルフの存在を掌握し、国家の管理保有する台帳《データベース》すら書き換え、今も忍たちを監視しているであろう存在。

アリエルを中田《なかた》忍邸に運び入れた疑惑もあるが、現状その思惑《おもわく》は一切不明。

敵か味方か、謎《なぞ》の〝ナシエル〟。

そう言えばこちらの名付け親も、直樹義光《なおきよしみつ》であった。

どこからか漏《も》れた笑いも、無理からぬことだと言えよう。

「まあ、いいけどさ。今の話だと、一ノ瀬《いちのせ》さんはナシエルの正体を、先に地球に来ていた異世界エルフのひとりか、異世界エルフ同士の互助団体とかだって考えてる感じ？」

「そうですね。例えばナシエルのネット監視なんかは、異世界エルフたちが地球で独自に改良した埃魔法《ほこりまほう》を使ったとすれば、ある程度の説明が付くんじゃないでしょうか」

埃魔法も相当センスレスなネーミングだが、誰《だれ》も突っ込まないのは命名者が忍《しのぶ》だからだ。別に忍がみんなに愛されてるとかそういう話ではなく、ズレた忍がズレた名前を付けても大して面白くない一方、普段しっかりした義光がズレた名前を付けると、やや面白い感じになってしまうのだという話である。

「じゃあ、ナシエルが僕たちにアプローチしてこない理由は？」

皆が言葉に詰まりそうな義光の問い掛けだったが、由奈《ゆな》はさして悩まず切り返す。

「ひとつの推論ですが、むしろ私たちに干渉したくないからこそ、アリエルに公的な身分を与えたのかもしれません」

「あ、そっか。私たちが何か失敗したら、異世界エルフの存在がバレちゃいますもんね。異世界エルフ《じぶんたち》の存在は誰にも知られたくない、でもアリエルさんのことを世間にばらしたくないって〝ナシエル〟が考えたなら、黙ってパスポートとかを送り付けるしかなかったんだ」

「いや……でもよ、それって回りくどくねぇ？　〝ナシエル〟が直接面倒見るとか、ちょっとアレだけどよ……殺すかしちまったほうが、〝ナシエル〟にとってはよっぽど楽じゃんか」

「自分の生活は侵されたくない、されど殺すには忍びないというメンタリティの持ち主は、現代社会においても珍しくない。実に人間的で皮肉だ」

「流石《さすが》忍センパイって感じですね。ナシエルが聞いたら泣きますよ多分」

「ま、まああ、まだ推論段階でしょ。虫が好かないのは分かるけど、はっきりしないことで誰かを責めるのは、忍らしくないいんじゃないかな」

「……それもそうだな。すまない義光」

酌量の余地を予《あらかじ》め確認し、非を追及すべきと確信するまで悪口を言わない性質《タチ》の忍が、面識すらないのにここまで嫌悪感を露《あら》わにする相手は、ナシエルぐらいのものだ。

それだけ異世界《アリエル》エルフのことを考えた結果だとすれば不自然でもないのだが、忍のらしくない姿をあまり見たくない義光は、危険を承知でナシエルを庇《かば》うのだった。

「一ノ瀬君の意見は理解したし、根拠があることも承知した。だが、まだ引っかかる」

「でしたら、まだ呑《の》まないでください。私も見落としがないとまでは言いきれません」

「いや、論点自体は特定できているんだが、皆の同調が得られるものかは検討の余地が残る」

「今更《いまさら》じゃね？　もうみんな、ノブの素《す》っ頓狂《とんきょう》な話にゃ呆《あき》れ慣れてるだろ」

「ふむ」

身も蓋《ふた》もない徹平《てっぺい》の言い種《ぐさ》だったが、忍《しのぶ》の胸は打ったらしい。

「では……この際、宇宙だ銀河だの話はすべて捨て置くとしよう」

「……お、おう」

急に話のスケールが壮大になり、早くも自らの言葉を後悔し始める徹平であった。

「現在の地球上において、表面積の約71パーセントは海面で、約3パーセントは高山地帯や砂漠などの非定住地《アネクメーネ》。残りの約26パーセントが定住地《エクメーネ》及び農業不可能地帯《スヴォクメーネ》となる訳だが」

「忍さん忍さん、専門用語多過ぎます」

「徹平サンのこと考えてください」

「そうだそうだ」

「すまない」

「あー……つまり、無作為に地球上のどこかへ異世界エルフを転移させた場合、74パーセントくらいの確率で遭難するか溺死《できし》する、みたいなことが言いたい感じ?」

「そうなる」

抜群の理解力で補足を差し挟む、直樹義光《なおきよしみつ》であった。

「それだけのリスクを被転移者に負わせ、当人へ何ひとつ説明もせず、何故《なぜ》異世界の人々は異世界エルフを地球に送り込む。合理的な説明が成り立たん。言葉通りの意味不明だ」

「……ご都合主義、じゃ納得してくれませんよね、忍さんは」

「当たり前だ。漫画や小説ではないんだぞ」

毎度ぶっ飛んでいる忍の意見にしては、あまりにも地に着き過ぎた内容故《ゆえ》に、由奈《ゆな》と義光も易々とは反論できない。

だがここに来て、きょとんと気の抜けた顔をした男がひとり。

「え、何、ノブお前、そんなことで悩んでたの？」

「当然だ。現実世界において、理由なき奇跡など存在しない。かかる事物が大掛かりであればあるほど、そこに根拠となる理由があるのは世の常だ」

「だから、可哀想《かわいそう》だったんだろ」

「可哀想とは」

「アリエルちゃんは広い世界にただひとりで、寂しかったんだよ。そんで、自殺するぐらいなら新しい世界で頑張ってね、っつって、シェルターが地球に転移させたんじゃねえの。お仲間はいないにしても、それっぽい奴《やつ》らが生きている、この地球にさ……」

キメ顔で語る徹平に、忍はなんと言ったものか悩み始め、由奈は自分で買って隠していたアッサムティーのお代わりを淹《い》れに席を立ち、義光はとても悲しそうな表情になり、環《たまき》は。

「徹平さん」

「あん？」

「なんでも感情論で片付けるのは止《や》めましょう。議論の余地はまだあるはずです」

優しく諭《さと》すように、徹平《てっぺい》へ語り掛けるのであった。

◇◆◇◆◇◆◇

そして、間もなく日付が変わる頃《ころ》。

「今論議すべき話はこんなところか。ひとまずこれで散会としたいが、皆どうだ」

「いいと思うよ」

「承知しました」

「おう、遅くまでお疲れさんな」

「分かりました！」

大人たちはもとより、環《たまき》もすっかり落ち着いた様子で応じる。

もとより環の本質は忍《しのぶ》に近く、きちんと論理立てて話をすれば、環がこの家に住むことの非常識さや、今更《いまさら》アリエルとの接し方を変える必要がないことも、素直に理解できるのだ。

「では最後に、今後の方針を簡単に説明しておく」

だが、いくら大人びているとはいえ、御原《みはら》環も十六歳の女子高生である。

不謹慎と自覚しながらも、これからの異世界エルフ《アリエル》との生活に胸躍らせずにはいられない。

「転移の経緯や異世界についての謎《なぞ》など、不明瞭《ふめいりょう》な点は数多い。しかし、今宵《こよい》のアリエルの話を信じるならば、アリエルは幾星霜《いくせいそう》の孤独を耐えた悪意なき被害者であり、帰る術《すべ》を持たない流離人《さすらいびと》であり、元の世界に帰りを待つ者すらいない、天涯孤独の存在ということになる」

忍がアリエルを世間の目から隠した理由には、現代社会が異世界エルフ《アリエル》を受け入れないであろうという懸念はもちろん、異世界エルフ《アリエル》側から見る人類へのスタンスが不明瞭で、突然とんでもない破局を発生させかねないという危惧《きぐ》も含まれていた。

言語教育や魔法少女《エル・シリーズ》を通じた倫理教育に手応えを感じていたとはいえ、ここに来て人類に一切害のない出自が確認できたのは、アリエルの社会進出を検討する上で重要な担保となる。

無論、環も人類と異世界エルフの融和を望んでいたし、この調子なら美羽《みう》さんと三人でお出掛けできちゃう日も近かったりして!?　ぐらいの期待は当然していたし、そうした素敵な思い出でアリエルの未来を彩ることこそ自分が為《な》すべき人生の命題だ、などと考えてしまう程度には、アリエルを心底慕い、想《おも》っていたのである。

だからこそ。

次に放たれた忍の言葉は、御原環の虚を突いた。

「故《ゆえ》に、外へ出す方針は予定通り、むしろ前倒しすら視野に入れて進めたい。俺も手配は進めるが、皆の力を借りることも少なくないだろう。今暫《しばら》くの間だ。皆、引き続き宜《よろ》しく頼む」

恭《うやうや》しく頭を下げる忍《しのぶ》に、やや渋めの表情で頷《うなず》く義光《よしみつ》、由奈《ゆな》、徹平《てっぺい》。

卓上の空気は、アリエルの話が終わった直後のように、重苦しいものへ戻っている。

環《たまき》は〝外へ出す〟という単語になんらかの含みを感じていたし、『六月の週末はドコイク?』的な話の前振りではないことぐらい、流石《さすが》に予想がついていた。

動悸《どうき》が静かに高まり、喉《のど》が張り付いて声も出ない。

あるいは環自身も、無意識のうちに感じていたのだろう。

自身と忍たちの間に生じている、致命的な認識の誤りを。

「いきなり放り出すのでは無責任に過ぎるし、人類にとっても異世界エルフ《アリエル》にとっても不利益しか生じさせまい。まずは借家を用立てて、夜をひとりで過ごすことを覚えさせ、徐々に面会の機会を減らし、仕送りだけで生活が完結するよう訓練を進める。なんなら区役所の管轄に住まわせ、俺の目が届く範囲で福祉の恩恵に与《あずか》らせても構わん。アリエルの状況に鑑《かんが》みれば、転移生活保護と就労支援を並列して受けることも不可能ではあるまい。順当に進められれば、転移が確認されてちょうど一年となる、十一月中旬頃《ごろ》にはすべてを完遂できるだろう」

環には、忍の言葉の意味が分からない。

環には、義光たちが戸惑わない理由が分からない。

あるいは環も、とっくに理解していたのだ。

最初から知っていたけれど、認めたくなかった。

中田《なかた》忍が、善意の異常者であることを。

社会常識から外れた独自の信義を、何よりも重んじて。

それを貫くためならば、一切の手段を選ばない。

そんな中田忍だからこそ、こうして異世界エルフ《アリエル》を護《まも》り続けて来れたのだ。


そして。

そんな中田忍、だからこそ。


「忍さん」

「どうした、御原《みはら》君」

「ひとつ、教えて欲しいことがあるんです」

「いいだろう。言ってみろ」

「はい」

「忍さんは、何を外に出すつもりなんですか?」

「異世界エルフ《アリエル》だよ。彼女には近々、この家から出てもらう」


何も言わなくなった、言えなくなった環《たまき》に構うことなく、大人たちの話は進んでいく。

「取り急ぎ困るのはご飯ですかね。忍《しのぶ》センパイが毎食作って届けるならいいんですけど」

「あまり現実的ではないな。早いうちに自炊を覚えさせるほうが、いくらも手堅いだろう」

「完全自炊なら、結構な前準備が要るんじゃねえの? 良ければウチで見繕っとくけど」

「有難いが、今後も何かと物入りだし、やりくりもひとつの学びだろう。俺の家にある調理器具を持って行かせるさ。俺ひとりの生活に戻れば、料理の機会などそうあるまい」

「なんだか勿体《もったい》ないね。せっかく上手《うま》くなったのに」

「じゃあ私のを譲りますよ。その代わり忍センパイは、週一で私にお寿司《すし》握ってください」

「対価が重過ぎるし、何故《なぜ》俺から取ろうとしている」

「いいじゃないですか。今までの手間賃のお釣りみたいなものですよ」

「正規の料金を徴収した上、釣りまで接収するつもりか。悪徳業者が過ぎるぞ」

「あ、忍センパイひどい。私を利殖勧誘の手先みたいに。馬鹿《ばか》。阿呆《あほう》。冷血漢。国民生活センターに苦情叩《たた》き込まれて是正勧告されちゃ」

「ふざけないでくださいっ!!!!!!」

環が怒号とともに立ち上がり、右手に力が籠《こも》る。

柔らかい素材でできたプラカップが、ぐにゃりと歪《ゆが》み。

大人たちは刹那《せつな》、静まり返る。

「御原《みはら》君、もう真夜中だ。非常識な大声を出すべきではない」

「非常識なのはどっちですか!?」

「君だろう」

「し・の・ぶ・さ・ん・で・す・よ!!　説明してください!!　どういうつもりなんですか!!」

「どうもこうもあるまい。俺の目標は最初から、アリエルを現代社会に溶け込ませ、独りで生きられる環境を整えてやることにあった。アリエルが言葉を解し、この世界の倫理を学びつつある今、奴《やつ》をこの家から出すのは当然のことだ」

「……ちょっと、ちょっと待ってください。忍さんの仰《おつしや》ること、全然理解できないんですが」

ナシエルから身分証類が送られてきたその日、誰《だれ》よりも忍の考え方に理解を示していた環。

そんな冷静さすら保ち続けられないほどに、アリエルの存在は環の心を占め過ぎていた。

「アリエルを、独りで、生活させる。理解に困ることなどないだろう」

「だからそれがワケわかんないって言ってるんですっ!!」

環《たまき》は絶叫し、救いを求めるように周囲へ視線を向けるが、応《こた》える者はいない。

義光《よしみつ》は黙りこくり、由奈《ゆな》と徹平《てっぺい》は憐《あわ》れむような眼差《まなざ》しで環を見つめていた。

怒りと動揺がないまぜになり、環の混乱は加速する。

「だ、だって、おかしいじゃないですか。ついさっき、アリエルさんの寂しかった話、聞いたばっかりじゃないですか。これからはもう大丈夫だよ、寂しくないよ、安心して一緒に地球で生きていこうね、ってなる場面じゃないですか!!」

ここまで激情を爆発させていながら、環の目に涙は浮かんでいない。

泣きたい気分なのは同じだろうが、根底に流れる感情そのものが違っているせいだろう。

恐らくそれは、目も眩《くら》んでしまうほどの、純粋な怒り。

「いくら忍《しのぶ》さんの言うことだって、おかしいです……ううん、忍さんだけじゃない。皆さんだっておかしいです。絶対おかしいです。皆さん、いい大人じゃないですか。どうしてみんな、そんなひどいこと聞かされて、あっさり納得しちゃってるんですか。なんでアリエルさんの為《ため》に怒ってるのが、私だけなんですか。どうしてですか。どうしてなんですかっ!!」

「……大人だから、かな」

「……は?」

か細い義光の呟《つぶや》きが、環の激情を逆撫《さかな》でする。

「忍、また遅くなっちゃうけど、御原《みはら》さんと話してもいい？」

「俺のほうは構わんが、肝心の御原君がこれではな」

「だってさ。御原さん、まずは少し落ち着こうか」

「落ち着けるわけないじゃないですか！」


「それ、本気？」


「……っ」

「僕は、君が忍の警告に応じて、あくまで大人の態度と判断で話を聞くって言うから、連れ帰るのを止《や》めたんだ。約束が守れないなら、僕に君の意志を尊重する必要はなくなるよね。これ以上うるさくするなら、引きずってでも即連れ帰るけど、それでも黙れない？」

環が言葉に詰まったのは、義光の言葉に納得したからでも、脅しに屈したからでもない。

普段通りに紳士的な物腰のまま環を威迫する義光に、気圧《けお》されてしまったが故《ゆえ》だ。

別に環のほうでも、物腰の低い義光を侮ったり、下に見ていたわけではない。

ただ、人生経験の少ない環は、少しだけ認識を誤っていた。

忍のように理論武装が得意であったり、由奈のように自分勝手な生き方をするに足る能力があったり、徹平《てっぺい》のように強気で他人を圧倒できる大人ばかりが優れているわけではない。

本当に恐ろしい存在ほど、その恐ろしさを周りに悟らせない。

直樹義光《なおきよしみつ》は、そうするだけの分別を持ち合わせていた。

「どうなの、御原《みはら》さん」

「……」

「御原さん」

「……分かりました」

「その前に謝りなよ」

「……約束を破って、すみませんでした。大人しくしますから、理由を教えてください」

「忍《しのぶ》、許してあげるの？」

「彼女も今日まで力を貸してくれた、敬意を払うべき協力者だ。こちらのルールに合わせるのであれば、俺も誠意を以《もっ》て応じよう。まずは掛けてくれ、御原君」

「……はい」

義光に気圧《けお》され、少しだけ冷静さを取り戻した環《たまき》は、静かに椅子《いす》へと座り直す。

だが、その瞳《ひとみ》に浮かんだ激情の炎は、未《いま》だ消えずに燃え盛っている。

「すまんな、義光」

「ううん。御原さんもごめんね。ちょっと強く言い過ぎちゃった」

先程と同じ、柔らかい物腰のままで頭を下げる、直樹義光。

あまりに普段通りなその様子が、今はむしろ恐ろしかった。

「御原君。君にはかつて、アリエルと友誼《ゆうぎ》を結ぶよう頼んだな」

「頼まれましたし、頼まれなくてもそうしましたよ。だからこそ許せないんじゃないですか」

「ならば君は、ひとつ勘違いをしているのだろう」

「……勘違い？」

「そうだ。今の関係を続ける限り、俺たちとアリエルは真の意味で友誼を結べない。それだけの非道を、俺たちはアリエルに強《し》いているんだ」

「やっぱり話が無茶苦茶です。忍さんがアリエルさんを大切にしてること、私だってよく知ってます。アリエルさんも喜んでますし、忍さんのこと、凄《すご》く慕ってるじゃないですか」

「大切などと烏滸《おこ》がましい。産む機械と愛玩《あいがん》動物扱い、果たしてどちらが人道的なのやら」

「な……っ」

政治家ならば辞任させられかねないレベルの暴言を聞かされ、却《かえ》って冷静になる環。

環は過去の経験から、忍が確信犯の偽悪者だと知っていたし、環自身の思考パターンもまた、どちらかと言えば一般人より中田《なかた》忍に近い。

先程より僅《わず》かに心情が落ち着いたことに加え、忍の放った〝産む機械〟の言葉が異世界の〝人々〟の思惑《おもわく》を揶揄《やゆ》するものだと正しく想像し、溜飲《りゅういん》を下げたのである。

忍《しのぶ》がそこまで計算して言葉を選んだのか、定かではないが。

「文明復興という崇高《すうこう》なる目的、かつ予期せぬ不具合の顚末《てんまつ》であろうと、アリエルに人格を持たせながら孤独に陥れた〝人々〟の所業は気に食わん。だが〝異世界エルフの保護〟と銘打った俺の行為もまた、度を過ぎれば〝人々〟のやり口と同じだけ非道だ」

環《たまき》は想像する。

忍が、周りの大人が、共通認識として抱いていた、その理屈を。

この期《ご》に及んで異世界《アリエル》エルフを追い出さんと語る、その理由を。

「俺は異世界《アリエル》エルフを保護することを選び、アリエルに弱みを晒《さら》すことで、君を迎え入れる罪悪へアリエルを加担させた。君は異世界《アリエル》エルフと交わることを選び、家族と自分自身の危険も顧みず、アリエルと友誼《ゆうぎ》を結ばんとした。あるいは義光《よしみつ》も、一ノ瀬《いちのせ》君も、徹平《てっぺい》もそうだ。俺たちには常に、俺たちの生き方を選ぶ権利と、その選択肢が与えられていた」

環は知っていた。

中田《なかた》忍の理屈は、常識に照らせば、常に少しだけ外れているけれど。

常に物事の本質を捉《とら》え、はるか遠くにある合理的な結論と、しっかり繋《つな》がっていることを。

「だがアリエルには、選択肢など最初からなかった。右も左も分からぬ異世界で、ついに出逢《あ》えた感情を交わし触れ合える相手の望みを、アリエルに断れるはずがないだろう」

故《ゆえ》に御原《みはら》環は、忍の言葉を否定できない。

どれだけ否定したくても、どれだけ望まない言葉が紡がれようとも。

その結論を、否定できない。

「アリエルに選ぶ権利はない。俺たちに何を望まれようと、受け容れざるを得ないんだ。要求がアリエルの意に沿ううちは、まだいい。しかし、意に沿わぬ要求をされたとしても、アリエルは俺たちとの繋がりを保ち続けるため、それを受け容れてしまうだろう。俺はそれを健全な友誼とは考えない。絆《きずな》を餌《えさ》に隷属を求める、傲慢《ごうまん》かつ卑劣な悪徳と考える」

目の前が真っ暗になったような感覚を覚え、環はテーブルに手を突いた。

もし立ち上がっていたならば、そのまま床に倒れ込んでいたかもしれない。

視界がぐるぐる回り、気分が悪い。

反論する気力すら、湧《わ》いてこない。

それほどまでに忍の結論は、環の豊満な胸元へすっと刺さった。

「まあ、アリエルも、全部が全部を嫌々《いやいや》やってるって訳じゃないですよね」

「うん。御原さんと遊んでるときのアリエルちゃん、すごく楽しそうだし。本気で嫌がられたことのある僕が言うんだから、間違いないよ」

「俺から見ても、アリエルちゃんが何か我慢してるようには思えねえんだけど」

「そうだな。だが、そうなりうる可能性を残している時点で、俺たちとアリエルの関係は不健全だ。故にアリエルを一日も早く独立させ、自らの意志と判断で生きられる環境を整えてやらねばならん。様々な経験を積ませた上で、俺たちと同じ目線で言葉を交わせるようにな。そうすることで俺たちとアリエルは、初めて真の友誼《ゆうぎ》を結べるのではないか」

大人たちが、口々に気遣いの言葉を並べ立てる。

即ちそれは、大人たちがそれぞれその結論に思い至り、受け容れている証明でもあった。

子供の環《じぶん》だけが、その枠の中にいるようで、その枠の外にいたのだ。

「……」

握りしめたプラカップが、ふるふると揺れる。

もはや原形を失うほどに醜く歪《ゆが》み、中のコーヒー牛乳は、今にも零《こぼ》れてしまいそうだ。

だが、それでも。

「忍《しのぶ》さん」

「どうした、御原《みはら》君」


「すみませんでした。私が、間違っていました」

席に着いたまま、乾いた声色《こわいろ》で。

深々と頭を下げ、詫《わ》びの言葉を並べる環《たまき》。

その姿を、普段通りの仏頂面《ぶっちょうづら》で見下ろす、中田《なかた》忍。

「私、忍さんの仰《おつしや》るようなこと、全然考えてませんでした。
だって私、忍さんたちの仲間に入れてもらって、すっごく、嬉《うれ》しかったんです。
忍さんに散々厳しいこと言われたり。
ナシエルが私たちを監視してる、なんて話が出て、大騒ぎになったり。
エル☆ルナの件ではしゃぎ過ぎて、由奈《ゆな》さんにみっちりお説教されたり。
全部が全部いいことばっかり、ってわけじゃありませんでしたけど。
その何十倍、何百倍、幸せなことや楽しいことがいっぱいあって、嬉しくって。
だから、アリエルさんに嫌《いや》な思いさせるかも、なんて、考えられなかったんです。
我慢させちゃうかも、なんて、全然考えてなかったんです」
忍は答えない。
環の謝罪を、否定しない。
その行為がどれだけ残酷か分かっていながら、誰《だれ》も口を出さない。
「だってひとりは寂しいんです。
嫌な思いだって、いい思いになっちゃうんです。
それくらい、誰かと一緒にいられることって、素敵なことなんです。
健全とか、卑劣とか、選べるだけ傲慢《ごうまん》です。
独りに戻るのって、それだけ辛《つら》いことなんです。

いけませんか。

どんな風に扱われようと、誰《だれ》かの傍にいたいって望むのは。

そんなに、いけないことなんでしょうか」

忍《しのぶ》は答えない。

ただ黙ったまま、御原環《みはらたまき》を見下ろして。

環の求める答えを、環自身の中から引きずり出そうとしている。

「……大丈夫です。ほんとは私も、ちゃんと分かってるんです。真剣にアリエルさんの将来を考えたら、私たちがどうするべきなのか、理解できてます。もう一回、すみません。変なこと、急に言い出して、ごめんなさい」

「構わんさ。先に十分な説明をしておくべきだった。俺のほうこそ、すまない」

「とんでもないです。お気遣い、ありがとうございます」

もう一度、丁寧に頭を下げた環は、そのまま義光《よしみつ》に向き直る。

「直樹《なおき》さん、お願いがふたつあるんですけど」

「うん。なんだろ」

「ひとつは、申し訳ないんですけど、家まで送っていただきたいんです」

「最初からそのつもりだよ。もうひとつは？」

「……最後にちょっとだけ、アリエルさんの寝顔、見て行ってもいいでしょうか」

「……」

「大丈夫です。変なことしたり、部屋に立てこもったりとか絶対しません。本当にちょっとだけなので、お願いします」

「……忍」

「構わんが、アリエルも疲れて寝ているところだ。起こさないように気遣って貰《もら》えるか」

「分かりました。ありがとうございます」

席を立った環は、そっとドアを開け、アリエルの眠る寝室に消えた。


「忍センパイ」

「なんだろうか」

「柔らかいカップ、わざとですよね。投げつけられたら、追い出すつもりだったんでしょう?」

「酷《ひど》い目に遭《あ》うのは二度で十分だ。これ以上コーヒー牛乳を嫌いたくはない」

「子供に大人の真似《まね》事を強《し》いる大人は、酷くないんですか」

「必要なときに、必要なことを、必要なだけやれるのが大人だ。アリエルの自立のため、嫌われ役が必要だと言うなら、泥を被《かぶ》るべくは俺以外にあるまい」

「……忍センパイは、卑怯《ひきょう》です」

「そうだろうか」

「ええ。だから私も、これ以上責めてあげません」

「……一ノ瀬《いちのせ》君は、手厳しいな」

「はい」

◇◆◇◆◇◆◇

暗闇《くらやみ》の中。

環《たまき》はそっと、アリエルの頬《ほほ》を撫《な》でる。

「私が、もっと大人だったら……」

虚空に向けられた声が、闇に溶けて消える。

元より返事など期待していなかった環は、諦《あきら》めたかのように立ち上がり。

「……ごめんなさい」

か細く呟《つぶや》いて、アリエルの傍を後にする。

「……」

もちろん、アリエルは応《こた》えない。

耳をぴんと立て、目をしっかりと閉じたまま、静かに寝息を立て続けていた。

第三十七話　エルフとスープの冷めない距離

ピピピピピピピッ　ピピピピピッ

着信に気付いた忍《しのぶ》は、歩む足を止めないまま、懐からスマートフォンを取り出した。


「義光《よしみつ》か」

『うん。元気？』

「まあな。用件はそれだけか」

『そんな訳ないでしょ』

「急ぎの用でないなら、後で折り返してもいいか。悪いが今、膝《ひざ》と腰にあまり余裕が」

『いやだからさぁ！』

「どうした」

『今日って何日か知ってる？』

「六月九日、土曜日ではなかったか」

『そう！　この前微妙な感じで解散したっきり、もう二週間経《た》ってるんだよ？　その間全然音《おと》沙汰《さた》ないし、家にも来るなって言うから、様子どうかなって気になったの！』

「まだ二週間だ。アリエルが来る前は、ひと月連絡を取らんこともあったろう」

『……いや、確かにそうだけど。状況が違うでしょ状況が』

「変わってしまった日常を元に戻すための期間なのだから、前と同じで然《しか》るべし、だ。一ノ瀬《いちのせ》君や御原《みはら》君、無論徹平《てっぺい》にも、緊急時以外の来訪は控えるよう求め、個別に承諾を得ている」

『……あぁー、そういう感じ？』

「アリエルを愛玩《あいがん》動物から善き隣人に昇格させることで、俺たちは日常を取り戻す。アリエルを自立させる件は当初からの規定路線だし、その有為についても説明したはずだが」

『あれで良かったと思うの？』

「御原君のことなら、心配するだけ彼女に無礼だ。元々彼女には、俺と同じレベルの覚悟が示せないなら、異世界エルフに関わる資格はないと通告してある。そして彼女は期待に応《こた》え、最後は冷静に異世界エルフと向き合った。大したものだ」

『僕、御原さんのことだなんて言ってないよ？』

「義光は面白いな。あれだけベタな勧進帳を演じたくせに、しらを切るつもりか」

『勧進帳……って、なんの話？』

「有名な歌舞伎の演目だ。源頼朝《みなもとのよりとも》に追っ手を差し向けられた源義経《みなもとのよしつね》一行が、山伏を装って関所を抜けようとするが、関守が荷物持ちに扮していた義経を見咎《とが》め、偽の山伏ではないかと疑いを掛ける。そして、山伏ならば必ず持っている勧進帳を読み上げろと迫られた際、義経《よしつね》の一の部下、武蔵坊弁慶《むさしぼうべんけい》が進み出て、白紙の巻物を勧進帳のように読み上げて見せた。さらに弁慶は、義経を金剛杖《こんごうづえ》で徹底的に殴り倒し『この荷物持ちが義経に似ていると言うならば、もう鬱陶《うっとう》しい。あなたの目の前で殺してやりましょうか!!』などと言い放ち、窮地を逃れる。転じて、相手のことを思いやるが故《ゆえ》に、敢《あ》えて惨《むご》い目に遭《あ》わせるさまを――」

『分かった! 分かったから!! 認めるからもう止《や》めて!!』

「俺に意図を気付かせたかったのだろう。そうでなければ、芝居にしても陳腐に過ぎたぞ」

『……言い方が意地悪だよ、忍《しのぶ》』

「すまん」

『まあ、僕の配慮も足りなかったんだけどね。御原《みはら》さんはナシエルの件でも一番冷静だったし、案外割り切ってくれてるのかも、なんて、直前まで楽観視してた』

「しかし、最後は立ち直っただろう。彼女もまた、俺の信頼できる仲間だ」

『……はぁ。もういいや』

「含みを感じるな。どうした」

『なんでもない。御原さんはどうしてるのかな、って思っただけだよ』

「彼女とはメッセージをやりとりしているし、アリエルと電話もさせている。ややルール違反の向きもあるが、おかげでアリエルが電話の概念を覚えた」

『あ、そうなんだ』

「毎日登校しているようだし、部活動やアルバイトにも興味を持っているようだ。彼女については日常を取り戻すだけでなく、前より良い生活を送ってくれれば、俺としても喜ばしい」

『……ほんと、そうだね』

「うむ」

『ちなみに忍はどう？　何か困ったりしてない？』

「心配は有難いが、今のところ平気だ。相談が必要ならば電話もメッセージも飛ばせるし、一《いち》ノ瀬《のせ》君とは職場で毎日顔を合わせている。ひとりで抱《かか》え込むような状況にはないつもりだ」

『あ、そっか。なら安心だね』

「ああ。今日も彼女のアドバイスを受け、アリエルと散歩に出ているところだ」

『え、真っ昼間から出歩かせてるの？』

「独り暮らしを見据えているのに、昼間歩けませんでは話にならんだろう」

『まあ、確かに。また近くの公園？』

「いや。今日は物件探しも兼ねて、少し遠出している」

『へぇ、どこまで？』

「俺にもよく分からん」

『はぁ』

「一ノ瀬《いちのせ》君が『初めての別居なら、スープの冷めない距離が丁度良いって聞きますよ』と言うものでな。彼女が時々昼食に持参している汁物用の魔法瓶と同じものを買い、コンソメスープを詰め、道の続くまま歩き続けている」

『どれくらい？』

「家を出たのが午前十時だから、もう二時間ほどになるか。まだまだスープは温かい」

『忍《しのぶ》』

「どうした」

『普通に考えて鍋でしょ。鍋で作ったスープを温かいうちにやりとりできるくらい近い距離で住もうね、って話じゃないのかな』

「……」

『……』

「やはり義光《よしみつ》は頼もしい」

『僕には時々、忍がかわいらしく思えるよ』

◇◆◇◆◇◆◇

幸か不幸か、梅雨の晴れ間であった。

空には雲ひとつなく、頑張れば年齢なりには歩ける忍と、そこらのヒトとは比較にならないほど健脚な異世界エルフ《アリエル》は、二時間ちょっとの散歩道でかなりの距離を進んでいる。

そして、二時間かけて進んだ距離は、二時間かけて戻らねばならない。

当然の帰結であった。

「すまんな、アリエル」

「カマワンヨ。何がすまんですか、シノブ？」

アリエルの服装は、少し前に由奈《ゆな》から譲ってもらった、夏のアメリカ人女性が着るようなややぱつぱつのTシャツにジーンズのパンツルック。

紫外線の影響が気になるが、相手は数十年単位、毛皮一丁で狩り暮らしのアリエルである。

異世界の太陽が紫外線を発していたか確認する術《すべ》はないものの、少なくとも身体《からだ》の心配については、むしろ忍がされるべきところであった。

「俺の勘違いで、余分な距離を歩かせてしまった件についてだ」

「それはすまんではないですね。アリエルは、シノブとお散歩、とってもタノシー」

「ふむ」

アリエルはご機嫌である。

ように見える。

あくまで、そう見えるだけだ。

その真なる心中を、忍《しのぶ》が覗《のぞ》くことはできない。

「シノブはお散歩、タノシーではナイですか」

「俺には意義ある散歩なので、歩き回るに吝《やぶさ》かではないが、お前にとっては違うだろう」

「ナンデ?」

「この散歩もまた、お前を家から出す算段のひとつだからだ」

「フムー」

忍はアリエルに対し、家を出て貰《もら》うつもりでいること、そのための準備に協力して欲しいことと、必要な知識を学んで貰いたいことを既《すで》に伝えていた。

いつ伝えたかと言うと、五月二十七日の朝食後である。

言い換えれば、アリエルが異世界の孤独な思い出話を語った、すぐ翌日。

動揺や反発も予想されたが、果たしてアリエルは静かに微笑《ほほえ》み、忍の提案を受け入れた。

やはり飼い殺しの異世界エルフ《アリエル》は反発すらできないのだと解釈した忍は、決意も新たに自立遂行へ邁進《まいしん》するのであった。

「おうち探し、タノシーですよ」

「ふむ」

「前いた世界では、おうち探しがムズカシーでした」

「シェルターに住んでいたのではなかったか」

「シェルターの前のおうちです。大きな樹の上でオトマリしていましたが、冷たい水が落ちてきたり、冷たい白いものが落ちてきたり、すごいニガテでした」

「異世界にも、雨や雪があるのだな」

「アメヤユキ？」

「空から降る汚水、あるいはその成れの果てだ」

「ホォー」

「もうすぐ梅雨も本番だ。じきに凄《すご》い雨が降る。そのときにまた、散歩へ連れ出してやるさ」

「はい！」

忍は早速、ズボンベルトとチェーンで結着された鍵付きの手帳を取り出し、『(乙分類予定)異世界エルフに自然の理《ことわり》を伝える』と書き込み、しっかりと施錠した。

三十二歳社会人男性が、ベルトから生やす金属チェーン。

もし由奈《ゆな》に見つかれば、第三次ファッション緊急事態として即処分されることだろう。

「ようげき！　かいめつ！　いきとしいける！　しんかい！　ぜっかい！　ばーにはーっ!!」

忍の心中を知ってか知らずか、アリエルは魔法少女《エル＝ルナティック》のテーマソングを口ずさみながら、ご機嫌の様子でずいずい進んでいく。

事前にしっかり交通ルールを学ばせた成果か、横断歩道や車道の前では機械仕掛けのようにビィンと立ち止まり、キュッキュと安全確認してから進むので、轢《ひ》かれる心配はない。

ただ、忍《しのぶ》の運転時の挙動に似ていて気持ち悪いので、いずれ由奈《ゆな》に是正されることだろう。と。


「アリエル」

「あい」

「そちらは止《や》めておこう」

「ナンデ?」

「今回の散歩は、俺たちの知らない場所を歩くのが目的のひとつだ。そちらには御原《みはら》君の家があるので、少し迂回《うかい》したいと考えているんだが」

「分かりました」

素直なアリエル。

しかし忍は、その反応に違和感を覚える。

「何か気になるのか」

「ナリマセン。目的が大事です」

「そう言うな。俺の表現が適切ではなかった。コースを選定する検討材料にしたいので、何か気付いたことがあるなら、教えて貰《もら》いたい」

「オシエルですか」

「ああ。無理にとは言わんがな」

「フムー」

アリエルは暫《しば》し空を見上げ、地面を見下ろし、フムームフーと表情をくるくる変える。

かわいい。

「センモンガイなので、シロートシツモンでキョーシュクですが」

「待て」

「はい」

「徹平《てっぺい》か」

「いえ。ヨシミツが『ちょっと自信がない話をするときは、この前置きをしてから切り出すと角が立ちにくいんだよ』って教えてくれました」

「……そうか」

――義光《よしみつ》のことだから、悪意はないのだろうが。

――少し注意が必要かもしれんな。

内心毒づく忍は、まず徹平に謝るべきであった。

「それで、自信のない話とはなんだ」

「はい。こちらのほうに、コレゼッテーウケルカラの何かがあるっポイです」

「笑えるのか」

「ワラエル？」

「ああ……いや。この場合、興味深いという意味で捉《とら》えるべきか」

「それです。キョーミシンシンの何かが、こちらにあるっポイです」

「御原《みはら》君の反応ではないのか」

「はい。タマキとはゼンゼンカンケイネェです」

「ふむ」

忍《しのぶ》の知恵が回転する。

主に、アリエルの思い出話の中にあった〝人々〟を感知する受動的《パッシブ》な埃魔法《ほこりまほう》の存在と、アリエルのキョーミの相関性を分析するための回転であったが、『異世界エルフに変な言葉を教えると、なかなか上書きできずシリアスな会話のとき困る』というちょっとした悩みがノイズとなり、分析があまり捗《はかど》らないのであった。

「……まあ、いいだろう。結局のところ散歩だ。暫《しばら》くルートを任せるから、その『コレゼッテーウケルカラ』まで案内して貰《もら》えるか」

「はい!!」

元気いっぱい、満面の笑《え》み。

傍目《はため》から見れば実に楽しそうに、アリエルは元気よく歩きだした。

かわいい。

◇　◆　◇　◆　◇　◆　◇

「……ここか」

「はい」

高台の住宅地を、上りに上った先の先。

アリエルが足を止めたのは、そのど真ん中にある、雑木林の中心部。

そこは、忍にとっては忘れもしない、昨年末に環と決別した、あの雑木林であった。

「ここがゼッテーウケルカラなのか、アリエル」

「そのようです、シノブ」

「俺にはただの雑木林にしか見えんのだが、お前から見ると、何か特別な場所なのか」

「チンプンカンプンです」

「ふむ」

環《たまき》の話から推認すれば、ここは輝く巨大な魔法陣が発現し、異世界エルフ《アリエル》が最初に召喚されたのであろう場所であったが、忍はアリエルにその事実を伝えていない。

にもかかわらずアリエルは、この雑木林へと忍を導いた。

偶然と呼ぶには、あまりに無理があるこの状況。

だが当のアリエルは、地面をぺたぺた叩《たた》いたり、大きな樹をぺたぺた触ったりするばかり。

かわいい。

かわいいが、かわいいだけでは忍《しのぶ》が困る。

「なんでもいい。思ったことを話してくれ」

「……ではシノブ。ここの樹や草は、地球や日本のものですか？」

「植物は専門外だ。流石《さすが》に分からん」

「シロートシツモンですね！」

「そうかもな」

アリエルに無理を言った手前、なんらかの手がかりを求めて周囲を見渡すが、どの樹も草も、見たことがあるようでないようで、実に自然に風景へ溶け込んでいる。

それこそ専門家が見れば違うのかもしれないが、忍にはなんの区別も付けられなかった。

「ならば恐縮だが、詳しく教えてくれ。お前はここに何を感じた」

「ビミョーですが、ここはアリエルが前にいた世界っポイです」

「人工物ではなく、自然の中だからそう感じるのではないか」

「分かりません。アリエルは地球の草や樹を、直接見た経験が少ないです。ここの草や樹は、前にいた世界っポイですが、アリエルは別の草や樹を見ても、ポイと思うかもしれません」

「……そうか」

「他に気になるところはないです。このあたり全部がゼッテーウケルカラの感じを出していますが、それがナンデなのかは、ホントにチンプンカンプンです」

忍《しのぶ》は、現時点の分析を諦《あきら》めると決めた。

会話が通じるようになり分かったことだが、アリエルは生来の知能の高さに加え、シェルターの知識を吸収する過程で、受け容れた情報を的確に整理、分析し、自分のものとして扱う思考方法を体得しているようだった。

ただ、この地球に来るまで自身の考えをアウトプットする機会がなかったこと、日本語自体をまだ意のままに操れていないこと、人慣れしていないが故《ゆえ》の可愛《かわい》らしい発想や言動のせいで、あまり深く物事を考えていないように見えるだけなのだ。

そのアリエルが深慮の末、どうしても分からないと言うのなら、現時点での理解は本当に期待できないのだろう。

続けるよう促せばいつまでも考え続けてくれるだろうが、それは忍の本意ではない。

「では一旦《いったん》、本来の目的に軸足を移そう」

「本来の目的ですか?」

「スープが冷める直前まで、知らない土地をふたりで歩くことだ。魔法瓶を使う前提から間違っていたようだが、作られたスープに罪はない。ここで昼食としよう」

「オベントですか!?」

「ああ」

「ホァー!!」

感激のあまり噴き出しそうになりつつも、野外だからと必死に堪《こら》える健気《けなげ》なアリエル。

忍は教育の成果に頷《うなず》きを返しながら、持参したナップザックからビニールシートと弁当箱を取り出すのであった。

◇◆◇◆◇◆◇

「あれはなんですか、シノブ」

「あれとは」

「白くて、大きいです。周りに車っポイものがたくさんあります」

「ああ、あれはスーパーマーケット。店だ」

「店とは」

「人は店に対価を支払い、肉や魚、服などを手に入れる」

「お肉をシェヤフッ、お魚をビレュロッとしませんか」

「……狩りか。動物や魚を……こう……殺す」

ソフトに表現しようとして、結局ド直球の忍である。

アリエルのほうはと言えば、さして気にした様子もない。

もっともこの場合、考えようによっては、気にされないほうが少し怖いが。

「狩りです。アリエルのゴハンは、シノブが狩りしていませんか」

「人類は仕事を分担しているんだ。狩りばかりする者、狩った動物を運ぶ者、狩りと関係ない作業をする者。皆がそれぞれの仕事に集中し、出来高を交換するので、全員で狩りをする必要はない。出来高を交換する場所のひとつが、あのスーパーマーケットというわけだ」

「ホォー」

飲みごろに温《ぬる》くなったコンソメスープと、朝から一緒に握った鮭《さけ》おにぎりを平らげたふたりは、麓《ふもと》の街並みを眺めながら、とりとめもない話を続けていた。

何しろ、なんでも気になるアリエルはなんでも忍《しのぶ》に聞きたがるし、なんでも解説したい忍はなんでも詳しくアリエルに答えるので、いつまで経《た》っても区切りがつかないのである。

「シノブは、ヒトズカンですね！」

「どれも難しい話ではない。お前もすぐに慣れるさ」

「ガンバリマス」

「頑張る必要もない。ただ生きるだけならば、この国ほど楽な場所もないからな」

「そういうものですか」

「ああ」

忍はビニールシートに身体《からだ》を横たえ、ぼうっと空を見上げる。

すると傍《かたわ》らに、もぞもぞとすり寄る感覚。

「なんのつもりだ、アリエル」

「オヒルネではありませんか」

「そうだとして、俺に擦り寄る必要はあるまい」

「サムイ」

「六月だぞ」

「サムイです、シノブ」

「……」

嘆息しながらも、忍はアリエルを振り払わなかった。

仕方のないことだ。

このちゃちなビニールシートの上で変に動けば、アリエルが地面に転がり落ちてしまう。

何より本人が寒いと訴えるならば、忍がどうこう文句を付ける謂《いわ》れはあるまい。

風も吹かない、静かな雑木林。

独特の無常感と、言い知れぬ温かさ。

異世界を知らぬ忍にも感じられる、包まれるような安心感。

街の喧騒《けんそう》からも遠く離れたここは、確かにアリエルの故郷と似ているのかもしれない。

「……」

忍《しのぶ》は身体《からだ》を捻《ひね》って、アリエルに向き直る。

アリエルはどこか照れ臭そうに、微笑《ほほえ》みを返す。

いくら丘の上と言っても、こう横になっていては、麓《ふもと》の街並みなど見えはしない。

静かで誰《だれ》も来ない秘密の場所に、異世界エルフ《アリエル》とふたりきり。

そんな雰囲気に当てられたとも思えないが、忍はひとつ、実にらしくないい疑問を呈示する。

「アリエル」

「はい」

「寂しくはないのか」

「シノブが隣にいます。それだけでアリエルは、全然サミシイではナイです」

「別居計画の最中だが」

「ゼンゼンカンケイネエです」

「道理に合わんな。何故《なぜ》だ」

「アリエルのサミシイは、もっとサミシイ感じのサミシイだからです。一緒にいなくても、別のおうちに住んでも、分かるところにシノブがいます。ユナもタマキもテッペーもヨシミツもいます。サミシイでないことはもちろんないのですが、大丈夫なサミシイです」

「前の世界とは違う、という訳か」

「はい。この世界には、この世界のルールがあります。アリエルはルールを守ります」

アリエルを独居させる件について、本人の意見を具体的に聞くのは、これが初めてである。

と言うか、アリエルが自身の考えを表す機会自体が、まだそんなに多くないと言えよう。

いくら知能に優れていようと、それを形にしてやりとりするのは、別の難しさがあるのだ。

だからこそ。

アリエルは自らの犯した失態に気付かず、目ざとい忍はアリエルの言葉の瑕疵《かし》を見抜いた。

どちらかと言えば、疑念を確信に変えた、と表現すべきかもしれない。

「なあ、アリエル」

「はい」

「物分かりが良過ぎるとは感じていたが、こうも俺の考え方に沿った話を聞かされれば、俺とて気付くこともある」

「アゥ」

「お前はあの夜、熟睡などしていなかった。俺たちの話を、すべて聞いていたんだろう」

「……ウー」

「怯《おび》えなくていい。責めるつもりもない」

いたずらが見つかった子供のように、小さく萎縮《いしゅく》するアリエル。

言葉による慰撫《いぶ》を早々に諦《あきら》めた忍《しのぶ》は、アリエルの頭へ優しく触れた。

「ぴゃっ！」

「すまんな。驚かせたか」

「カマワンヨ、大丈夫です、ごめんなさい」

パニックに陥りそうなアリエルの頭を、忍はゆっくりと撫《な》でる。

掬《すく》い上げた金髪が、しなやかに指の間を流れた。

アリエルは気持ち良さと申し訳なさの狭間《はざま》に揺れているのか、表情がむずむずしている。

かわいい。

「ナンデ、ナンデですか、シノブ」

「確信を得たのは今だが、疑念を持ち始めたのはあの日の夜、去り際の御原《みはら》君と話した際だ」

「フムー？」

「アリエルが耳をぴんと立て、しっかり目を瞑《つむ》ってよく寝ていたと聞いた。一緒に寝たことのない御原君は、お前本来の熟睡を見ていないので、狸《たぬき》寝入りに気付かなかったようだな」

「……ミミですか？」

「ああ」

言いながら忍は、頭を撫でる手を小指の側から耳元に落とす。

突然の刺激に、アリエルは小さく身を震わせた。

「し、シノブっ」

「本当によく寝ているときは、この耳が閉じるのだろう」

「分かりません、アリエルは、チンプンカンプンです」

「ほう」

ぱふ

忍は手を伸ばし、ぷにぷにひんやりとしているアリエルの片耳をつまみ、目元側へ畳んだ。

「これでもしらを切る気か」

「シノブ、シノブ、これは、どうしたことですか」

「どうもこうも、お前の寝姿だ」

「アリエルはこんな風にしません。ミミをたくさん動かすのは、ちょっと大変ポイです」

「……ふむ」

その場しのぎの嘘《うそ》と断ずるのは簡単だが、困惑した様子のアリエルには〝その場しのぎ〟も〝嘘〟も、どこか馴染《なじ》まない。

ならば別のどこかが間違っている、あるいは認識に誤りがあるのだろう。

忍《しのぶ》の知恵の歯車が調子良く回転し、ひとつの結論に行き着く。

「考えてみれば、自分の寝姿など、自分自身で見られるはずもないか」

「はい。オトマリのアリエルは、ミミがパッタンとしていますか？」

「ああ。初めて同衾《どうきん》した夜は、俺も少なからず驚いた」

「フムー」

自らも耳をぺたぺたと触り、耳に力を入れ、くいくいと動かすアリエル。

慣れない動きに少し苦労したようだが、何度目かの挑戦で、耳がぴったりと目に付いた。

「できました!!」

「ああ。俺の見た通りだ」

「暗いです。そしてシノブの声があまり聞こえません」

「そうだろうな」

隙間《すきま》に指を添えて両耳を開いてやると、目を開けっぱなしだったアリエルと目が合う。

「これで聞こえるだろう」

「はい！」

アリエルはにこにこしながら、耳を閉じたり、開いたり、閉じたり、開いたりしている。

可愛《かわい》らしくコミカルなその様子に、さしもの忍も微笑《ほほえ》んだ。

「……シノブー」

「耳を傷めたか」

「チガイマス」

「では、どうした」

「……ミミがパッタンのアリエルは、ヘンではなかったですか？」

忍が言葉の意味を理解するまで、たっぷり十秒。

アリエルの表情が次第に歪《ゆが》み、両手で顔を隠す寸前、忍はようやく問いの意図に気づく。

これがシノブ脳である。

「変ではない。とても個性的だ」

「コセイテキ？」

「各個人が持つ、固有の特質のことだ。大抵の場面で好意的に捉《とら》えられる。お前が指から水を飲むのも、埃魔法《ほこりまほう》を使うのも、耳が長いのも、髪の毛で乳房が膨らむのも、すべて個性だ」

「エルフッポイ？」

「そうなる」

「イケテル？」

「ああ。いけてる」

「ホァー」

アリエルは謎《なぞ》の気体を噴出しながら、両手で自分の耳を握り、小さく丸まっている。

かわいい。

そしてポンコツ仏頂面《ぶっちょうづら》男の中田忍《なかたしのぶ》は、どうにかアリエルを傷つけず異世界エルフの生態特徴を肯定できたことに安堵《あんど》し、自分がこれからとても真面目《まじめ》な話をしようとしていた事実を、しばらく胸の内にしまっておくのであった。


忍が改めて話を切り出そうと考えたのは、蓋《ふた》の開いたスープが冷め切ったころ。

ただ、それに気付いたアリエルが、埃魔法《ほこりまほう》でスープを温めなおしてくれたため、今やスープはできたて以上の温かさであり、アリエルと忍は美味《おい》しいコンソメスープを味わいながら、和やかに話を進めるのであった。

「すまんな。本来最初から、お前も交えて話すべき議題だった」

「カマワンヨ。シノブがアリエルのために、アリエルをオトマリさせてくれました」

「結果的には言い訳になる。気を遣わなくてもいい」

「でも、アリエルはパッタンでオトマリで、とてもキモチーでした。ただ、タマキが大きな声を出したので、アリエルは起きたのです。一度オハヨウゴザイマスしようとしましたが、アリエルはオトマリしていたほうが良い感じだったので、オトマリのままにしていました」

「そうだろうな。聞かされて楽しい話でもあるまいが、同席すれば尚更《なおさら》居心地も悪かろう」

「いえ、アリエルは大丈夫なのです」

「少し前に、留守番が寂しいと話していたが」

「でも、シノブが言ったことも分かるので、アリエルは大丈夫なのです。アリエルはアリエルのおうちに住んで、シノブたちにお肉を狩りしてあげるのです」

瞬間、忍の脳裏に浮かんだ〝お肉〟は、カルガモにカラス、ドバトにハクビシンであったが、どれを捕っても鳥獣保護法違反となる上、特にドバトなどは〝空飛ぶドブネズミ〟と呼ばれるほどに体表へ雑菌が生息しているらしく、事実ならば大層不潔である。

「肉の話は、また別の機会に検討しよう。それよりも、仮にお前が寂しさを自らの内で克服すると言うなら、何が大丈夫ではなかったのだ」

「……タマキが、あんまり大丈夫ではなかったです」

「ふむ」

「タマキはアリエルのことを、とってもとっても心配してくれたのです。もしかしたらアリエルよりも、アリエルを心配してくれたのかもしれません。これはウレシーですが、アリエルよりもアリエルの心配をするタマキは、アリエルよりもカナシーだったのです」

「……」

これには忍も、内心舌を巻くほかない。

比喩《ひゆ》でもなんでもなく、既《すで》に異世界エルフ《アリエル》は相当高い次元でヒトを理解し、その心情を想像するだけの能力を持ち合わせている。

「タマキはカナシーでしたが、アリエルにカナシーを見せないように、大丈夫っポイ感じでガンバッテいました。もしアリエルがオハヨウゴザイマスしたら、タマキはもっとガンバることになります。タマキのカナシーが小さくなるまで、アリエルはオヤスミしていたほうが、きっとタマキに優しいと思ったのです」

「……そうか」

「ハイ。アリエルの判断は、ビミョーでしたか？」

「何故《なぜ》そう思う」

「シノブが、シノブッポイ顔をしています」

「心配は無用だ。お前は正しい判断をした」

「ではシノブは、何故シノブッポイのですか？」

「……」

忍《しのぶ》は答えられない。

絶対に、答えるわけにはいかなかった。

アリエルが予想以上に深く、ヒトの心を理解していると知って。

独立させ、人の間に生かす必要などないのかもしれない、などと、ふと考え。

一瞬だけ、一瞬だけ脳裏に浮かべてしまった、最悪のアイデア。

――今のままふたりで生きるのも、悪くはないか。

忍はアリエルに悟られないよう、恐怖に身を震わせた。

悪い冗談であった。

検討の必要すらない。

馬鹿《ばか》げた考えに至った自分が、ひどく悍《おぞ》ましかった。

第三十八話　エルフとトークルームへようこそ

六月十六日土曜日、午後七時三十七分。

【グループトーク《定例報告（六月分）》】

【こんにちは　さんが招待されました】

義光《よしみつ》：あれ、名前変になっちゃってるね
徹平《てっぺい》：なんだこれ
徹平：ナシエルか?.?.?.?
こんにちは：アリエル
忍《しのぶ》：アリエル慌てるな。名前と会話の入力位置が逆だ
環《たまき》：徹平さん待ってください。まだ調整中みたいなので

【こんにちは　さんが　あ（えれわは　に名前を変更しました】

あ（えれわは：アリエル
忍：それは名前の変更スペースだ
忍：下側にある大きいスペースに会話文を入力しろ。
忍：そして文字が正確に入力できていない。こんにちはではなかったのか
徹平：これアリエルちゃんかよ
あ（えれわは：こ
あ（えれわは：こんにちは、アリエルこんにちは
あ（えれわは：こんアリエルですですにちはアリエル
あ（えれわは：こんにちは、アこんにちは、アリエルですリエルです
由奈《ゆな》：ほらぁ、徹平サンが焦らせるから
義光：アリエルちゃん落ち着いて
義光：こっちで名前直すから（┼_┼）
あ（えれわは：アリエル　こんにちは、アリエルです　わかりました
忍：アリエル、まずは予測変換を切るんだ
忍：ゆっくりでいい。一文字ずつ確実に入力して、文章を完成させてから送信しろ
義光：隣にいるなら直接説明してあげなよ（´ω｀）

義光《よしみつ》：名前はこっちで直しとくから、忍《しのぶ》はアリエルちゃんの指導に集中して（・_・）
忍　：承知した

【こんにちは　さんの名称が　河合《かわい》アリエル　さんに変更されました】

徹平《てっぺい》：長くね
由奈《ゆな》：長いです
環《たまき》　：長いですよ
忍　：長くはないか
義光：分かった、分かったから

【河合アリエル　さんの名称が　アリエル　さんに変更されました】

アリエル：おんきちは、長でく
徹平：いよいよ意味わからん。何が起こってんの
由奈：忍センパイが、アリエルにスマホ買ってあげたんですって
忍　：今後に備え、教育の一環として与えた。無論、ネット閲覧機能などはロックしてある

環　：フリック入力、まだ上手にできないんですよね
徹平：あーなるほど。普通の読み書きも覚えたばっかだもんな
忍　：いや、文字と文章の扱い方は理解しているようなんだが
義光：指先の保護に苦慮している
忍　：指先の保護って？（・_・）
忍　：スマートフォンの画面には、便器の内側以上の雑菌が繁殖しているらしい
忍　：指から水を飲むアリエルに配慮し、スマホ用手袋を装着させているんだが
忍　：いかんせん操作し辛《づら》い様子だ
アリエル：ぼタン、やく゛かきい
義光：音声入力にしたら？　アリエルちゃん、喋《しゃべ》るのは上手になったでしょ
由奈：音声入力にしましょうよ。せっかくスマートフォンなんだし
徹平：音声入力がいいんじゃね？　慣れてないのに手袋じゃキツいだろ
環　：音声入力はどうですか？　会話感覚ならやりやすいんじゃないですかね
忍　：盲点だったしアドバイスは有難いが
忍　：そうワッと浴びせかけなくてもいいだろう
由奈：忍センパイがもどかしいんですよ。反省してください
忍　：承知した

アリエル：こんにちは。アリエルはアリエルです。今は忍《しのぶ》の家から連絡しています
徹平《てっぺい》：いいじゃんいいじゃん
義光《よしみつ》：普段の会話も上手《うま》くなったけど、文字に起こすとまた凄《すご》いね
忍　：イントネーションのブレが隠れるからな。道理だ
アリエル：義光、てっぺー、てっぺー、てっぺー
アリエル：てっぺー、てっぺー、てっぺー
アリエル：てっぺー、由奈《ゆな》、お久しぶりです
徹平：アリエルちゃん、今諦《あきら》めただろ
忍　：アリエル。てっぺい。てっぺ「い」だ
義光：だから直接説明してあげなってば（・－・；）
アリエル：てっぺー、てっぺー、徹平　徹平　できました
徹平：ありがとなアリエルちゃん
アリエル：環《たまき》は昨日ぶりですね
環　：毎日電話してますもんねー
アリエル：忍、忍、忍
忍　：隣にいるが、どうした

アリエル：どうしてアリエルは、ピョコンとしていますか？
忍　：ピョコンとは
環　：あー
徹平：名前が四文字だから、はみ出してるってことか？
由奈：義光サン、設定変えられます？
義光：うん。少し待ってね

【アリエル　さんの名称が　ア　さんに変更されました】

徹平：ヨッシーｗｗｗｗｗｗｗｗ
忍　：義光。あまりにも酷《ひど》いぞ
義光：だって皆して長いって言うし（／・ω・）／
ア　：アリエルは、ちっちゃくなっちゃった
忍　：変えて貰《もら》うか、アリエル
ア　：ちっちゃくなっちゃったアリエルはいかがですか、忍
忍　：悪いとまでは言い切れんが
ア　：アリエルは、アです

由奈《ゆな》：本人がいいなら、いいんじゃないですか
環《たまき》：アリよりはアですかね
忍《しのぶ》：ふむ

◇◆◇◆◇◆◇

ア：アリエルがグループトークの仲間入りをした、次の日のお昼のことです
ア：忍はお仕事に、由奈はお仕事に
ア：義光《よしみつ》はお仕事に、徹平《てっぺい》はお仕事に
ア：環は学校に行きましたとさ
ア：めでたしめでたし
忍：アリエル、無為に履歴を埋めるな
ア：忍ですか！　こんにちは、アリエルです
忍：こんにちは。グループトークを濫用《らんよう》するなと言ったはずだが
ア：塩分控えめにしました、忍
忍：余計だ。塩分もメッセージも
ア：いりませんか

忍　：少しは欲しいが、今ではない
義光：アリエルちゃん、退屈なの？（^.^）
ア　：義光ですね！　こんにちは、アリエルです
義光：こんにちは。この前あげた小説は、もう読み終わっちゃった？（、ρ`）
ア　：もう目をつむっても読めるくらい、たくさん読みました
義光：うん、それは読んでないよね（ΦωΦ）
忍　：分からんぞ。言葉通り、一言一句違《たが》えず暗記している可能性もある
由奈：忍センパイ、多分意味違いますよ
ア　：由奈！　こんにちは、アリエルです
由奈：はいはい、こんにちは
忍　：意味とは
由奈：忍センパイの一番ダメでクソな部分の話ですよ
義光：いわゆる作者の気持ちの話だよ　＞忍
ア　：それはどうやってしますか、義光
義光：それって？（・o・）
ア　：忍のところにあるそれです
義光：音声入力使ってるんだよね。ふとうごう　か　きごう　で出るかな

ア：ふとうごう　不等号　きごう　§　△　△　∧　∠　∨　でました！
義光《よしみつ》：うん、良かったね
ア：作者の気持ちとはなんですか？　∨義光
由奈《ゆな》：ああ、アリエルが古臭いネットの習わしを覚えちゃった
忍《しのぶ》：義光も古い男だ。致し方あるまい
義光：外野うるさいよ
義光：アリエルちゃん、本は内容を暗記するだけじゃ意味がないんだよ
忍：外題学問《げだいがくもん》だな
義光：何それ（=_=）
ア：それはなんですか　∨忍
由奈：忍センパイ、義光サンがいい話するみたいなんでちょっと黙って貰《もら》っていいですか
忍：しかし、解説の必要があるだろう
由奈：私、忍センパイひどい目に遭《あ》わせときますから
由奈：義光サンはその隙《すき》にお話済ませてくださいね
由奈：アリエルもちゃんと読んで、考えること
義光：あ、うん（´-ω-`）
ア：はい

義光：アリエルちゃんは、本の内容を覚えるのが得意だよね
ア　：それほどでも
義光：だけどね、本に書かれているのは
義光：本当に作者が書きたかった内容の、ほんの一部でしかないんだ
ア　：アリエルは忍に教えてもらって、本の全部が分かるようになりました
義光：書いてあることはそうかもしれない
義光：でも今のアリエルちゃんも、メッセージに書いてあること以外に
義光：いろんなことを考えてメッセージを書いてるよね？
ア　：義光は、アリエル図鑑ですか
義光：え
義光：ごめんどういういみ？
ア　：アリエルは、忍が早く帰ってくるとうれしいと思っていました

少しの間《ま》。

義光：うん。それが作者の気持ちだよ
義光：アリエルちゃんが、忍が早く帰ってこないかなと思って

義光《よしみつ》：忍《しのぶ》に届くメッセージを送ったように
義光：本の作者も、いろんなことを考えながら本を書いてる
ア　：先生に励ましのメッセージを送りますか？
義光：ちょっと惜しいし、ちょっと面白くなっちゃってるね
義光：本に隠れている気持ちは様々なんだ
義光：作者の、本を通して伝えたい気持ち
義光：登場人物がお話の中で、思ったり、感じたりする気持ちとかね
ア　：魔法少女のエルナはイケテルですが、エル・シリーズはフィクションです
ア　：実在の人物・諸法令・団体またはその活動等とは一切関係ありません
ア　：描写されている社会情勢や登場人物らの心理描写は現実のルールに則していますが
ア　：あくまでフィクションとしての前提を超えるものではなく
ア　：参考とする材料程度に留めるべきものです
義光：本当にはいないけど、本当にいたらこんな風に思ったり
義光：考えたりするだろうなって思いながら、作者は本を書くんだよ
義光：本当にはいないけど、本を読んでいる間は、本当にいるように思える位にね
義光：それも本の面白さかな
ア　：義光は、本図鑑ですね

義光：ああ、まあ、うん、それでいいや
義光：とにかく、書いてあることだけじゃなくて、気持ちを考えながら読むと
義光：本は書かれていること以上に深くて、面白いものになるんだ
ア　：ほぉー
義光：もう一度本を開いて、今度は想像しながら読んでみようよ
ア　：アリエルは、目をつむっても読めます
義光：ゆっくり目で読んで、ゆっくり想像してみよう
義光：今まで読み取れていなかった、たくさんの気持ちが詰まってるはずだよ
ア　：わかりました
ア　：アリエルは、作者の気持ちを考えて、本を読みます
忍　：見事なものだ
義光：あ、お帰り(^_-)-☆
義光：酷《ひど》い目に遭《あ》わされちゃったの？
忍　：まあな
義光：大変だね(+_+)
義光：でも今日は、なるべく早く帰ってあげて欲しいな

忍《しのぶ》：心配あるまい
忍：読書に楽しさを見出だせば、時間などいくらあっても足りんほどだ
義光《よしみつ》：忍は本好きだもんね
由奈《ゆな》：義光サンの理論だと、忍センパイもちゃんと本を読めてないことになりますけど
義光：お帰り～（^^♪
忍：どういう意味だ
由奈：そういうトコですよ
義光：忍はちょっと受け取り方が独特なだけで、ちゃんと本を楽しんでるよ（;・∀・）b
義光：走れメロスの教訓はなんだと思う？　＞忍
忍：王城で人を殴るのは、結婚式の後にしろ
由奈：清々しいほど感性がクズですね
由奈：日没前に処刑されちゃえばいいのに
忍：義光。ダメらしい
義光：僕の指示みたいに言うの止《や》めてね（、´-ω-｀）
義光：あと、前に聞いた
義光：『人手と民意を抑えて夜襲をかけ王を討ち、一夜にして革命を為《な》すべき』
義光：とかいう珍回答よりはマシになってるよ（~_~）

忍　：そうか
由奈：クズの処置はさておき、アリエルは大丈夫でしょうか
由奈：まだひとりで出歩いたりは早いですよね
義光：寂しさと退屈って、よく似てるから
義光：熱中できるものが見つかれば、暫《しばら》くは平気だよ
由奈：寂しさと退屈は、似てるんでしょうか
義光：僕はそう思う

◇◆◇◆◇◆◇

環《たまき》：アリエルさーん、環の学校が終わりましたよー
ア　：おかえりなさい　\/環
環　：あ、アリエルさんただいまです！
環　：ログ見ましたよ
環　：小説読んでたんですね。すごーい
ア　：読んでいません

環《たまき》：直樹《なおき》さんから貰《もら》った小説、読んでたんじゃないんですか？
ア：読んでいましたが
ア：読んでいません
ア：アリエルは、本が読めません
環：うぅん？

少しの間《ま》。

環：あー、作者の気持ちですか？
ア：はい。これは、チンプンカンプン
環：大丈夫ですよ。私だってよく分かんないですもん。理系なんで
ア：アリエルは分かりたいのです。でも、チンプンカンプン
環：そんなに難しい本なんですか？
ア：違います
ア：分からないのは、気持ちです
ア：アリエルは、アリエルの気持ちが分からないので、説明できません
ア：アリエルの気持ちが分からないので、アリエルではないヒトの気持ちは

ア：もっともっと、分かりません
ア：これは、きびしい
環：アリエルさんは、楽しいときにタノシーって言うし
環：寂しいときはサミシーって言うじゃないですか
環：ちゃんと自分の気持ち、分かってると思いますけど
ア：そうですが、違います
ア：アリエルは、楽しくなくても楽しいと言うこともあります
ア：寂しいでも、寂しいではないと言うこともあります
ア：これは少し変です
ア：アリエルはエルフっぽいので、ヒトとは違うのかもしれません

少しの間。

環：アリエルさん
環：本当はひとり暮らしなんてイヤなんじゃないですか？

かなりの間《ま》。

ア：忍《しのぶ》の言うことが正しいです
ア：アリエルは、ひとりで暮らせるようになるのが、いけてる
環《たまき》：今違うんじゃないですか
環：気持ち！
環：アリエルさんの気持ちは違うんじゃないですか
環：今が分からないアリエルさんの気持ちなんじゃないですか
環：分からない気持ちって今ですよね
環：アリエルさんはほんとは嫌《いや》なんじゃないんですか
環：出てくの嫌なんだって思ってるんじゃないですか
環：たわってありえるさゆはせみったいさみししがってる
徹平《てっぺい》：はいストップ
徹平：ストップな環ちゃん
ア：こんにちは、てっぺー、てっぺー、てっぺー、てっぺー、徹平　徹平
徹平：こんにちは、アリエルちゃん
徹平：環ちゃんは少し落ち着きな

環：てづぺいさん
環：やっぱり
環：やっぱりわたし
環：アリエルさんをひとりにしたくないんです
徹平：分かったから、別の部屋で話そう
徹平：このログ、ノブに見られたらえらいことになるぞ
環：あ
環：やばい
環：とつしよ
環：どうしよ
徹平：俺がなんとかしとくよ
徹平：とりあえず環ちゃんは別室作って
徹平：俺とアリエルちゃんを招待しといてくれ
徹平：アリエルちゃんはそのまま何もせず、画面に新しいボタンが出たら押してな
環：わかりましたつくります

少しの間。

徹平《てっぺい》：アリエルちゃんごめんちょっと訂正な
徹平：俺の指示が理解できたらオッケーって返事して
徹平：それから何もしないでボタン出てくるの待って、出たら押すのな。いいか？
ア　：ＯＫ　おっけいー　おっけー　オッケー
徹平：うっし

◇◆◇◆◇◆◇

【徹平　さんにより　会話履歴が削除されました】

徹平：間違えて仕事の見積もり上げちまったんだけど
徹平：消したらなんか全部消えちまった
徹平：ごめんなー

◇◆◇◆◇◆◇

【グループトーク《別室》】
【河合《かわい》アリエル　さんが招待されました】
【若月《わかつき》徹平　さんが招待されました】
【表示設定を変更しました】

徹平：うし
徹平：アリエルちゃん、もう話してもいいぞ
徹平：でもこのグループトークの内容は秘密だ
徹平：ここでグループトークをしたこと自体
徹平：俺と環《たまき》ちゃん以外の奴《やつ》、ノブにでも教えちゃダメだぞ。秘密だからな
ア：環、大丈夫ですか
ア：はい、秘密のことは、誰《だれ》にも教えません
環：待ってください徹平さんわけわかんないです
環：いきなりどうしてこんなことするんですか
徹平：そりゃお前、会話全部見てたからだろ
徹平：アリエルちゃんが本当は、ひとり暮らしなんてしたくねぇってことをよ

ア：はい、アリエルはひとり暮らしをします
環《たまき》：徹平《てっぺい》さんも忍《しのぶ》さんのみかただったじゃないですか
環：いきなりわけわかんないです
徹平：そりゃ仕方ねえよ
徹平：今回は俺も、ノブの意見に賛成だったしな
環：やっぱり徹平さんもアリエルさんをひとり暮らしさせたいんじゃないですか
ア：アリエルはひとり暮らしできます
環：アリエルさんは本当は寂しいのに
ア：アリエルは寂しいはないですよ
徹平：おい
環：さみしいんですよほんとは!!
徹平：おい
徹平：おい
徹平：おい
徹平：お前らちょっと静かにしろ

かなりの間《ま》。

徹平：怖い言い方して悪かったな
徹平：まず環ちゃん、考えてみて欲しいんだけどよ
徹平：ノブはいつまで、アリエルちゃんの面倒を見るべきだと思う？
環　：ひとりでいても平気な頃《ころ》までは、そばにいてあげて欲しいです
徹平：そんな頃、いつまで待ったって来やしねえよ
環　：なんでですか
徹平：大人だって、ひとりになるのは辛《つら》いもんだ
徹平：平気になんて、一生ならねえよ
徹平：ノブはこんな言い方しねえ、っつーか、考えてもないかもしれないけどさ
徹平：ノブにはノブの人生があんだ
徹平：環ちゃんはノブに、一生異世界エルフの面倒見させるつもりか？

かなりの間。

徹平：俺も迷ったけど、やっぱそれは違うだろ
徹平：理屈の出所が別だとしても、今回はノブのやり方が正しいよ

環《たまき》：わかりました
徹平《てっぺい》：おう
徹平：アリエルちゃんはどうだ
ア　：アリエルは正しいことをします
ア　：アリエルは、忍《しのぶ》とアリエルと、みんなのために
ア　：ひとりで暮らします
徹平：よしよし
徹平：ここまでが大人の義務な

徹平：んで、こっからは子供の権利の話

ア　：子供の権利とはなんですか、てっぺー、徹平　徹平
徹平：決まってんだろ
徹平：大人には、正しい理屈で子供を言い負かす義務がある
徹平：この世界の基本ルールだからな
徹平：大人の言うこと黙って聞く奴《やつ》がイケてる
徹平：これは当然だ

環　：はい
ア　：はい
徹平：だけどな
徹平：子供には、大人の説教をひっくり返す権利があるってのも
徹平：この世界の大事な基本ルールなんだよ

第三十九話　エルフと君の名は

六月二十四日、日曜日。

春会からおよそひと月を数えるこの日、中田忍《なかたしのぶ》邸には暫《しば》くぶりの客人が招聘《しょうへい》されていた。

「じゃあアリエル、これは？」

「絶望」

「正解」

タブレットを片手に、三点ユニットの画像をフリックしながら、由奈《ゆな》が満足げに頷《うなず》く。

ちなみに三点ユニットとは、浴槽、トイレ、洗面台がひとつの空間に収まっている状態、またはその構造を有する居室を指す。

当初はホテルの工期短縮等を目的として開発されたが、省スペース省コストの画期的アイデアとして集合住宅に採用されるや、

『長く住むと臭くなってヤダ』

『湿気がねばっこい、すぐカビ生える』

『浴槽とトイレの間のカーテンが邪魔で汚い』

『どの設備を使うときも変なプレッシャーを感じる』

『噂《うわさ》でダメって聞きました』

などなどと、評判は著しく悪い。

だが、住みたい部屋の水回りがコレならば、嫌《いや》でも使わざるを得ないのだ。

悲しい話である。

「じゃあアリエル、こっちは？」

「退化」

「正解」

二点ユニットの画像をフリックしながら、由奈が満足げに頷《うなず》く。

ちなみに二点ユニットとは、浴槽と洗面台がひとつの空間に収まっている状態、またはその構造を有する居室を指す。

汚いトイレを排しつつ、三点ユニットの利点を生かす画期的アイデアとして期待されたが、

『ヘアセットしづらい、髭《ひげ》剃りしづらい』

『せり出した洗面台に足や腰をぶつける』

『配管に足ひっかけて壊した上怪我《けが》した』

『臭いも湿気も変わらずキツい』

などなどと、ある意味三点ユニットより酷《ひど》い。

にもかかわらず、三点ユニットよりはマシではないかと愚かな希望を抱く大家が後を絶たな

いので、二点ユニットも滅びない。

恐ろしい話である。

「じゃあ」

「一ノ瀬《いちのせ》君、それくらいにしておけ」

ようやっと忍《しのぶ》が、由奈《ゆな》の暴走を止めるに至った。

「忍センパイひどい。元はと言えば忍センパイが『現に部屋を借り、ひとりで暮らしている社会人女性たる君から、活《い》きたアドバイスを授けてやって欲しい』とか言い出したから、わざわざ禁を破って来て差し上げたのに、私の教育方針に口出しするんですか」

「禁を定めた俺が招いたのだから、破ったところでなんのリスクもあるまい。それに教育と言うならば、せめて正しい固有名詞を教えてやってくれ。恥をかくのはアリエルだ」

「そんなに心配なら、おうちで大事にお世話してあげればいいんじゃないですか。ダブルスタンダード・ヘイトスピーチ・パブリックオフィサーのくせに生意気です」

「……」

もう意味が分からないが、とにかく由奈が不機嫌そうなので、忍は黙った。

◇◆◇◆◇◆◇

春会の夜を経て、一ノ瀬由奈の態度は冷ややかになりつつあった。

異世界エルフ保護に関する取り組みの相談などは素直に受け付けるものの、基本的にはアリエルの来る前、場合によってはそれ以前より厳しく、忍に接するようになったのだ。

その意味が忍に理解できるはずもなく、周囲からしても由奈の思考メソッドには未解明な部分が多いので、彼女が何を企んでいるのか、あるいは忍に飽きただけなのかは分からない。

ただ、皆の日常を取り戻したい忍にとって、由奈のそうした態度はむしろ好ましかった。

もう用済みだからそろそろ離れて欲しいなどという失礼な話ではなく、由奈が一足先に日常へ戻りつつある事実を、素直に喜んでいたのである。

故《ゆえ》に今日も、メッセージを通じアドバイスを受ける予定だったのだが。

「ユナ、ありがとうございました」

「別にいいよ。いくら汚れない体質って言っても、やっぱりお風呂《ふろ》は楽しみたいよね」

「ハイ」

実のところ、今日由奈を招くことを望んだのは、アリエル自身なのだ。

アリエルの話によれば、世界の浄化を責務として与えられた〝アリエルたち〟には、周囲や自分自身の穢《けが》れを吸収し、体内で分解浄化する機能が与えられている、らしい。

恐らくはその代謝物なども分解浄化していると考えられ、アリエルがずっと風呂に入らずにいても汚れず、むしろいい匂《にお》いがするのはその辺りが理由なのだろうと判断された。

そのままでも生活の支障は特になかったが、自立の一環としてひとりでの入浴をこなせるようになりたいと訴えたアリエルは、教師としての由奈《ゆな》を求め、忍《しのぶ》はそれを受容した。

「お風呂《ふろ》の違い、ちゃんと分かった？」

「ハイ。バストイレ別と、絶望と、退化の三種類があります」

「そうそう。ここみたいな脱衣所があるところがベストだけど、そこは予算と相談かな」

「分かりました」

「ん」

脱衣所の扉が閉まっていることを確認し、次々と衣類を脱ぎ捨てていく由奈。

既《すで》に浴槽には忍の手で湯が張られ、洗い場には由奈愛用のシャンプー類が用意されている。

もちろん由奈が持ち込んだものではなく、由奈が忍に要求し、忍の出資で揃《そろ》えさせたものであることを、忍の名誉のために付け加えておく。

「今日は夕飯どうするって言ってた？」

「ギョーザを作ると言ってました」

「よしよし」

「ユナが食べたいと言ったと言ってました」

「うん、そうそう、そうなの」

ジャーッ

「いい温度。おいでアリエル」

「アイ」

混合栓で温度を調節しつつ、由奈はアリエルの足元からシャワーの湯をかけ始める。

アリエルはくすぐったそうにしつつ、愛用の泡立てネット《バスリリー》でふわふわの泡を量産していた。

「調子いいじゃない」

「ゴシドーゴベンタツのおかげです、ユナ」

「お粗末様。こっちにも泡くれる？」

「アリガトーしますか？」

「……アリエルの中で、ありがとうとアリガトーの区別はついてるの？」

「そこそこです」

「そう。じゃあ、やってもらおうかな」

「アイ」

アリエルが念を込めると、抱《かか》えた白い泡がキラキラと輝きだす。

吸い込むとひどく噎《む》せる、埃魔法《ほこりまほう》で作る光の綿毛が混ざっているのだ。

初めて一緒に風呂へ入ってから続く、ふたりだけの秘密の遊びであった。

「ありがとう。自分で洗える？」

「ハイ。もっとワシャワシャします」

「ほどほどにね」

「アリエルが由奈《ゆな》を洗いますか？」

「生意気。まずは自分の面倒、見れるようになってからね」

「アイ」

元々汚れないアリエルの肌を輝く泡が包み、やがて湯に流されするりと滑ってゆく。

このムズムズする感覚がたまらないらしいが、噴き出すと由奈にかかるので我慢だ。

「ひとりで入れば、好きなだけ噴き出せるんじゃない？」

「ひとりのときは、あんまりフォウフォウしたくなりません。ユナと一緒だから、タノシー」

「……そう」

止めどなく生産され続ける輝く泡を受け取りつつも、由奈の表情は晴れなかった。

チャプン

「熱くない？」

「ちょうどいいです」

「そう」

後ろから由奈が抱きかかえるような入浴スタイルは、初めての頃《ころ》から変わっていない。

浴槽は大きめだが、向かい合って入るには若干狭いので、結局これが一番快適なのだ。

「相変わらず、おっきなおっぱいしてるね」

「シノブの家に来てからが、一番おっきいです。前の世界では、ゴハンが食べられたり、食べられなかったり、全然食べられなかったりしたので、小さいときも多かったです」

「異世界には食べ物が少ないの？」

「ハイ。今はいつもお腹いっぱいで、とってもウレシー」

アリエルはとても楽しそうで、水に浮く自らの乳房をたゆんたゆん揺らして遊んでいる。

だが、アリエルを背後から抱く由奈に、アリエルの表情は見えない。

そして。


由奈自身の表情も、由奈には見えない。


「ねえ、アリエル」

「なんですか、ユナ」

「何か私に、話したいことがあったんじゃないの？」

「話したいこと、ですか？」

「ええ」

「アリエルは、ユナとお風呂《ふろ》に入りたかったのです。そしてお風呂の入り方を、もう一度教えて欲しかったのです、ということにしなさいと言われました」

「……なんて？」

「……ごぼごぶごぶぼぶ」

「え、何？　聞こえないいんだけど」

「ごぼごぶごぶぼぶ」

肩越しに見ると、アリエルは口だけ湯船に浸け、ごぼごぼがぶがぶしていた。

「嘘《うそ》はつきたくないけど、本当のことも言いたくない。精一杯の抵抗ってこと？」

「……ぼぶばぶ」

「分かったから顔出して。アリエルは綺麗《きれい》なんだろうけど、私は汚れてるんだからね」

「……ばふ。ユナはきれいです。とっても可愛《かわい》いです」

「あなた、この世界の〝可愛い〟の基準、知らないでしょ」

「前の世界のは知ってます。いっぱい、いっぱい勉強しました」

「前の世界の〝可愛い〟は、この世界の〝可愛い〟と、同じだと思う？」

「はい。ティアラとサオリは可愛いと、テッペーが言っていました。ミウは世界一可愛いとツバキが言っていて、確かに可愛い感じではあるのですが、世界一はちがうと思います。タマキはかなり可愛いっポイと思いますが、アリエルはユナも可愛いと思います」

「ありがと。お世辞だと思っとくね」

「オセジ？」

「ギマンではありません。ユナは可愛いです」

「欺瞞《ぎまん》かな」

「……欺瞞は分かるの？」

「ハイ。シノブがよく使っています」

「そう」

少しだけ苛立《いらだ》っていた由奈《ゆな》も、流石《さすが》に毒気を抜かれて脱力する。

この異世界エルフ、本当にひどい家へ顕現させられてしまったものだ。

「あのねアリエル。私はちょっと怒ってるの」

「ゴメンナサイ」

「早い早い。せめて理由を聞いてから謝ってくれる？」

「ハイ。アリエルは何か、イケナイことをしてしまいましたか」

「別にいけないことじゃないけどさ。アリエル、私に秘密作ってるでしょ」

「アゥー」

「こら」

再びアリエルが沈みかけたので、由奈はアリエルの乳房の下に腕を巻き込み、持ち上げる。

湯の中であることを差し引いても、アリエルの体躯《たいく》は随分と軽かった。

「アリエルが、秘密をしているからです。ユナはアリエルに、たくさんのことを教えてくれました。でもアリエルは、ユナに秘密をしています。これは、いけないことです」

「別にダメじゃないでしょ。ホントの気持ちを明かす相手は、いつでも自分自身で選ばなくちゃダメ。相手が親切に話してくれるからって、自分も全部を話す必要はないの」

「そうなんですか？」

「ええ。ホントの秘密は、心から信用できる、大事な相手にだけ教えてあげなさい」

「アリエルは、ユナを信用しています。アリエルはユナが大事です」

「私もそう思ってたんだけどね。だけどアリエルは私に、ホントの秘密を教えないんだって」

「ユナー!!」

「わぼっ」

　ビシャーン!!

限界のアリエルが振り向いて、正面から抱き付いてきたので、下の由奈《ゆな》は当然湯船に沈む。

「ユナ!!　ゴメンナサイ!!　ユナ!!」

「ちょ、ちょちょ、おぢっ、落ち着きなさいってばっ」

「ゴメンナサイ、ユナ、ユナ、ユナー!!」

「わが、分かったたっ、悪かったたってっ、いじめ過ぎっ、ごめっ、あ、アリエルーっ!!」

どれだけふたりが騒いでも、忍《しのぶ》が駆けつける様子がまったくないのは、入浴音を意地でも聞くつもりがないという忍の真摯《しんし》な紳士の心身の表れであろうか。

あるいは由奈の策略により餃子《ぎょうざ》作りを強制され、集中力が最高に高まっているため、女ふたりの嬌声《きょうせい》など全く耳に入っていないのだろうか。

五分五分というところではあるが、とにかく忍が現れる様子はなかった。

◇◆◇◆◇◆◇

「フグ、ヒグッ、ゴメ、ゴメンナサイ、ユナ……」

「いいから。分かったから。大丈夫だから。私こそごめんなさい」

湯船で生死の境を彷徨《さまよ》った由奈がアリエルを落ち着かせ、元の体勢に戻るまでおよそ十分。

アリエルは申し訳なさのミルフィーユ状態となりぐずぐず泣いているし、由奈のお団子にまとめていた髪も解《ほど》けてぼさぼさ、片耳に水は入りっぱなしの上、素直なアリエルを感情のままに追い詰めた後ろめたさで、とにかくもうボロボロなのであった。

「アリエルは、ユナが、たいせつで、大事で、お話し、お話し、したかったのです。だけど、だけどっ、ユナには、やっぱり、お話ししちゃダメだって、ダメということに、秘密のことは誰《だれ》にも教えません。でも、アリエルは、ユナに、秘密を、したくないです。ユナは、アリエルを、大事で、なのに、アリエルは、アリエルは、アリエルは」

「そうだよね。うん、私も分かってるからね。大丈夫。ショックだからって意地悪し過ぎちゃったよね。ごめんね。私のほうこそごめんね」

普段絶対に見せないような慌てぶりで、由奈《ゆな》は謝罪の言葉を並べる。

それだけアリエルに信頼されなかったショックと怒りは深く、その揺り戻しでアリエルを傷つけた後悔もまた、ひどく大きいのであろう。

「ね、アリエル。聞いてくれる？」

「……はい」

「実は私、今日アリエルに呼ばれてるって聞いたときから、アリエルが何か話したいんじゃないかって思ってたの」

「ユナは、シノブズカンであり、アリエルズカンですか？」

「そうかもね。アリエルくらい覚えの良いコが、今更《いまさら》お風呂《ふろ》の入り方を復習したいなんておかしいもん。本当は頑張れば、もうひとりで入れるんじゃないの？」

「……秘密のことは誰にも教えませんが、お風呂を教えて欲しいのも、ちゃんとありました」

「まあ、そこは別に、どっちでもいいんだけど。アリエルは最近、スマホのメッセージ使えるようになったでしょ？」

「グループトークですか？」

「そうそう。皆と文字でおしゃべりできる奴《やつ》ね」

「ハイ。みんなとお話し、タノシーです」

「うんうん。それじゃあ、グループトークのお話は、誰が見られるか分かる？」

「そのときお話ししている人は、誰でも見られます。そのときお話ししてなかった人は、履歴を見ればお話が見られます。履歴が削除されたお話は、もう誰も後から見ることはできないと、テッペーが教えてくれました」

「そうね。じゃあアリエル、ひとつ考えてみて欲しいんだけど」

「はい」

「削除される前の話を、話に参加せずに見ていた人がいたら、どうなるかな？」

「……」

アリエルは答えない。

答えられない。

「大丈夫。まだ業務中だったし、私が注意引いてたから、忍《しのぶ》センパイは気付いてないと思う」

「……アゥ」

「その後に徹平《てっぺい》サンと環《たまき》ちゃんから、別室でどんな話されたかまでは知らないけどね。ただ、アリエルの本当の気持ちは、私も理解してるつもり」

「……」

「私だって迷わなかったわけじゃないけど、忍《しのぶ》センパイが本気で決めたことだから、あのときは否定も肯定もしなかった。だけど私にとっては、アリエルも大事な友達だから。友達に何かしてあげる分には、ズルでもなんでもないでしょ？」

「……ハイ」

「アリエルが本当に割り切ってて、何も話したくない、秘密は秘密のままにしたいって言うなら、それもいいよ。だけど何か話したかったり、誰《だれ》かに相談したいって言うなら、私を頼って欲しいな。絶対秘密にするから。ね？」

おどけて言う由奈《ゆな》の口調には、些《いささ》かの嫌味《いやみ》も含まれていない。

ヒトの女性らの間で交わされる、空虚でキラキラした約束ではなく、本当の意味で〝絶対の秘密〟として、話を聞いてくれることだろう。

果たして、それを察したのか。

はたまた、さっぱり察していないのか。

とにかくアリエルは、由奈に抱かれたまま、自らの想《おも》いの一端を告げた。

アリエル自身の世界をまるごと壊しかねない、破滅に繋《つな》がる一言を。

「ユナ」
「なあに？」
「シノブにだいすきになってもらうには、どうしたらいいのでしょうか」
「は？」

一ノ瀬《いちのせ》由奈の名誉のために前置きするが、異世界《アリ》エルフ《エル》の突拍子もない告白に対する彼女の反応は、人類の中で比べても極めて冷静、かつやむを得ないものであった。

何せ相手は、異世界エルフ。

自我を持ってから、恐らくは数百年単位で知的生命体と接触のなかった、世界まるごと箱入り娘とでも呼ぶべき存在が、突然男に好かれるにはどうしたらなどと言い出せば、一瞬勘違いして判断を誤り、ちょっとばかり本気な感じで凄《すご》んで見せてしまうぐらい仕方のないことだろうし、第一その程度でなんの影響があるというのか。

「ヒッ……」

強《し》いて言うなら、秘密の件で怯《おび》えきっていた異世界《アリ》エルフ《エル》が更に怯えを深め、完全に心を閉ざしかけているくらいである。

大問題であった。

「ああ……ええと、どうしよこれ……超めんどくさい……」

既《すで》に由奈《ゆな》は冷静な判断力を取り戻し、アリエルと自分の間に生じていたであろう認識の齟齬《そご》を正しく理解していたものの、時既に遅し。

温かい湯船の中で、壊れたおもちゃのようにふるふる震える異世界エルフに、加害者の言い訳がどこまで届くか、怪しいものであった。

「うーんと……あのね、アリエル」

「ハイ、ゴメンナサイ」

「だから早いって。どうしてアリエルは、忍《しのぶ》センパイにだいすきになって貰《もら》いたいのかな？」

「……」

「……言えないの？」

「……こわいユナになりませんか？」

「ならない。ならないから。って言うか最初からなってないから」

「なりました！　ユナはこわいユナになりました!!」

「……もう」

由奈は努めて態度を和らげ、アリエルの耳元を優しくくすぐる。

忍曰《いわ》くハムスターのように長い耳が、ぴくりと震えた。

「アリエルの気持ちは分かるよ。忍センパイと離れることになって、不安なんだよね。だけど、忍センパイがアリエルを独り立ちさせようとするのは、アリエルがだいすきじゃないからでも、嫌いなわけでもないの」

「違います。シノブはアリエルをだいすきではありません」

「どうして？」

「アリエルは、シノブをだいすきです。でもシノブは、アリエルをだいすきではありません」

「……そんなことないでしょ。忍センパイは忍センパイだから、上手に気持ちを表現できてないかもしれないけど、ちゃんとアリエルのこと、だいすきって思ってるんじゃない？」

「違います。シノブはアリエルのことを、だいすきではありません」

「強情ね。どうしてそう思うの？」

「シノブがだいすきなのは、ユナだからです」

「……はぁぁぁぁぁぁ」

怒りを通り越し、地獄から滲《にじ》み出たドス黒い瘴気《しょうき》のようなため息を漏《も》らす由奈であった。


そう。

由奈の読みでは、アリエルは人類における男女の機微を、欠片《かけら》も理解していない。

それはシェルターでの学習不足によるものなのか、あるいは無垢《むく》な生命の器たる〝アリエルたち〟には、時に子作りの弊害となりかねない、つがいを欲する恋愛感情そのものがインプットされていないためなのか。

詳しいことは想像で補うしかないものの、とにかくアリエルが恋愛的な意味で忍《しのぶ》を求めていないことを、由奈《ゆな》は早々に理解していた。

だからこそアリエルは、こんな珍妙なコメントを、真剣に漏《も》らしてしまうのだろう。〝だいすき〟の意味も『たくさんウレシーさせたい相手』程度の認識でいるのだろう。

由奈はそんなアリエルのことが、可愛《かわい》くて可愛くて仕方なくて。

ほんのちょっとだけ、腹立たしいのであった。

「あのね、アリエル」

「ハイ」

「アリエルは〝だいすき〟の意味を、間違えて覚えちゃってるみたい」

「アリエルは間違えていません」

「間違ってるよ。確かに忍センパイは、私がちょっかい掛けたら構ってくれるし、甘いトコあると思うけど、〝だいすき〟はそんな簡単なモノじゃないし、軽々《かるがる》しく口にするものでもないの。一緒にいて楽しいだとか、お話しできたら嬉《うれ》しいだとか、その程度じゃ足りないの」

「その程度ではありません。シノブは本当に本当にユナがだいすきです。アリエルもユナとおなじくらい、シノブのだいすきになりたいのです」

「……しつこい。私は違うって教えてるでしょ」

「違いません。ユナはイライラして、シノブにイケナイことをしますが、シノブはユナをメッしません。アリエルはイケナイことをしませんが、だいすきにはなって貰《もら》えません」

「……」

「秘密のことは誰《だれ》にも教えませんが、誰かがアリエルに教えてくれました。イケナイことをしてもいいんだって。本当に大切な相手なら、イケナイことをしても、だいすきになって貰えるって。だからアリエルは、ユナに教えて欲しいのです。どうすればアリエルは、ユナみたいに、シノブにだいすきになって――」

「だから違うっつってんでしょうが!!」

浴室に響く、由奈の怒号。

リビングダイニングにまで届いているやもしれないが、中田《なかた》忍は決して気付かないだろう。

彼は今、丹精込めて捏《こ》ね上げた餃子《ぎょうざ》のタネを、薄皮へ包むことに集中しているのだ。

本人にすら分からない由奈の怒りの根源と、アリエルに芽生えつつある新たな感情の存在など、知る由《よし》もない。

「……ユナはイライラして、イジワルをしています」

由奈《ゆな》の腕の内から離れ、浴槽の中で由奈に向き直るアリエル。

湯気すら吹き払う由奈の気迫など、まるで意に介していない。

「イジワルしています。ユナはイライラすると、すぐシノブにイジワルして、タノシーになります。今はアリエルにイジワルしていますが、あまりタノシーではないので、もっとイジワルをしようとしています。だからアリエルに、だいすきを教えてくれないのです」

「意味分かんない。私は意地悪なんてしてないよ」

「分かったようなコト言わないで。アンタに私の何が分かるってのよ」

「分かります。アリエルはシノブの家に来てからずっと、ずっと、ずーっと、シノブとユナを見てきました。シノブはユナがだいすきです。ユナはイジワルで、すぐイライラして、シノブにイジワルをするのがウレシーなのです。だからユナは今、イライラしています」

アリエルの言葉を否定できないまま、由奈は頭に血が上るのをひしひしと感じていた。

それが図星をさされた怒りであることを否定しない程度の冷静さはまだ保っていたし、強情なアリエルの可愛《かわい》い勘違いということにして受け流すのも、今なら不可能ではなかった。

だが。

止まらない。

一ノ瀬《いちのせ》由奈は、止まれない。

「イライラする理由なんてないよ。あるとしたら、アリエルが突然変なこと言うからでしょ」

「アリエルはチンプンカンプンです。ユナみたいにはできません。アリエルがイジワルをしたら、シノブはアリエルをだいすきになりません。すきから、ちょっとニガテになります。アリエルは、ユナみたいになりたいのです。シノブに、だいすきになって貰《もら》いたいのです」

「だからそこに私絡めんの止《や》めてくんないかなって話よ。そんな心配しなくたって、アリエルが本気でお願いしたら、忍《しのぶ》センパイだって多少は折れるんじゃないの」

「そうではありません。ユナだけです。シノブはユナのイジワルだけ、メッしません」

「だからそれは……」


——全部アンタのためでしょうが。

寸《すん》でのところで呑《の》み込んだ、それは異世界《アリエル》エルフを貫く、とどめの一言。


そう。

忍のすべては、異世界《アリエル》エルフのため。

より正確に言えば、異世界《アリエル》エルフを護《まも》った先にある、自らの矜持を守り通すため。

それを伝えれば。

欠片《かけら》でも教えてやれば。

この異世界エルフは、どんな顔をするだろうか。

そして、どんな想《おも》いを、抱くことだろうか。


湯と怒りで火照った由奈《ゆな》の頭から、少しずつ血の気が引いていく。

何も知らない異世界エルフ《アリエル》は、徐々に勢いをなくしつつある由奈の怒りを見て取ったのか、すぐに心配そうな視線を向けてくる。

——ガラにもなく、怒ってたんじゃないの？

——ほんと、ワケわかんない子。

冷えた由奈の脳裏に、かつて滔々《とうとう》と聞かされた、中田忍《なかたしのぶ》の蘊蓄《うんちく》が蘇《よみがえ》る。

あれはまだ新人の頃《ころ》、保護受給者《ケース》から心ない罵倒《ばとう》を受け、落ち込んでいたときの話だ。


『〝生活保護受給者〟の肩書きは、受給者個人の人間性をなんら担保するものではない』

『中には、善良で勤勉な者もいる。あるいは、そうでない者もいる』

『行政の仕組みやできること、できないこと、適用できる制度とできない制度、果たすべき自助努力に目を向けようとしない者。あんなことがしたい、できたならば理想的、そんな幼い夢想をみんな、不思議な力で叶《かな》えて貰《もら》えると信じている愚か者も、残念ながら存在する』

『だが一方で、争いは同じレベルの者同士にしか成立し得ない』

『制度のすべてを知り、彼らを導く立場の君が、彼らと同じレベルまで知性を引き下げ、言葉尻《じり》を捉《とら》え合い、口汚く殴り合ってどうするんだ』

『二段階上から見下ろせ。戯言《たわごと》を聞き流せ』

『できることだけをできる、それ以外はできないと理解させろ』

『見るべき者に見るべき現実への視界を開いてやること、それが俺たちの職責だ』

『公僕たる君には、国民の下劣な言葉で傷つく資格がない』

『規律を杖《つえ》に、矜持《きょうじ》を踏み台にし、今一度凛《りん》と立ち上がれ』

『君にはそれができるはずだ、一ノ瀬《いちのせ》君』


──カッコつけちゃって。

──いや、カッコつけでやってないところが、逆に怖いんだけど。


「……ごめんね」

「……ユナ?」

「……悪かったって言ってんの。おいで」

「アウ」

半ば強引に、正面からアリエルを抱き寄せる由奈《ゆな》。

覇道《アリエル》のFカップと驚異《ゆな》のEカップが、水しぶきをあげながらぶつかり合う。

すごい。

「アリエルの言う通りなの。私、ちょっとイライラしちゃってたみたい」

「ナンデ？」

「あんたのせいでしょうが」

「チンプンカンプン」

「……まるで人間みたいな目線で、からかうようなこと言うから、ムキになっちゃった」

「シノブがユナを、だいすきということですか」

「それそれ。もう疲れたから、これ以上引っ張るのは止《や》めてね」

「ムゥー」

そう。

事ここに至り、由奈はようやく気が付いた。

もはやアリエルは自分にとって、人類のそれと遜色《そんしょく》ない、同じ目線でケンカができるような、対等の友人であることに。

最初からそのように付き合っていたつもりだが、忍《しのぶ》が憂慮したように、やはり心のどこかでは、ヒトたる由奈自身にいくらかの優位があると感じていたのだろう。

こうして言い争うまで、その事実にすら気付けなかった自分を、由奈は深く恥じていた。

——それでもここでは、私のほうがお姉さんだからね。

——しっかりしなくちゃ。

アリエルの言う形ではないにしろ、異世界エルフ《アリエル》の存在を通じ、由奈と忍の関係性に変化が生じたのは、否定すべくもない事実だ。

珍妙な異世界からの友人がそれを参考にしたいと言うなら、力になってやるのも悪くない。

脳内が異世界の中田《なかた》忍なら、存在そのものが異世界のアリエルを、存外幸せにしてやれる可能性だって、低くはないのだから。

しかしまあ、このまま素直に協力するのも、一ノ瀬《いちのせ》由奈としては憚《はばか》られる。

何しろ、ここでアリエルに力を貸してやるということは、己の信義に基づきアリエルを独立させたい中田忍の思惑《おもわく》を、由奈が正面から妨害することと同義なのだ。

手助けこそすれ、忍の意志を曲げたくない由奈にとって、できれば避けたい状況であった。

故《ゆえ》に、裸で抱き合ったまま、しばし。

アリエルがやってきてからの日々を思い返し、由奈は自らの為《な》すべきことを考える。

そんな中脳裏に浮かんだ、小さな疑問。

「アリエル」

「はい」

「最初のとき……覚えてるかな。ドギャルなんとかって言ってたやつ」

「……ボベャルカッアッツロヌ」

「うん、それそれ。どういう意味なの？」

「……」

問われたアリエルは、ひどく面食らった表情になって。

少しだけ落ち込み、上目使いに由奈《ゆな》を見上げ、無言で由奈の胸元に顔を埋めてしまった。

「そんなに変な言葉だったの？」

ふるふる
「言いづらいなら言わなくていいよ。なんとなく思い出しただけだし」

ふるふる
「言いたいの？」

ふる
「じゃあ、聞かせてくれる？」

「……」

由奈はアリエルから視線を逸《そ》らし、ぼうっと虚空を見つめ、アリエルの背中を撫《な》で続ける。

焦る必要はない。

ふたりを包む浴槽の湯は、未《いま》だその熱を失っていないのだ。

「……ユナ」

「いいのいいの。ごめんね、突然変なこと聞いちゃって」

「違います。聞いてください、ユナ」

「うん？」


「『私に、名前はありません』」


「……」

「シェルターの知識で、〝人々〟に名前があることは知っていました。だからシノブたちは、アリエルに自己紹介をしてくれたのだろうと、なんとなく分かっていました」

アリエルは由奈に抱き付いたまま、顔を伏せて俯《うつむ》いている。

由奈からアリエルの表情は見えないが、震える声がすべてを語っていた。

「でも、アリエルはひとりだったので、名前なんてなかったのです。名前なんて、付けて貰《もら》えなかったのです。誰《だれ》にも呼んで貰えない名前なんて、いらなかったのです」

「……アリエル」

「だいすきです、ユナ」

ぐしゃぐしゃの顔を上げたアリエルが、由奈に微笑《ほほえ》みかける。

「シノブと、ユナと、ヨシミツに出会って、アリエルはアリエルになりました。ボベャルカッアッツロヌではなく、アリエルになりました。だから、アリエルはだいすきです。だからアリエルは、だいすきになって欲しいのです」

バシャン

アリエルの話を最後まで聞いたのか、否《いな》か。

由奈《ゆな》は自ら浴槽へ頭を突っ込み、無茶苦茶に振り回す。

「ごぼごぼごぼごぼ」

「ユナ!?」

ザバァン!!

「ぼはーっ!!」

「ユナ!?!?!?」

たっぷり七秒暴《あば》れ倒し、思いっきり首を振りかぶって湯を飛ばす、一ノ瀬《いちのせ》由奈二十七歳。

ほんのり茹《ゆ》で上がった彼女の頬《ほほ》は、主に風呂《ふろ》の湯でびちゃびちゃであった。

「アリエル」

「は、ハイ」

「あんた、さっき言ったよね。私みたいに、忍《しのぶ》センパイにイジワルしたいって。忍センパイにイジワルして、ウレシーになってみたいって、言ったよね？」

「ほぁ……ぇあ」

「言ったよね」

「言ったかもしれません」

「言ったよね!!」

「言いました!!」

やむを得まい。

ここまで本気の一ノ瀬由奈に、異世界エルフ《アリエル》風情が敵《かな》うべくもない。


「分かった」

「え？」

「私に任せなさい、っつってんの」


「中田《なかた》忍の困らせ方、教えてあげる」

第四十話　エルフと法廷戦術

五日後、六月二十九日金曜日、午後六時四十八分。

「度々すまんな、義光《よしみつ》」

「気にしないで」

金曜日の夜に大人の男ふたりが顔を突き合わせている、などと言えば、大抵居酒屋が想像されるところだろうが、ここは支援第一係長中田忍《なかたしのぶ》御用達、自宅最寄り駅前の喫茶店。

卓上には義光が用意した、単身居住者向けの物件資料が積み上げられている。

「助かるよ。俺の部屋を見つけてくれたときといい、義光は不動産方面に顔が広いな」

「大学《ウチ》なんかで働いていると、不動産屋と知り合う機会なんて、結構あるからね。お手ごろ家賃の単身向けアパートなんて得意分野だろうし、気前良く色々調べてくれたよ」

「うちは2LDKのファミリー用だが、守備範囲からは外れていたんじゃないか」

「向こうも義理囲いで商売してるから、お得意様のちょっと我儘《わがまま》な注文ぐらい、笑顔で受けてくれるよ。ツテのツテぐらいまで辿《たど》って、いいとこ見つけてくれたんだと思う」

一応確認しておくと、現在忍が住んでいる2LDKのマンションは、六年ほど前に交際相手と同棲《どうせい》するため借りた部屋であり、破局後もひとりで住み続けたまま今に至っている。

屋根、壁、扉さえあれば生活可能な中田忍の物件センスは、年齢相応に新生活を夢見る交際相手の理想像と悉《ことごと》く重ならなかったようで、新居探しはひどく難航した。

忍が義光に協力を求めていなければ、破局の時期はもっと早かったかもしれない。

「そう言えば忍、恋人がいたなんて、全然教えてくれなかったよね」

「結婚したわけでもあるまいに、わざわざ聞かせるような話でもないだろう」

「いや聞かせてよ……別に冷やかしたりしないし、何かフォローできたかもしれないじゃん」

「不動の関係を築けたと確信するまでは、極力自分たち以外の者を関わらせたくなかった。相手にせびられ親へ会わせたこともあったが、それとて一度きりだ」

「なんでさ」

「軋轢《あつれき》が生じた際、助けを受けられないように」

「……はぁ」

「他者の力添えなくして確立できない婚姻など、いっそ破綻したほうが健全だろう」

「うん、まぁ、そういう見方もあるよね」

事実破綻しちゃったしね、とは流石《さすが》に言わない、常識人の直樹《なおき》義光である。

「……それに」

「うん」

「俺自身、破局を予感していたのかもしれん。彼女と俺では、見ている世界が違い過ぎた」

忍《しのぶ》は嘘《うそ》をつかず、ゆるやかな真実で核心を覆った。

不自然な話でもあるまい。

いくら中田《なかた》忍と言えど、三十二年の人生を歩んできた、いい大人である。

たとえ親友の直樹義光《なおきよしみつ》相手でも、聞かせたくない思い出のひとつくらい存在するだろう。

だが義光は、それを重々承知の上でなお、ひとつ先へと踏み入った。

「忍」

「なんだ」


「元カノさんと、何があったの？」


「……」

「一刻も早くアリエルちゃんを独立させたい、っていう考えは忍らしいし、理屈も理由も理解できたから賛同したけどさ。忍の中には、もっと別の想《おも》いもあるように感じる」

「……それは？」

「自罰。自分が穏やかな時間を過ごすことを許せないような、耐え切れないほど苦しんでなお、自分自身を苦しめ続けずにはいられないような、歪《ゆが》んだ想い」

「……」

「春会での忍や、トビケンの頃《ころ》の忍を思い返して、僕もようやく気付いたんだ。忍はそりゃ昔から偏屈な男だったけど、もっと欲求に素直っていうか、やるべきことはやりたい、やりたくないことはやりたくない、みたいな、人間味のある偏屈な男だったよね」

「俺とて歳《とし》を取った。少しばかり大人になって、我慢が利くようになっただけだろう」

「僕もそう思ってたけど、やっぱり違う」

「何故《なぜ》そう考える」

「忍が、誤魔化そうとしてるからだよ」

穏やかな義光の眼差《まなざ》しに、忍は閉口する。

それは忍の、隠し切れなくとも語る気はないと示す、ゆるやかな拒絶の意思表示。

暫《しばら》く向き合ったのち、先に溜息《ためいき》を吐《つ》いたのは義光であった。

「……嫌《いや》なら聞かないけどさ。その気持ちとアリエルちゃんの独立は、関係ないんだよね？」

「無論だ。アリエルの今後を真に案ずるなら、独立させる以外の選択肢はない」

「分かった、それならいいよ。変なコト言ってごめんね」

先程までの会話を、一切なかったことにするかのような微笑《ほほえ》み。

そうして直樹義光は、中田忍の傍を付かず離れず、寄り添い見守り続けるのだ。

今までも、今も。

そして、これからも。

◇◆◇◆◇◆◇

一ノ瀬由奈《いちのせゆな》のアドバイスを取り入れ、バス・トイレは別。

御原環《みはらたまき》たっての希望と、アフターケアにかかる利便性を考え、遠くとも市内、できれば忍《しのぶ》や環の家から自転車などで行ける圏内がよい。

一方、アリエルの健脚を考えれば、駅やバス停は多少遠くてもいいだろう。

その代わり、オートロックで帰り道も明るい三階以上の物件を、家賃抑え目で選ぶのだ。

目的はもちろん、夜闇に紛れ現れる不審者や空き巣たちの命と安全を守るためである。


忍はこの期に及んでもアリエルの埃魔法《ほこりまほう》を無理に禁じないし、むしろ『急迫不正の危険が迫ったときは、相手を殺してでも生き延びろ』ときつく教えている。

即ちアリエルが不審者に襲われでもしようものなら、初手で無慈悲に額《ひたい》をカチ割られるのが必定であり、殺人罪で捕まるので止《や》めたほうがいいし止《と》めたほうがいいのだが、ではせっかく抵抗する力を持ちながらいいように尊厳を蹂躙《じゅうりん》されるのがアリエルの辿《たど》るべき道なのか？

と忍に聞かれるとそうだよとは言いにくいので、誰《だれ》も止められないのであった。

なおこの件は、グループトークで熱い議論が交わされた結果『魔法水を相手の喉奥《のど》に直接送り込めば効率的に無力化できるし、万一そのまま溺死《できし》したとしても殺害方法の立証ができないので、ワンチャン平和的なのではないか』との結論に達し、アリエルは緊急事態の際、ビームの前にまず魔法水を作るよう指示されている。

立証できない犯罪を罪と裁かぬ、これが法治国家の限界であろう。

話は逸《そ》れたが、アリエルの新居探しである。

忍と義光《よしみつ》はああでもないこうでもないと意見を交わしつつ、物件選びに精を出していた。

「半年ぶりかな」

「国籍のときの話か」

「うん。あのときもこの店で、ああでもないこうでもないってやったよね」

「仕方あるまい、と言いたいところだが、あの日のような脇《わき》の甘さが、ナシエルのような者の入り込む隙間《すきま》を生んだのかもしれん。反省している」

「警戒や反省もいいけど、やり過ぎると心が疲れちゃうよ。忍も分かってるんでしょ」

「まあな」

忍はいくらか穏やかな表情で、ティーカップを傾ける。

今日は自分で淹《い》れる必要もない、濃いめのウヴァ・フレーバー。

通《つう》を気取るつもりもないし、『美味《うま》い』以上の味覚的語彙《ごい》を持ち合わせていない忍であったが、メニューに今日のお薦めと記されていたのだから仕方あるまい。

実際、ミルクのまろやかな舌触りと、心地よい香りが鼻腔《びくう》をくすぐり、とにかく美味《おい》しい。

「そう言えばここ、ケーキも美味しかったよね？」

「ああ。一旦《いったん》休憩して食事を頼むか。ディナーメニューも出していた筈《はず》だ」

「うーん……忍《しのぶ》はアリエルちゃんとの夕飯もあるだろうし、ケーキにしとこっか」

「ふむ」

夕飯前にケーキもどうなんだという話だが、その辺りは健啖家《けんたんか》で有名な直樹義光《なおきよしみつ》なので、特に気にはならないのだろう。

「忍も好きなの選んでよ。おごるからさ」

「いや、それは道理に合わんだろう。力を借りているのは俺だぞ」

「だって忍、明日誕生日でしょ」

「そうだったか」

「え、忍の誕生日、六月三十日だったよね？」

「ああ。だが……」

忍がスマホのカレンダーを呼び出すと、確かに今日は六月二十九日、金曜日であった。

「明日だな」

「自分の誕生日でしょ。なんで意識してないのさ」

「別に、ただ歳《とし》が増えるだけの日じゃないか」

「……まあ、忍ならその反応だよね」

「逆に俺の誕生日など、よく覚えていたな」

「ちょうど上半期の最終日だからね。なんとなく覚えちゃった」

「そんなものか」


「アリエルちゃんの独立が済んだら、忍はどうするの？」

「どうもこうも、皆が自分の日常を取り戻し、俺もまた俺なりの日常に還《かえ》るだけだ」

「……また、ひとりになるってこと？」

「今も昔も、お前がいるだろう。ひとりじゃない」

「そうじゃなくて！」

「なんにせよ、アリエルや御原《みはら》君よりはいくらもマシさ。彼女らとは違い、俺は望んで孤独を生きている。それが皆の為《ため》でもあるし、何より俺の為でもある」

「ひねくれちゃって」

「考え抜いた末の結論だ。どう揶揄《やゆ》されても構わんし、後悔に及ぶつもりもない」

「……そっか」

「それよりも部屋の件、本当に頼んでしまってもいいのか」

「うん。流石《さすが》に今日の明日じゃ厳しいけど、来週末くらいに内覧できるよう手配しとくね」

複雑な想《おも》いを噛《か》み殺すように、直樹義光《なおきよしみつ》は薄く笑った。

◇◆◇◆◇◆◇

同日午後八時三分、中田忍《なかたしのぶ》邸。

「カレールーには大量の油分が含まれるため、洗い方を工夫せねば食器や調理器具に見えない汚れが残る。食器用洗剤を混ぜた水に浸け置くのも手だが、調理器具には洗剤の臭いが付くし、雑菌の増殖する危険性などを考えると一長一短だ」

「はい！」

「大まかな汚れをキッチンペーパーで拭《ふ》き落とし、ざっくりと温水で流し、洗剤を掛けてこするなどの下洗いを済ませた後、スポンジ洗いするのが妥当だろう。指先にカレーが詰まる危険性に鑑《かんが》みて、なるべくゴム手袋を装着するように」

「分かりました！」

アリエルは器用に皿を操り、温水を当てて油分を流し落とす。

米粒ひとつ残さない食べっぷりも相まって、洗い物はほどなく終わった。

「自由に作らせると、お前はいつもカレーライスだな」

「焼き、炒め、煮込みと調理の基礎を網羅しており、肉あるいは魚介と野菜のバランスが良く、栄養学的にもウレシー」

「そうは言ったが、毎日作れとまでは言っていない」

「シノブはカレーがニガテですか？」

「嫌いではないが、全体の調和を考えろということだ」

「フムー」

炊事、洗濯、掃除に料理。

今や家事の殆《ほとん》どは、訓練中の異世界エルフ《アリエル》が担当していた。

真剣に教える凝り性の忍と、全力で学ぶ賢いアリエル。

日本語による詳細な意思疎通《そつう》が可能となったことで、液体ソープのボトルは完全に乾燥させてから詰め替えるし、生ゴミがかさみ始めれば重曹をかけるぐらいの工夫もこなす。

やや知識の方向性に偏《かたよ》りが見られるのはさておき、そこいらの独居大学生よりも、余程《よほど》高い主婦力を得るに至ったのである。

「アリエル。ひと息ついたら、これを見ておいてもらえるか」

「はい。それはなんでしょう」

テーブルの上に広げられた、いくつかの物件資料。

義光と詳細を詰めたもののうち、特に好条件の資料を抜き出したものだ。

「新しいおうちですか？」

「そうだ。上面図の見方は教えたな」

「はい。屋根も天井も描《か》いてありませんが、どこの部屋にもついています」

「結構。来週末には直接中を見られるそうだから、ある程度の目星をつけておいてくれ」

「シノブは、一緒に上面図を見ませんか？」

「一ノ瀬《いちのせ》君に『顔色悪いですよ。今日は九時までに寝てください』と厳命されていてな」

「分かりました。おやすみなさい、シノブ」

「ああ。おやすみ、アリエル」

『ひとりで眠る訓練を始めたい』というアリエルからの申し出により、忍《しのぶ》とアリエルは少し前から寝室を分けている。

「……」

忍は和室の引き戸を後ろ手に閉め、布団に潜って明かりを消した。

——順調だ。

——この調子ならば、八月を待たずして別居できるかもしれん。

アリエルは寝室に入ったようで、かすかに書き物をしているような音が聞こえる。

——そう言えば、例の書き溜《た》めたノートに何を書いていたのか、まだ聞いていなかったな。

——まあ、今となっては、俺が気にすべきことでもあるまい。

異世界エルフ《アリエル》を独立させる以上、今までは必要最低限に行ってきた、プライバシーの侵害行為も打ち切るべきであろうと、忍は考えていた。

忍の知らぬところでアリエルが何をしているか、気にならないわけではない。

だが忍は、アリエルにそれら問題の責任を請け負う力がある、もしくは力を身に付けられる余地があると判断したからこそ、この家から独りで送り出すのだ。

——そう。

——この先のアリエルを案ずる資格など、俺にはない。

アリエルに教えておくべきことは、まだまだ残っている。

残された貴重な週末を一秒とて無駄にしないため、忍はゆっくりと目を閉じた。

◇◆◇◆◇◆◇

夕暮れの公園。

傍《かたわ》らの鎖を掴《つか》む手は、今よりも随分と小さい。

忍はすぐに、自分が夢の中でブランコに揺られていると気付いた。

尤《もっと》も、気付いたからといって、何が変わるわけでもない。

少なくともこの夢において、忍は多くのヒトが見る夢のように、夢を制御できずにいる。

『――――』

隣のブランコから、忍《しのぶ》に誰《だれ》かが語り掛ける。

姿は見えない。

声も、何を話しかけられているかも、認識できない。

それでも感じる、懐かしい、確かな安心感。

忍は理解した。

――今隣にいるのは、俺がかつて守られ、かつて守れなかった、あの大人だ。

必死に身体《からだ》を動かし、あるいは語り掛けようとするが、これは〝見る〟タイプの夢だ。

どれだけ意識がはっきりあろうと、忍はその内容に干渉できない。

その代わり〝大人〟の声が聞こえなくても、夢の〝忍〟が勝手に答えてくれる。

『――――』

『誕生日には、お金を貰《もら》います』

『――――』

『一年生で千円。二年生で二千円。三年生で三千円です。お父さんが決めました』

『――――』

『お母さんは『毎年金額が増えて嫌《いや》だわ』と言うので、僕は毎年ごめんなさいと謝ります』

『――――』

『好きなアニメの消しゴムと、シャーペンを買いました。消しゴムはみっともないから学校に持って行っちゃだめと言われて、シャーペンは筆圧が弱くなるからだめだと怒られました。次の年からはお菓子を買ったことにして、お母さんにばれないようにお金を隠しました』

『――――』

『四年生のとき、僕はお母さんに、お金はいらないと言いました。どうせお金なんて使わないし、お母さんに嫌な顔をさせるくらいなら、貰わないほうがいいと思ったからです』

『――――』

『そうしたら、お父さんとお母さんがけんかになって、お父さんがお母さんを叩《たた》きました。次の日、お父さんが仕事に行った後、お母さんは僕に一万円札を投げつけました』

『――――』

『返せるよう使わずにいたら、また怒られたので、僕は欲しかったものを買いました』

『――――』

『すごくかわいくて、ずっと欲しかったので、僕はジャンガリアンハムスターを買いました。お父さんにもお母さんにも、クラスのみんなにも笑われたけど、僕はハムスターが欲しかったんです。かわいいから、欲しかったんです』

『――――』

『でも結局、すぐ死んでしまいました』

『――――』

『だから、何もいらないです。何もないのが、僕は一番いいです』

〝忍《しのぶ》〟は、泣くでも落ち込むでも憤《いきどお》るでもなく、淡々と語り続けた。

心が死んでいるだの、感情が壊れただのという、格好のよろしいものではなく。

まるで他人事《ひとごと》のように、ただ淡々と。

『――――』

「大丈夫です。今は、ひとりじゃなくなりましたから。毎日楽しい気持ちでいっぱいです」

『――――』

『有り得ません。僕にだってそれぐらい分かります』

『――――』

『……でも』

『――――』

『……』

『――――』

『……ちょっとぐらいは、その、興味がありますけど』

『――――』

『えっ』

包み込むような、温かい気配。

そして。

『――――』

◇◆◇◆◇◆◇

ガバッ

「……」

いくら前日に誕生日の話をしたからと言って、こうも短絡的に夢を見てしまうものか。

それも、今の今まで忘れていた、遠い昔の夢を。

忍は身を起こし、スマホの時刻表示を確認する。

六月三十日、午前三時十三分。

区役所福祉生活課支援第一係長中田忍《なかたしのぶ》、三十三歳の誕生日であった。


忍はスマホの画面を閉じ、トイレに立ち上がる。

夢の残滓《ざんし》が心をざわつかせ、このままでは眠れそうにない。

　カラカラ　ピシャッ
真っ暗なリビングに踏み出した忍は、小さな異変に気付く。

「……まだ起きているのか」

見ればアリエルの寝室から、蛍光灯の光が漏《も》れていた。

寂しさから光の綿毛を撒《ま》いているならともかく、明かりを点《つ》けているのは解《げ》せない。

「アリエル。ここまでの夜更かしを許可した覚えはないぞ」

プライバシーより保護責任、異世界エルフの健康管理。

当たり前でないようで当たり前の理屈を胸に、忍はノックもせず寝室の扉を開け放つ。

そこには。

「……ふむ」

何冊もの書物を広げ、Ａ４用紙を床にまで散乱させたまま、読書用のデスクに突っ伏しているアリエルの姿があった。

具合を悪くしたのかと焦りかける忍だったが、穏やかで幸せそうにぷひゅぷひゅ響く寝息と、耳が目にパッタンしている状況から推せば、何かの作業中に寝てしまったと見るべきか。

「……眠いときは寝床で寝ろと、教えた筈《はず》なんだがな」

誰《だれ》にともなくぼやき、忍はアリエルを抱き上げにかかる。

明日からもう七月とはいえ、流石《さすが》にこのまま寝かせてはおけまい。

しかし。

「む」

ふわりと軽いアリエルの身体《からだ》が、何故《なぜ》か全く動かない。

アリエルがデスクへかぶりついているせいだと気付くまでには、暫《しばら》くかかった。

「……」

他人の書き物を見るべきではないと思いつつ、引き剝《は》がさねばどうにもならない。

仕方なくデスクへと視線を向け、上半身ごと抱き上げようとしたところで。

忍は見た。

見てしまった。

「……これは」

【意見陳述書】

六月三十日　中田忍《なかたしのぶ》宅居住　河合《かわい》アリエル

1　覚書

本陳述書の作成に当たり、河合アリエルにおける実効的保護者たる中田忍を甲、その従に属する河合アリエルを乙と規定する。

またはカタい奴《やつ》だからノブを甲、乙女だからアリエルちゃんが乙という覚え方でもいい。

なお、本陳述書の記述において、乙の生育した故郷については〝異世界〟、乙の生来持つ優生特徴を一括して〝エルフっぽいところ〟と定義する。

2　本陳述書の示すべき結論

甲が今後も乙を同居の上でその庇護《ひご》下に置き、乙の人格と自由意思を尊重し、生活の基を支え続ける判断に一定の有為を認める。

以下に結論へと至る経緯及びその論拠を列記する。

3　乙が甲宅の保護下に至る経緯
乙は異世界において年代不詳に生誕し、計時不能な期間を自己喪失状態のまま浮浪、徘徊《はいかい》の上、自意識を得るに至った。

その後、乙の主観的計時期間によれば、推定百数十年間にわたり、孤独な狩猟生活を強《し》いられ、その後、原因不詳により甲宅への転移を余儀なくされたものである。

なおこの際、甲は意識を失った乙の乳房を乙の了承なく揉《も》みしだいた上、乙がその状況を覚知するや、甲自身の行為を正当化するため、知識のない乙に対し、甲の乳房を揉みしだくよう強要し、のちに甲の協力者に対しても同様の行為を促している。

4　甲の本邦における生活基盤と、乙に対する現在までの扶養状況について
甲は区役所福祉生活課支援第一係長として勤務する地方公務員であり、日本国民として公の身分を有し、乙を扶養するに足る十分な所得を得ていると認められる。

甲個人の倫理観は社会常識に比して苛烈《かれつ》に独特乃至《ないし》常軌を逸した部分を認めるものの、その本質は秩序立った善に属しており、本来無条件に搾取あるいは尊厳を蹂躙《じゅうりん》されるばかりであったはずの乙に対し、衣食住を提供し、必要な教育を施し、生計の独立に関し継続的な支援を申し入れながら、現在まで対価を要求する姿勢を見せていない。

5　乙のエルフっぽいところ（人間と違うってところを重点的に！）

乙は地球人の価値観によれば、一見してコーカソイド系の女性であるが、その生体機能は人類のものと大きくかけ離れており、長い耳、排便を必要としない清潔さ、透き通る白い肌、埃《ほこ》り高き魔法を操るところなどは、かなりエルフっぽい感じになります。

指から水を飲む、髪のダシ汁を食べると乳房が大きくなるのも、エルフっぽい？　感じです。エルフに似ていますが、エルフとも言い切れないので、乙はエルフっぽい感じなのです。人間とは違います。

6　乙の本邦における自活能力について

乙は本邦における義務教育を一切受けていないほか、異世界においても文献等により社会生活の基礎を自主学習していたばかりであり、他者との交流が介在しない孤独な狩猟生活を送っていたことから、自活可能な社会性の習熟有無については疑義を呈さざるを得ない。

他方において、乙は本邦における成人女性に比するべき高度な知性を有していると認められ、およそ七か月以上に亙《わた》る甲及びその協力者との共同生活の中で一定の社会常識を解する姿勢を見せ、本日に至るまで甲及びその協力者への明確な反抗を見せることなく、常に従たる姿勢を崩さず迎合する能力を有すると認められる。

よって乙の本邦における自活能力については、未《いま》だ不明瞭《ふめいりょう》な点、不足を認める点が存在する傍《かたわ》ら、甲及びその協力者の支援により十全に機能するものと期待され、既《すで》に甲及びその協力者については、独立後の支援を応諾している。

7　乙の独立に関する問題点

7・1　乙のエルフっぽいところに関する危険性

乙のエルフっぽいところについては、確認するまでもなく地球における生物学的オーバーテクノロジーに当たるものと解され、その活用方法如何《いかん》では、自己及び他者の生命、身体及び財産を著しい危険に晒《さら》すものと認められる。

また、その研究利用価値たるや計り知れないものと推認されるが、世界唯一の検体たる乙がその旨関係機関に名乗り出た場合、乙の尊厳が保証される蓋然《がいぜん》性はどこにもなく、世論に対するエルフっぽいところの発覚については、特段の注意を払う必要がある。

にもかかわらず、甲は本問題につき、乙の自主性による自主防衛、あるいは乙自身の判断に依《よ》り世間への発表すら黙認する姿勢を認めているが、時期尚早《しょうそう》と断じざるを得ない。

危険性と有為を乙に理解させる、包括的な教育を施す期間を設けるべきと認められる。

7・2　乙に係る、いわゆるチョロさについて（優しくし過ぎたのが原因ですって感じで！）

乙は自我を得てから今まで、知的生命体とのコミュニケーション経験が一切ない、コミュ障であると言えます。

その乙が本邦において今日まで安心安全に生活できていたのは、最初に出会った甲が異常なまでに誠実で、用心深くて、結構抜けているところもあるけど、いつでも最後は乙の為《ため》に尽力してきてくれたからに他なりません。

しかしながら、人間は、基本的に怖くて悪い生き物です。

乙の純朴さに付け込んで利用しようとする、悪い人もいっぱいいるでしょう。

甲はいい人と悪い人の見分け方を乙に教え、乙の判断で受け入れる相手を選ばせようとしていますが、それってどうなんでしょうか。

いい人のフリをして近づいて、悪いことをしようとする人も、世の中にはいます。

最初に出会った人間が甲だったが故《ゆえ》に、乙は未《いま》だ人間の悪意に晒《さら》されたことがないのです。ましてや乙は胸元が大きくて、可愛《かわい》くて、なんでもニコニコ聞いてくれるので、そういう筋の人にとっては、すごくチョロい感じで、すごく狙われやすいです。

もっとゆっくり、もっとちゃんと教えてあげたほうがいいです。

7・3　乙の生活基盤構築に関する弊害

乙は自身の計時感覚で、推定百数十年間にわたり孤独な狩猟生活を送ってきたと認められることから、現代日本の基底概念を未だ充分に理解していないと見るのが妥当である。

ここで言う〝基底概念〟とは『マクロな視点においては国家間、ミクロな視点においては個人間における価値観の共有を目的とした貨幣制度』や『国家の法律や自治体の条例、勤務先等の定める規律規則等が人的情状より優先する』などの、いわゆる『本来語るに値しない常識』について指すものとする。

甲は生活保護乃至《ないし》アルバイト等の非正規雇用勤務により乙の生活基盤構築を画策しているものであるが、基底概念を確固たるものとして汲《く》み取れていない乙は、遠からず致命的な失態により不利益を被る可能性が極めて高いと指摘せざるを得ない。

具体的には

・無賃の浮浪者に対し、求められるまま商品たる食料品類等を供与する
・同情などの理由により、本来得るべき報酬を受け取らない、または安易に施してしまう
・無関係の揉《も》めごとに割って入り、巻き込まれ、反社会的存在等の攻撃対象となる
・自己または他者にかかる問題の解決に際し、暴力あるいはエルフっぽいところを用いる
・エルフっぽいところが露見した場合、宗教的、政治的シンボルとして悪意的に利用される

など、懸念の列挙に暇がないほどである。

8　乙を甲の庇護《ひご》下に置き続ける問題点

8・1　実効的保護者たる甲の主張について

乙の独立に際し、甲は『甲とその協力者が生活基盤の根幹を握ることで乙を実質的に支配し、乙の自由意思を阻害しているねじれを正すため、乙の独立を促進する』旨主張しており、その主張には一定の蓋然性《がいぜん》が認められ、甲の協力者においても一定の理解が示され、乙自身もこれを承諾しているものである。

〝自由〟の文言《もんごん》に関する定義は諸説あり、各場面においてその主軸たる側面には差異を生じるところであろうが、本陳述書においては一七八九年八月二十六日の人及び市民の権利宣言、通称フランス人権宣言の第四条として採択された『自由とは、他者を害することのない言動すべてについて、それを行えることである』ことを自由として論ずる。

これを前提として、乙の〝自由〟を保障するためと云《い》う、甲の主張につき再度検討する。

甲は乙が顕現したとみられる深夜から今日までの実に七か月以上の間、超越的に乙の安寧ばかりを願い、乙の生命、身体、財産、そして尊厳を保護してきた実績がある。

この事実につき乙は極めて肯定的な意思を表し、甲へ熱烈な好意と謝意を示しているが、それらすべてを『自らが乙の生活基盤の根幹を握っているため』と主張する愚かな甲の為《ため》に、一旦《いったん》盤外の問題として捨て置く。

対して今後、乙が放たれる先は、不特定多数の悪意が存在する、現代の人間社会である。

確かに甲の云《い》うように、甲らの支配から離れ、社会に放り出された乙は〝自由〟となり、あらゆる選択を自身の意思で獲得し、自身の求める形で生きられることとなろう。

取り直さず、それは〝自由〟であり、甲により乙は〝自由〟を享受《きょうじゅ》する権利を得る。

だがこのとき〝自由〟を至上の物と考え価値を認めているのは甲であり、乙が〝自由〟を求めていると、必ずしも断定することはできない。

〝自由〟に夢想的な価値を見出だしているのはあくまで甲の側であり、乙は甲から〝自由〟を押し付けられんとしているに過ぎない。

別の言い方をすれば、乙が見出だした庇護《ひご》と制限の内に生まれる幸福につき、甲が価値を認められていない状態であり、その場合甲が謳《うた》う乙の独立は、甲の狭小な視野が生み出した、乙の為のようでいて誰《だれ》の為にもならない蛮行に過ぎないと断ぜられる。

あるいは、甲の語る〝自由〟については、甲の裁量により甲の庇護下においても十分乙に与えられるものであるから、そもそも独立という手段自体が唯一のものでなく、甲が乙に対し誠実であり続ける限り、現状の維持にはなんら問題がないとする見方も可能である。

8・2　甲について

善意の第三者たる甲には、乙を庇護下に置き、扶養し続ける義務は一切存在しない。

数度にわたり乙の乳房を揉《も》んだ件、乙に誤った知識を植え付け、乙を辱《はずかし》めた件についても、乙に処罰意思は存在せず、逆に遥《はる》か上回る庇護を乙に与えている現状に鑑《かんが》みれば、罪状に係る補障は既《すで》に為《な》されたと判断するのが妥当であろう。

よって、どれだけの理屈を並べ立てようと、甲が乙を拒めば、すべてが決する。

故《ゆえ》に、穿《うが》った見方をすれば、すべての議論は無意味である。

すべては甲の決断如何《いかん》に依《よ》る。

9　アリエルの作者の気持ちについて

アリエルは、忍《しのぶ》がだいすきです。

由奈《ゆな》も、義光《よしみつ》も、徹平《てっぺい》も、環《たまき》も、ティアラも、トビケンのひとたちも、みんなだいすきだけど、だいすきです。

忍といっしょにいると、うれしいです。

忍がいないときは、さみしいです。

忍がいなくて、忍が帰ってくると、アリエルは、すごくうれしいです。

忍のごはんはおいしいです。

カレーが好きです。

お寿司《すし》はすごく好きで、だいすきに近いくらい好きで、特にサーモンがだいすきです。

また食べたいです。

ムニエルも好きです。

おにぎりとサンドイッチも好きです。

いっぱい好きな食べ物があるので、後で書きます。

忍は本が好きです。
アリエルも本が好きになりたいので、おそろいです。
アリエルは作者の気持ちがわからないので、忍みたいに本が読めません。
いつか、忍の好きな本を、アリエルも読めるようになりたいです。
面白いところを、いっしょにお話ししたいです。
アリエルは、エルフっぽいですが、忍は、エルフっぽくないです。
忍はソアリングできないのに、ソアリングしてしまいました。ごめんなさい。
でも、一緒にソアリングしたのは、ちょっとコワイかったけど、楽しかったです。
オトマリするときみたいに、忍をぎゅっとして、キラキラしたマチノヒを見ました。
ユナがすごい怒っていました。コタツがあったかいでした。
忍はいつも、忍っぽい顔なので、怒っているか怒っていないかわかりません。
でもずっと、アリエルに優しい忍でした。

アリエルは、この世界のことが、まだよくわかりません。
この意見陳述書も、秘密のことは誰《だれ》にも教えません。

なので、教えませんが、教えてもらって書きました。

忍《しのぶ》は狩りが必要ない、ただ生きるだけならば、この国ほど楽な場所もないというようなことを言いましたが、アリエルは違うと思います。

アリエルの作者の気持ちは難しいですが、ヒトの作者の気持ちはもっと難しいのだと、アリエルは少しだけ知っています。

もしかしたらそれは、狩りよりもずっと難しくて、大変なのかもしれないと思っています。

だからアリエルは、ひとり暮らしをしないといけないのです。

忍に何かしてもらうのは、いけないことなのです。

わかっています。


わかっています。

でもアリエルは忍と暮らしたいです。


忍のご飯はおいしいです。

いろんなことを教えてくれます。

一緒に、本を読んでくれます。
本当はちょっといやなのに、一緒のベッドで寝てくれます。
一緒に遊んでくれたり、お散歩したりしてくれます。
お料理やお掃除を教えてくれます。
アリエルのエルフっぽいところを、イケテルと言ってくれます。
いろんなことを教えてくれます。

アリエルがアリエルになってから、忍の家に来るまでより
忍の家に来てから今日までのほうが、ずっとずっとずっと、楽しかったです。

忍はいつも忍っぽい顔なので、アリエルがいるのは楽しくないのかもしれません。
だから本当は、やっぱり、いけないことです。
アリエルは、忍にだいすきになって欲しいのです。
だからアリエルは、忍の言うことを聞いて、ひとり暮らしを

ひとり暮らしを

ひとり暮らしを
アリエルは

アリエルは、忍《しのぶ》といっしょにいたいです
アリエルは、忍がだいすきです
忍がだいすきでなくても、アリエルは忍がだいすきです
アリエルは忍といっしょにいたいです

ごめんなさい

ごめんなさい

アリエルは

アリエルは

アリエルは、忍と一緒がい　、、

◇◆◇◆◇◆◇

『アリエルは、忍《しのぶ》と一緒がい　、　、』

記述はそこで止まっており、アリエルは鉛筆を握り締めたまま眠っていた。

握る指先が白むほどに、がっちりと握りしめたまま、眠っていた。

「……」

デスクの上に目を向ける。

何枚も書き散らかされた、下書きか書き損じと思われる、無数のＡ４用紙。

過去にアリエルへ与えたノートも広げられており、エルフ語らしきメモと、精緻《せいち》な落書きで埋め尽くされている。

広げられた書籍は国語辞典や漢字辞典、図鑑の難しい言い回しが掲載されたページなど。

寿司《すし》図鑑のサーモンのページが開かれているのは、疲れたときの気分転換用だろうか。

傍《かたわ》らにあるアリエル用のスマートフォンは、通知用ＬＥＤが忙しく点滅していた。

自身のスマートフォンで時刻を確認すると、午前三時四十二分。

昨晩八時過ぎに忍が布団へ入ってから、七時間程度しか経《た》っていないことになる。

「……」

忍の胸の内に生まれる、熱くどろどろとした鮮烈な感情。

その正体を、中田《なかた》忍は知っていた。

「アリエル」

片耳の先を摘《つま》んで、ぺろんと剝《は》がす。

異世界エルフ《アリエル》は耳の下でもしっかり目を瞑《つむ》っており、どう見ても熟睡していた。

だが今の忍は、その程度で止まったりしないし、止められはしない。

「起きろ、アリエル」

「……んひゃ」

摘まれていないほうの耳もぴゃんと広がり、アリエルがむくりと起き上がる。

「おはようございます、シノブ」

そして、未《いま》だ状況が理解できていないのか、寝ぼけ眼《まなこ》でほやぁと忍に笑いかけた。

かわいい。

「今はまだ真夜中だ。そしてここはベッドではない」

「……ほゃ……ァ……あ……ホアアアアアー!!!!」

慌ててデスク上のＡ４用紙をかき集めようとする、アリエルだったが。

「動くな。話を聞け」

「……はい」

片手首を掴《つか》まれ、固まるアリエル。

異世界エルフの膂力《りょりょく》を発揮し、本気で抵抗すれば、簡単に振り解《ほど》けることだろう。

しかしアリエルは、そこからぴくりとも動けなかった。

話を聞いてくれる忍《しのぶ》よりも、話を聞いてくれない由奈《ゆな》のほうが怖いと考えていたアリエル。

忍は忍っぽい顔をしているので、普段怒っているのかいないのか分からないと、意見陳述書に記していたアリエル。

だが、今ならはっきりと分かる。

アリエルは、どちらも間違えていた。

忍がアリエルを本気で叱《しか》り付けたことなど、今まで一度もなかったのだ。

加えて今、忍は間違いなく怒っている。

研ぎ澄まされた真剣の如《ごと》き怒りの切っ先を、アリエルの喉元《のどもと》へ突き付けている。

「ゴメンナサ」

「謝罪は赦《ゆる》しを請《こ》うためにある。お前に赦しを請う資格はない」

「ヒッ……」

逃げ道を塞《ふさ》ぐどころか、逃げるコマンド自体を消されたアリエルに、為《な》す術《すべ》はなかった。

「答えろ。今は昼間か、それとも夜か。あるいは深夜か」

「……深夜です」

「考えるな。即座に答えろ」

「はい」

「起きるのは昼間、寝るのは深夜と教えたな。何故《なぜ》お前は深夜に起きている」

「えぅ」

「答えろ」

「ちぇ、ちゅ、ちゅいん、ちん、ちん、ちちゅちゅちょ、しゃ、ちゃ、ちぇ、てぃ、ちゃ」

「陳述書」

「陳述書を書くためです、シノブ」

「今夜書き始めたのか」

「違います」

「そうだろうな。いつからだ」

「一緒にオトマリするのを止《や》めてからなので、一週間くらいです」

「寝床を別にしたのは、この作業を隠すための隠蔽《いんぺい》工作か」

「秘密のことは、誰《だれ》にも教えません」

「では、誰の入れ知恵だ」

「……ひ、秘密のことは、誰にも教えません!!」

「いいだろう。その秘密については看過してやる」

吐き捨てるように言い、忍《しのぶ》は手を離し、デスクへ手をついて、アリエルを見下ろす。

座っていたアリエルがびっくりして、ちょっとだけ飛び上がって、ぽすっと着地した。

かわいい。

「アリエル。俺がなんのために、夜は大人しく寝るよう指示してきたと思っている」

「アリエルのためです」

「分かっているならば、なぜ従わない」

「アリエルは、ちゃ、ちゅいん、ちん、ちん、ちちゅく、ちちゃん、ちんじ、じょつ、ちん」

「陳述書」

「陳述書を、今日までに、どうしても書きたかったのです」

「それはお前の健康よりも大事なことか」

「大事なことです」

「何が大事なものか」

忍の一言が、いちいち重い。

アリエルは目じりに涙を湛《たた》え、ふるふると震えるばかり。

「現代日本の医療がお前に効くのか、お前を治す医療技術がこの世界に存在するか否《いな》か、分からんのだぞ。健康を確保するための最低限かつ確実な手段である睡眠を、なんの束縛もなく生活するお前が放棄し、病気にでもなったらどうする。この先お前が何をしようと構わんが、俺の目の届く範囲で不養生を働くことは許さん。覚えておけ」

「……はい」

「理解したか」

「はい」

「では、お前は何を叱《しか》られていた」

「アリエルが寝ないといけないのに、寝なかったことです」

「寝ないとどうなる」

「アリエルが、病気になるかもしれません」

「では、これからはどうする」

「寝ます」

「ああ。今晩からはそうしろ」

「……こんばん？」

「そうだ」

理解が追い付かないアリエルを横目に、忍は書きかけの陳述書をデスク上へ広げる。

「まず確認したいんだが、お前は俺と民事裁判を争うつもりなのか」

「ミンジサイバン？」

「血の流れない戦いのことだ。相手を精神的に殺すこともあるが」

「アリエルはミンジサイバンをしません。シノブがこれを好きっぽいのでこうなりました」

「ならばこの際、書式についての指摘は省くとしても……『5　乙のエルフっぽいところ（人間と違うってところを重点的に！）』。これはなんだ」

「秘密のことは、誰《だれ》にも教えません」

「御原《みはら》君がこう書けと指示したのか」

「秘密のことは、誰にも教えません」

「暴《あば》かれた秘密を守る意味は薄い。素直に認めることが、却《かえ》って良い結果を招くこともある」

「ホォー」

「今回は認めろ。俺は既《すで》に真実の一端を掴《つか》んでいるし、どのみちすぐにすべて露見する話だ。隠しごとを止《や》め、最低限の信頼を保つ選択も、ある意味で有為だと勧めたいが――」

「タマキが教えてくれました」

「……」

高速の手のひら返しに、ただ戸惑うばかりの忍《しのぶ》。

つい先日、隠しごとの件で由奈《ゆな》に散々泣かされた件が遠因だとは、流石《さすが》の忍も気付けない。

「……指示自体の趣旨は間違っていないが、アリエルの理解が追い付いていないな。この指示は文章の内容を訂正するもので、タイトルにすべきではないだろう」

「そうなんですか」

「ああ。7・2も御原君の指示と見たが」

「シノブは、ちゃん、ちゅん、ちん、ちゅ、ちん、ちん、じんち、ちゅんち」

「陳述書」

「陳述書ズカンですね!!」

「誰でも分かるさ。1の覚書は徹平《てっぺい》か」

「6とか、7・3とかもテッペーです」

「……確かなのか」

「はい」

「……ふむ」

それ以上のことを忍は口にしなかったが、やはり徹平に謝るべきであった。

「お前自身は、書かれている内容の意味を理解しているのか」

「……はい」

「俺の意志を反故《ほご》にして、俺との同居を継続したいと、この陳述書で主張したい。それがお前の意志だと受け取って構わないのか」

「……」

「考えるな。答えろ」

忍《しのぶ》は未《いま》だ、怒りの残滓《ざんし》を漂わせている。

従たる存在のアリエルにとって、あまりにも酷な問いかけ。

しかし、それでも、アリエルは。

忍の目を見て、はっきりと答えた。


「はい。アリエルは、これからもシノブと一緒に暮らしたいです」


忍もまた、アリエルから目を逸《そ》らさない。

アリエル渾身《こんしん》の訴えを、真正面から受け止めて。

「馬鹿《ばか》を言うな。こんなふざけた陳述書で、誰《だれ》を納得させられるつもりだ」

「……アゥ」

力なく肩を落とすアリエル。

忍は一切気にしない風で振り向き、一度寝室を出たかと思えば、すぐに戻ってきた。

「時間を無駄にしたくない。始めるぞ」

「え」

忍の手には、仕事でよく使っている、キャップの付いた赤いペンが握られていた。

歴代の支援第一係員を恐怖のどん底に叩《たた》き落としてきた、書類添削用の油性ペンである。

「俺を納得させる陳述書を作り、別居を取り消させるつもりなのだろう。ならばお前の為《な》すべきは、完璧《かんぺき》な意見陳述書を完成させ、気掛かりなく健やかな眠りに就くことだ。必要な指摘は、俺がいくらでもしてやる。早く作業に掛かれ」

言い切るや、忍は真剣そのものの表情で、書きかけの陳述書にペンを滑らせてゆく。

真っ赤に染まるＡ４用紙。

だがこのとき、最も赤くなっていたのは、他の誰でもない異世界《アリ》エルフ《エル》だったろう。

「涙を拭《ぬぐ》え。紙を濡《ぬ》らしたら書き直しだぞ」

「……」

アリエルは嗚咽《おえつ》を漏《も》らしながら、濡れた紙の水分を埃《ほこり》魔法《まほう》で浮かす。

「皺《しわ》は残すなよ」

「……アイ」

◇◆◇◆◇◆◇

そして同日、正午前。

「これで完成ですか？」

「ああ。立派な意見陳述書になったと考える」

リビングに移動したふたりは、実に八時間近くもの間、ああでもないこうでもないと議論を重ね、遂に中田忍《なかたしのぶ》を納得させうるであろう、論理、書式、文法、すべてにおいて隙《すき》のない、最強の意見陳述書を完成させるに至った。

これを突きつけられれば、流石《さすが》の中田忍とて押し切られずにはいられまい。

中田忍とアリエルの勝ち取った、無二の勝利である。

中田忍は悔しい思いをするのであろうか。

或《あ》いは、中田忍とアリエルの奮闘を称賛し、中田忍の短慮を恥じるのだろうか。

はたまた、中田忍とアリエルの歩み寄りに安堵《あんど》し、快く同居を受け容れるのであろうか。

なんにせよ決断のボールは、中田忍から中田忍へ渡されようとしている。

いや、少し違った。

中田忍とアリエルが力を尽くした意見陳述書は、アリエルの手に握られて。

当のアリエルは、中田忍の前でもじもじしていた。

「……アリエルは、シノブに渡したいものがあります」

「そうだろうな」

「受け取ってくれますか?」

「拒否してもいいのか」

「はい」

「何故《なぜ》」

「シノブは、アリエルをひとり暮らしさせたいです。アリエルはひとり暮らしが、ホントはイヤでしたが、シノブのオススメなので、ひとり暮らしすると言いました」

「ふむ」

「でも、それはちょっと、違う感じでした。お互い違うことを言っていいのが、だいすきの始まりだと、アリエルは分かりました」

おずおずと差し出される、意見陳述書。

「だから、受け取って欲しいですが、受け取ってくれなくてもいいです。ホントはよくないですけど、よくしないといけないので、よいことにしたいのですが、よくないために受け取って欲しいので、アリエルは受け取ってくださいと言うしかなくて――」

「もういい、分かった」

「でもシノブ」

「悪いが性分だ。いつまでも付き合っていられん」

「アゥ……」

長い耳を垂らし、がっくりと肩を落とすアリエル。

それを追うかのように、忍《しのぶ》の右手が陳述書を掠《かす》め取る。

「……ホァ?」

「内容はすべて知り尽くしている。今更《いまさら》読み返す意味などあるまい」

「読んで貰《もら》えませんか?」

「内容を知っているからな」

「受け取ったら、読んで欲しいです。アリエルの考えを知ってください」

「読まずとも知っている。分かるだろう」

「知ってるつもりで的外れのことばっかりするのがシノブのよくないところだと、ユナも言っていました。読まずにダメと言われるのは、いやです。ダメということは仕方ないのですが、仕方なくないのですが、アリエルは――」

アリエルに悪気はない。

ないはずなのだ。

「……」

仕方がないので、忍はアリエルに背を向け、和室へと歩きだす。

「シノブ……」

「……義光《よしみつ》へ電話を掛けに行くだけだ。まだ動いてはいないと思うが、内覧の予約が済んだ後では、流石《さすが》に悪いからな」

「それはどういうことですか、シノブ」

「分からんか」

「分かりません。アリエルは、作者の気持ちがニガテです」

あくまで、忍に恥を晒《さら》せと言うことらしい。

どこかに小型マイクと、指示用のイヤホンでも用意されているのではなかろうか。

——仕方あるまい。

——如何《いか》な理由にせよ、彼女らを振り回してしまったのは、確かなのだから。

「では俺も、はっきり言わせて貰おう」

「はい」

「俺の結論に間違いはないと、今でも断ずる。異世界エルフ《おまえ》は一日も早く独立して、お前自身の居場所を、お前自身の手で形作るべきだ」

「はい」

「しかし、お前が自身の未来と真摯《しんし》に向き合い、論理立てて考えた結論を提示した上で同居の継続を求めるならば、俺とて一考せざるを得ない」

「はい」

「感情論はノイズとして排斥するにしても、お前が独立の必要性を理解してなお、俺の庇護《ひご》下にありたいなどと言うならば、その甘えた性根を叩《たた》き直してやらねば、俺の監督不行き届きというものだ。とてもひとりで現代社会になど、出すわけにはいかん」

「……はい」

アリエルはしゅんとしている。

垂れた耳が、もうほっぺたにくっつきそうだ。

かわいい。

「すみませんシノブ。アリエルはダメなアリエルです」

「……いや、まあ、そういう話なんだが。汲《く》み取れる結論が、他にもあるだろう」

「分かりません。ダメなアリエルは、やっぱり、ひとり暮らしアリエルになるのが、いちばんなのではないかと」

「アリエル」

「ヒッ」

このままでは、埒《らち》が明かない。

追い詰められているのはアリエルだが、限界が近いのはむしろ忍《しのぶ》のほうであった。

即ち。


——こんな茶番、いつまでも演じていられるか。

人呼んで鋼《はがね》の機械生命体、中田《なかた》忍。

これでも人並みの羞恥心《しゅうち》は、持ち合わせているのだった。


「これからも一緒に暮らそう。お前が自ら立てるその日まで、俺がお前を助けてやる」


仕方あるまい。

中田忍の下でヒトを学んだ、素直で健気《けなげ》な異世界エルフ。

ふんわりした遠回しの物言いなど、最初から理解されるはずもないのだ。

「……シノブ」

「もう言わんぞ――」

　むぎゅ。

「……」

一旦《いったん》はアリエルの肩にかけた右手を、そっと頭上に移す忍。

ひと騒ぎを終えたふたりが眠るには、今暫《しばら》くの時間が必要らしい。

◇◆◇◆◇◆◇

「……ほんとは」

「ああ」

「ほんとは、ちょっとのちょっとのちょっとだけ、こうなるかもしれないと思っていました」

「何故《なぜ》だ」

「怒らないで聞いてくれますか?」

「いいだろう。言ってみろ」

「だってシノブは、『さよならが苦手』ですから」

「……生意気な口を利く」

「怒りましたか?」

「いや」

「たまにならば、悪くない」

第四十話　エルフと法廷戦術（裏）

アリエルと由奈《ゆな》が入浴した日曜日、即ち中田忍《なかたしのぶ》の誕生日の六日前。
正しく表現するならば、六月二十四日日曜日、午後十一時十五分。

【グループトーク《中田忍を困らせます。集結せよ》】

【河合《かわい》アリエル　さんが招待されました】
【直樹義光《なおきよしみつ》　さんが招待されました】
【若月徹平《わかつきてっぺい》　さんが招待されました】
【御原環《みはらたまき》　さんが招待されました】
【表示設定を変更しました】

由奈：はい、皆さん揃《そろ》いましたね
ア　：由奈が環の真似《まね》をしています。どうしたことでしょう
環　：アリエルさん止めましょう。ふざけちゃいけない空気を感じます

由奈：いい勘してるじゃない。ちゃっちゃと進めましょ
義光：一ノ瀬《いちのせ》さん
由奈：義光サンは一番余計なこと言い出しそうなんで、黙ってて貰《もら》えますか
義光：え、じゃあ僕なんで呼ばれたの（´・ω・`）
由奈：義理立てと口封じですかね
由奈：あとこちらの計画に合わせて、各種フォローをお願いしようと思いまして
徹平：流石《さすが》は一ノ瀬さん。横暴なんてモンじゃねえな
環　：頼もしいですね
由奈：私に黙ってアリエル唆《そそのか》したふたり
由奈：もうちょっと申し訳なさそうにしてね
由奈：処すよ
徹平：はい
環　：はい
ア　：はい
義光：いや僕も大人だし、忍に言いつけるよ、なんてやらないけどさ
義光：忍だってちゃんと考えあっての決断なんだから
義光：困らせるとか、変な風にしなくても

義光《よしみつ》：普通に話し合って、分かり合う努力を進める方法じゃダメなのかな?
由奈《ゆな》：はい出ました分かり合う努力。今いっちばん要らないやつ
義光：忍《しのぶ》だって、ちゃんと聞く耳持った大人だよ?（=_=）
由奈：どうでもいいんですよ、そんなことはどうでも
由奈：今必要なのは、中田《なかた》忍を捻《ね》じ伏せられる圧力それのみです
由奈：義光サンは黙って協力してくれてたらそれでいいんで、宜《よろ》しくお願いしますね
義光：いや
義光：ちょっとは話聞いてくれても良くない?（T_T）
ア　：義光おねがいします
ア　：アリエルはいけないことを考えています
ア　：だけどアリエルの作者の気持ちは、忍と一緒にいたいのです
由奈：アリエル、もうほっときなさい
由奈：彼が忍センパイに向ける友情以上の何かは、重過ぎるから
由奈：隙《すき》あらば謀反《むほん》狙ってる徹平《てっぺい》サンとか
由奈：歳《とし》の割に気合入ってる環《たまき》ちゃんは見込みあるけど
由奈：義光サンはダメ
由奈：土壇場で何かあったら、必ず忍センパイに付くから

由奈：従属しないって言うなら、もう切り捨てるしかないの
義光：あ、僕そんな評価なんだ
徹平：同意
環　：同意です
ア　：義光は忍と仲良しですね

少しの間《ま》。

義光：分かったよ。情報共有させて貰《もら》う代わりに、この件に関して僕は非干渉
義光：それでいい？（´・ω・）
環　：逆にいいんですか、直樹《なおき》さん
義光：まあ、忍の肩持っちゃいそうな自覚はあるし
義光：交ぜて貰えただけ御の字とするよ
義光：でもあんまり変なことするようなら
義光：ホントに忍に話しちゃうからね（╬・д・メ）
由奈：やっぱ省いとけば良かった
徹平：一ノ瀬《いちのせ》さん、悪意隠れてねーぞ

由奈《ゆな》：はい三人ともその辺でね。具体的なプラン話しまーす
ア　：ありません。信用は大事です
環《たまき》：隠したほうがいいこともあるんですよ、アリエルさん
ア　：隠しごとは良くないです、徹平《てっぺい》

徹平：意見陳述書ねぇ
由奈：時間が惜しいから、詳しいことは各自でググってください
義光《よしみつ》：もう夜遅いからね（≧◇≦）
由奈：そうじゃなくて
由奈：私がアリエルの隣でアドバイスできるの、今だけなんですよ
環　：あ、今日忍《しのぶ》さんちに遊びに行ってるんでしたっけ
環　：私も行きたかったなぁ
由奈：本当は帰るつもりだったんだけど、無理矢理泊まったの
由奈：今は秘匿《ひとく》の連絡用に、フリック入力仕込んでるところ
由奈：今晩は私とお喋《しゃべ》りで誤魔化すにしても
由奈：明日以降音声入力なんてしてたら、手引きしてるのがバレちゃうから
義光：指先の除菌とか、スマホ用手袋のことは平気？（＞_＜）

由奈：そんな悠長なこと言ってる場合ですか
由奈：アリエルは決死で反逆してる最中なんですよ
ア　：由奈とお泊まり、楽しいです
由奈：あんたも真剣にやんなさい
徹平：そんな焦んなくても良くねぇ？
徹平：陳述書、ノブも間に合わせのデキじゃ納得しないだろ
由奈：全体的に時間のゆとりはないですよ
由奈：遅くとも金曜日の夜までには仕上げなきゃ
徹平：なんで？
由奈：だって六月三十日土曜日は、忍センパイの誕生日じゃないですか

かなりの間《ま》。

義光：一ノ瀬《いちのせ》さん
由奈：時間ないって言ってるじゃないですかなんなんですか
義光：いや多分皆、誕生日と陳述書の関係性を掴《つか》めてないよ（／・ε・）／
徹平：私（アリエルちゃん）がプレゼント～的なアレか？

環《たまき》：アリエルさんより、私たちがすっっごい怒られそうなアイデアですね
由奈《ゆな》：違います
由奈：これは先を見据えた作戦なの
環　：作戦？
由奈：もしこれで失敗しても、忍《しのぶ》センパイは誕生日が来る度に
由奈：自分がアリエルの懇願を跳ね除《の》けて、家から追い出したことを思い出すでしょ
由奈：それってすっごく、えげつない思い出になるじゃない

かなりの間《ま》。

環　：まあ、善は急げって言いますもんね
徹平《てっぺい》：そうだヨッシー、俺ら陳述書に集中すっから
徹平：なんか部屋一緒に探してあげるとか言って時間稼いでくれよ
義光《よしみつ》：え、まあ、忍からも部屋探し協力するように頼まれてるんだけど（・｜・）
徹平：じゃあ特別イイ部屋が見つかるように、時間掛けて丁寧に探してくれよ
徹平：それなら非干渉のうちだろ？
義光：まあ、その位ならいいかな（~｜~）

由奈：みんな何か不満？
環　：そんなことないですよねてつぺいさん
義光：僕はなんとも。徹平は？
徹平：あー

少しの間。

徹平：やっぱ一ノ瀬《いちのせ》さんは、ノブじゃねぇと御しきれねぇわと思った
ア　：由奈は、忍図鑑で、アリエル図鑑です

◇◆◇◆◇◆◇

六月二十六日火曜日、午後七時四十四分。
中田《なかた》忍三十三歳の誕生日まで、あと四日。

【若月《わかつき》徹平　さんからの新着メッセージが一件あります】

『一ノ瀬《いちのせ》さん』

『ちょっといいか』

〝なんでしょう〟

『はっきりさせときたいんだけどよ』

〝はい〟


『なんでアリエルちゃんに付いた』


〝それ、徹平《てっぺい》サンが言うんですか？〟

〝私に接触するようアリエル唆《そそのか》したの、徹平サンでしょう？〟

『思惑《おもわく》が分からないから、タイミングがあれば動向を探れとは伝えたよ』

『まさか全部勘付かれてて、その上で味方に巻き込めるなんて考えてなかった』

〝運が良かったですね。悪かったのかな？　どっちでもいいですけど〟

『とぼけるなよ』

『俺らのちょっかいでノブとアリエルちゃんの人生、狂わせちまうかもしれねえんだぞ』

〝じゃあどうして徹平サンは、アリエルと環《たまき》ちゃんを煽《あお》ったんですか〟

少しの間《ま》。

『俺は昔からデキの悪い子供だったから、叱《しか》られ方には慣れてんだけどよ』

『上手に反論できない子供が言われっぱなしじゃ、ちょっと大人がズル過ぎんだろ』

〝ふたりとも、子供ですかね？〟

『子供が大人ぶるのは子供の勝手』

『子供を子供扱いすんのは大人の務めだ』

〝歪《ゆが》んでますね〟

〝流石《さすが》忍《しのぶ》センパイのお友達〟

『放っとけ』

『それでどうなんだよ、一ノ瀬さん』

少しの間。

〝強《し》いて言うなら、徹平サンと似たような感じでしょうか〟

『おい』

〝大人と子供の間でルールがあるように、女の友情にもルールがあるんですよ〟

かなりの間《ま》。

『出過ぎたこと聞いた』
『悪かったな』
〝いえ〟
〝引き続きご協力、お願いしますね〟
『おう』

◇◆◇◆◇◆◇

六月二十七日水曜日、午後十時十八分。
中田忍《なかたしのぶ》三十三歳の誕生日まで、あと三日。

【グループトーク《中田忍を困らせます。集結せよ》】

環《たまき》：だから5では、アリエルさんのエルフっぽいところを明らかにしましょう

ア：なんでですか？　＼／環

徹平《てっぺい》：アリエルちゃんはヒトと違うところが多いから

徹平：いきなり知らないヒトの中に送り込まれるとトラブルが起きるぞ

徹平：っていう後の記述に繋《つな》げるためだな

ア：難しいです

環：後でサンプルの文章考えて送りますから、参考にしてください

ア：ありがとうございます　＼／環

由奈《ゆな》：捗《はかど》ってる？

ア：こんばんは、ユナ。とても間に合いそうにありません！

由奈：こんばんは。偉そうに言う話じゃないでしょ

環：いや、でも実際厳しいですよ。

環：まだ全体の構成すら固まってませんし

徹平：せめて書いてる内容、直《じか》に確認しながら教えられたらな

徹平：清書させるとき、途中でワケ分かんねー表現や間違いがあっても

徹平：グループトーク越しに修正させせんの、結構厳しくねえ？

由奈：そこは説明したじゃないですか

由奈《ゆな》：朝通勤、昼休み、夕方以降はウェブカメラで見つかる恐れがあるし
由奈：環《たまき》ちゃんに学校休ませたり、徹平《てっぺい》サン不法侵入させたりしたら
由奈：どこかの大学助教が通報するって言うんだもん
由奈：忍《しのぶ》センパイが寝静まった後、こっそり自室で書き物させるしかないんですよ
徹平：あーあ、ヨッシーがもうちょい融通利きゃあなぁ
義光《よしみつ》：僕が何も言わなくても、忍にバレたらメチャクチャ怒られるだろうからね
義光：ルール違反スレスレの、ナイスアドバイスだったと思ってるんだけど（^.^）
徹平：おう、そういう見方もあるな。ナーイスヨッシー
義光：別にいいけど（Φ ω Φ）でもよく忍起きないね
ア　：由奈のお泊まりの次の日から、忍とは別の部屋でお泊まりしています、アリエルです
環　：陳述書作りには好都合なんですけど
環　：忍さんの別居構想が一段階進んでしまったということでもあります
環　：誕生日プレゼントにするのはともかく、急いだほうがいいのは確かなんですよね
由奈：アリエル、書きづらいところとか、表現に詰まってるところとかはない？
ア　：作者の気持ちが書けません
由奈：はい意味分からない
由奈：なんで作者の気持ちよ

義光：なるほどね。でもそれは大事な部分だから
義光：一番最後に、一気に書けばいいんじゃないかな（＞＿＜）
徹平：よし、環ちゃん説明
環　：無茶言わないでください。私理系なんですよ
徹平：だってヨッシー非干渉なんだろ
義光：そのくらい説明するよ（；・∀・）手出しするわけじゃないんだし
徹平：あ、そう？　悪りいな
義光：要するに、陳述書の〝シメ〟で戸惑ってるんだと思う
由奈：あー
徹平：あー
環　：あー
ア　：あー
由奈：あんたはいいの
ア　：はい
義光：まあ、それこそ最後は作者の気持ちだからね
義光：元々点数なんてつけようのないところだし
義光：他がちゃんと書けてれば大丈夫だと思う（＞＿－）－☆

徹平《てっぺい》：んだな。結局相手はノブだし
徹平：最後はなんだかんだ上手《うま》いことやってくれるよ
環《たまき》：頑張りを評価してもらえるのは、私で実証済みですから
環：頑張っていきましょう、アリエルさん!!
由奈《ゆな》：どうせもう時間ないし、直しようないし。好きなこと書いちゃいなさいな
ア：最後は気持ちの問題ですか？
由奈：難しい言葉知ってるじゃない
ア：どうしようもなくなったとき
ア：自分を励ますための言葉だと、由奈が教えてくれました
由奈：そうだったっけ？

◇◆◇◆◇◆◇

六月三十日土曜日、午前二時五十三分。
中田忍《なかたしのぶ》三十三歳の誕生日、当日。

【グループトーク《中田忍を困らせます。集結せよ》】

義光《よしみつ》：こんな時間までやってるの？　みんなお疲れ様＼(^_^*)/
環　：あなおきさん
環　：いまたたい変なんです
義光：えっ

徹平：アリエルちゃんの反応が途絶えた

義光：寝落ち？（T_T）
徹平：寝落ちってなんだよ
環　：古いネットの言葉で、ゲームとか、作業中に寝ちゃうことですね
義光：え、寝落ちは今でも言わない？（+_+）
徹平：知らね
環　：徹平さんは陽キャですから仕方ないです
義光：確かに（笑）
義光：いやそうじゃなくて（^_^;）
義光：今寝落ちはヤバくない？（滝汗）

徹平《てっぺい》：やべえかもな
徹平：結局まだ作者の気持ちも終わってないし
環《たまき》：どうしましょう
環　：朝になって書きかけの陳述書見つかりましたとか
環　：さしさしさ最悪の展開ですよ
義光《よしみつ》：一応聞くけど、どうして？（◎_◎）
環　：忍《しのぶ》さんは隠れて陳述書書いてたことよりも
環　：隠れて夜更かししてたことに激怒するタイプの御方だからです
義光：あぁーorz
徹平：だよなぁー
環　：どあすみだ
環　：どうしましょう
環　：いち
環　：いちかばちか電話かけておこしますか
義光：通知音でバレるからって、初日に無音モードにさせてなかった？m(_ _)m
環　：させてましたやばい
徹平：起こせばいいんだろ

徹平：いっそノブに掛けんのは？
義光：いや、忍が起きたら本末転倒でしょ（╬ ' ･ ' メ）
環　：徹平さんのばか

由奈《ゆな》：それだ

義光：え？
徹平：お？
環　：由奈さんまでどうしちゃったんですか
由奈：ああごめんね
由奈：みんな、もう今日は何もしないで寝ましょう
徹平：説明
義光：僕にも
環　：私にも
由奈：簡単な話
由奈：環ちゃん
由奈：陳述書は未完成で間違いないんだよね

環《たまき》：由奈《ゆな》さんもご存じの通りです
環：全体の構成がようやくちゃんとしたぐらいで、内容はまだ隙《すき》だらけで
由奈：だったら後は放っておけば、忍《しのぶ》センパイがなんとかしてくれるでしょ
環：ちょっと待ってください
環：説明されても意味分かんないんですけど
由奈：そこはもう、諦《あきら》めるしかないかな
由奈：だって、忍センパイなんだもの

◇◆◇◆◇◆◇

そして六月三十日土曜日、午後〇時一分。
中田《なかた》忍のスマートフォンが、厳《おごそ》かに振動した。

【一ノ瀬《いちのせ》由奈　さんからの新着メッセージが一件あります】

『お誕生日おめでとうございます、忍センパイ』

〝ありがとう。やはり君の差し金か〟
『忍センパイひどい』
『誕生日プレゼント捕まえて差し金とか、宮大工だって言いやしませんよ』
『せっかくの校倉造《あぜくらづくり》が千年越しで倒壊しちゃえばいいのに』
『ばーかばーか』
〝いやしくも公務員たる君が、心ない罵倒《ばとう》で正倉院《しょうそういん》を壊すのは止《や》めておけ〟
『私地方公務員なんで、国宝とか興味ないんですよね』
『それより忍センパイ』
『今年のプレゼントはお喜び頂けましたか？』
〝ああ〟
〝こんなユニークな誕生日プレゼントは、生まれて初めてだよ〟
『もう。忍センパイはアリエルに甘いんだから』
〝君に言われたくはない〟
『あ、今の傷つきました。まるで私のせいみたいじゃないですか』
〝君のおかげだと、正しく理解しているつもりだ〟
〝アリエルへの教育と助力、感謝する〟
『いえいえ。それじゃ今日のお誕生日パーティー、宜《よろ》しくお願いしますね』

少しの間《ま》。

〝すまない〟

〝発言の趣旨が理解できない〟

『だから忍《しのぶ》センパイが、私たちにお寿司《すし》を握ってくれるお誕生日パーティーですよ』

〝誰《だれ》の誕生日だ〟

『忍センパイ』

〝寿司を握るのは〟

『忍センパイ』

〝君は〟

『ちゃんと美味《おい》しいって言いますし、買い出しにも付き合います』

また、少しの間。

〝悪いが今日はアリエルを休ませてやりたい〟

〝俺も夜中から起きっぱなしなので、また後日にしては貰《もら》えないか〟

『馬鹿《ばか》ですか？　誕生日いつですか』
〝今日だが〟
『じゃあ今日やんなきゃ意味ないじゃないですか』
〝そういうものか〟
『往生際が悪いですよ。いい加減諦《あきら》めてください』

三度目の間。

〝分かった〟
〝せめて仮眠を取らせてくれ〟
〝午後六時に俺の家へ集合でどうだ〟
『譲歩して差し上げます。皆にも伝えておきますね』
〝ああ。ありがとう〟

『どういたしまして、忍センパイ』

あとがき

先日〝このライトノベルがすごい！２０２３〟が発売され、投票結果が発表されました。

恐れ多くも『公務員、中田忍《なかたしのぶ》の悪徳』は総合十八位、新作総合九位の結果と相成りました。

一巻発売からはや一年、既刊四冊刊行中ですが、エントリー自体は初めての〝新作〟扱い。

新作としての勢いどころか、新作として認識すらされていないのではないかという逆境の中で受け取ったこの結果は、読者の皆様が作品を心から受け入れてくださり、その本質を評価して頂けたが故のものであると、勝手ながら信じずにはいられません。

本来ならおひとりずつ感謝をお伝えしたいところ、この場を借りて御礼申し上げます。


五巻発刊に当たり、今回もたくさんの方のお力をお借りすることとなりました。

ご多忙の中、毎巻期待を遥《はる》かに上回る美麗な装画を仕立ててくださる名匠、棟蛙《おうちかえる》先生。

何度か表明させて頂いておりますが、立川浦々は先生の可愛い女の子と自然の風景を描いた絵に惹《ひ》かれていましたので、外に出る機会の増えた近刊はイラストが特に楽しみです。

今回のバーベキューの口絵とか……まさに〝輝き〟ですよね。抜けるような青い空、脂光る分厚いお肉に艶《つや》めくセクシーな野菜、そして何故《なぜ》かス〇ーピークを着ている中田忍。

前巻で由奈《ゆな》が買い揃《そろ》えたのって冬服だよね？　じゃあバーベキュー服は油跳ね汚れ作業も安心な薄緑色の作業ツナギとか着てくんの？　いやそんなん一ノ瀬由奈《あのおんな》が許すわけないでしょう……じゃあ洒落《しゃれ》たアウトドア系なら……という経緯で先生が着せてくれたのがコレです。

今や先生の絵は〝絵〟というより、忍たちの傍に開かれた〝窓〟の印象がありますね。

いつもありがとうございます。これからも素敵な未来を覗《のぞ》かせてください。

相も変わらず無茶振りをお願いしても、常に誠実に応じてくださる担当編集、濱田氏。

見えないところの諸々《もろもろ》すべてを背負って頂いている御苦労に、感謝の思いが止まりません。

特にこちらの起床時間と濱田さんの就寝時間が被《かぶ》っている時期は、心配も止まりません。

どうかお身体《からだ》を大事にしてください。

全員のお名前は挙げられませんが、お力添えくださった皆様に、重ねて感謝申し上げます。

ストーリーも折り返し地点を過ぎ、言葉を通じ合わせ真の仲間となったアリエルを加え、中田忍の物語がこれ以上どこに向かうのか、見守り続けて頂ければ幸いです。

え、本当にちゃんと続きは出るのかって？

いざとなったら〝話し合い〟で解決しますので、心穏やかに続きをお待ちください。

あと、今回はあとがき後にもエピソードがあるので、最後まで楽しんでいってね！

ところで皆さん、アレ着てますか？　着てますよね？　アレですよアレ!!

〝『公務員、中田《なかた》忍《しのぶ》の悪徳』中田忍直筆 アリエルちゃんパーカー〟の話ですよ!!!!!!

三巻巻末では広告まで作って頂いたのですが、一部の電子書籍では広告と判断されたのか（広告なんですけど）載《の》らなかったので、ご存じない方も少なくないかも？

奇抜な造形に隠れたセンスが強い、オシャレなアリエルちゃんパーカーをよろしく!!

それではまた、次の悪徳でお会いしましょう。

二〇二一年　十一月某日　立川《たちかわ》浦々《うらうら》

※本作に登場する、生活保護制度に関する諸描写に関しては、現実のそれを参考としながらも必ずしも現実には即さない、完全なるフィクションです。

現行の制度下で勤務する職員の皆様、生活保護受給者の皆様、それを取り巻く環境、諸団体の皆様を含めた、あらゆる人種、思想、信条、その他尊厳を害する意図は、一切ありません。

読者の皆様におかれましても、本作を通じ本邦の福祉に興味を持たれたならば、是非ご自身でその現実を調べ、知って頂き、それぞれの〝正解〟を見出《みいだ》して頂けるよう、切に願います。

掌編　エルフと最初の贈り物

数多《あまた》貼《は》り付けられた〝止〟マーク及びアリエルちゃんマークにより、現在の中田忍《なかたしのぶ》邸が、ちょっとした呪《のろ》いの館の如《ごと》き様相を呈しているのは周知の事実であろう。

慣れとは恐ろしいもので、今や誰《だれ》もその異様さを指摘することはなくなり、お部屋のちょっとしたアクセント程度に扱われてきたこれらのマークだったが、徹平《てっぺい》から出た『言えば聞いてくれんだから、もう剝《は》がしてもいいんじゃね？』という大変真っ当な指摘により、忍が祝われ忍が握る、中田忍お誕生日おめでとう寿司《すし》パーティ開始前に全廃されることとなった。

「ンフー、ンフフフー」

ローテーブルの前に座ったアリエルが、剝がされた大量のアリエルちゃんマークを自身の周囲に配置し、自己肯定感に浸る遊びをしている。

かわいい。

その様子をニコニコと見守っていた、御原環《みはらたまき》だったが。

「そう言えば徹平さん」

「おん？」

「アリエルさんの名前って、最初からアリエルさんだったんですか？」

「いや……俺もよく知らんけど、ノブとヨッシーと一ノ瀬《いちのせ》さんで付けたんだよな、ヨッシー？」

「あ……うん、付けたって言うか……まあ、付けた、んだろうね。付けたんだと思う」

「おん……？」

歯切れの悪さが気になる徹平を尻目《しりめ》に、環はしたり顔で頷《うなず》いた。

「そっかぁ……まあ、異世界エルフで〝Ａｒｉｅｌ《アリエル》〟じゃ、ちょっと出来過ぎですもんね」

「ん、そうなん？」

「はい。Ａｒｉｅｌ《アリエル》って、妖精《ようせい》や精霊みたいな、超自然的な存在の総称みたいに使われてる言葉なんです。エアリアルとか、エアリエルとも言われますけど、意味は大体同じですね」

「ほーん」

「だから、異世界エルフのアリエルさん、なんて、素敵な偶然だなーって思ってたんですけど、忍さんたちが付けたなら納得ですね」

「いやそれがね、御原さ――」

「採用」

「えっ」

義光《よしみつ》の言葉を覇気《はき》で遮《さえぎ》りながら、由奈《ゆな》が環の前へと進み出る。

「アリエルの名前の由来は、ヨーロッパとかの言葉で『皆が憧《あこが》れる不思議な存在』って意味だからそうしましょうって、私と忍《しのぶ》センパイと義光《よしみつ》サンが決めたの」

「そ、そうなんですか……?」

「そうでしたよね、義光サン?」

「あ……うん、そう!　そうだったね!」

誰《だれ》からも見えない位置から徹平《てっぺい》に尻《しり》をつねられ、直樹《なおき》義光が正しい判断に身を委《ゆだ》ねた。

事情に詳しくない割に空気を読んで気を利かせた、若月《わかつき》徹平のファインプレーである。

しかし。

「ユナ、ユナ、それは違うのではありませんか」

「ん?」

「シノブたちはアリエルの名前の話をしたとき、『有り得る』と言っていたような……」

「言ってない」

「でも」

「言ってない」

「……そうだったかもしれません」

記憶に自信の異世界エルフ、アリエルがあっさりと押し切られた。

残るは寝室で寿司《すし》屋スタイルに着替えを済ませてきた、中田《なかた》忍ただひとり。

「騒々しいな。何かあったのか」

「いいえ」

果たして由奈《ゆな》はにっこりと、心からの笑《え》みを浮かべて。

「アリエルに素敵な名前をあげられて良かったね、って話をしてたんですよ」

「……ふむ」

忍は普段通りの仏頂面《ぶっちょうづら》で、暫《しばら》く俯《うつむ》き考え込んだ後、アリエルちゃんマークまみれで佇《たたず》むアリエルの傍へと跪《ひざまず》き、目線の高さを合わせた。

そして。


「気に入って貰《もら》えたか」

「アリエル!!」


かくて、歴史は修正された。

アリエルは〝有り得る〟のアリエルから、〝Ａｒｉｅｌ〟のアリエルとなったのだ。

その悪徳を罪と咎《とが》める者は、誰ひとりとしていない。

GAGAGA
ガガガ文庫

公務員、中田忍の悪徳5

立川浦々

発行 2022年12月25日 初版第1刷発行

発行人 鳥光 裕

編集人 星野博規

編集 濱田廣幸

発行所 株式会社小学館
〒101-8001 東京都千代田区一ツ橋2-3-1
[編集]03-3230-9343 [販売]03-5281-3556

カバー印刷 株式会社美松堂

印刷・製本 図書印刷株式会社

Printed in Japan ISBN978-4-09-453101-5